AF295266

© 2023
likeletters Verlag
Inh. Martina Meister
Legesweg 10
63762 Großostheim
www.likeletters.de
info@likeletters.de

Autorin: Katherine Dolann, Levina Lamur
Cover: © depositphotos.com / arvitalya

ISBN: 9783946585336

Lovely Hearts 1-3

3 romantische Liebesgeschichten
Katherine Dolann
Levina Lamur

Inhaltsverzeichnis

Landeanflug ins Glück
Absagen

Schon wieder eine Absage. Enttäuscht starrte Ariane auf das Schreiben. Mit dem Brief noch in der Hand, hängte sie Jacke und Handtasche an die Garderobe im Flur, zog wie in Trance ihre Schuhe aus und legte sich, so wie sie war, mit ihrer Kleidung aufs Bett und schloss die Augen. Sie wollte von dem allem nichts mehr wissen. Doch kaum verdrängte sie die erneute Niederlage, erschien in ihrem Inneren das Bild von jenem Tag vor einem Jahr, als alles begonnen hatte.

An einem Donnerstag, September 2016

«Frau Sommerfeldt, Sie sollen sich bitte bei Herrn Dr. Lauinger melden», sagte

Frau Schöffel, die Chefsekretärin, als Ariane aus der Mittagspause zurückkam.

«Was will er denn?», fragte Ariane, doch die Chefsekretärin zog nur vieldeutig ihre Augenbrauen hoch und kniff die Lippen zusammen.

Was sollte das denn bedeuten?

Doch die Antwort ließ nicht lange auf sich warten.

«Nehmen Sie bitte Platz», sagte Herr Dr. Efraim Lauinger, als Ariane das Büro ihres Chefs betrat.

Er nickte ihr freundlich zu, griff sich jedoch dann in den engen Hemdkragen, als bekäme er nicht genug Luft.

Ariane versuchte, das ungute Vorgefühl zu verdrängen, das bei dieser Geste in ihr aufstieg.

«Wie Sie wissen, haben wir immer mit offenen Karten gespielt», begann er.

Sie nickte. Er meinte ihre zahlreichen befristeten Verträge. Vor vielen Jahren war sie nach einer Reihe von Computerkursen vom Arbeitsamt in ein Praktikum bei der Lauinger GmbH & Co. KG vermittelt worden. Das mittelständische Unternehmen produzierte und vertrieb Bauteile für industrielle Hochöfen. Nicht gerade eine *hoch*interessante Arbeit, aber eine Arbeit. Nachdem Ariane sich bewährt hatte, bot man ihr die Krankheitsvertretung für eine ältere Kollegin im Vorzimmer des Chefs an, die sie dankbar annahm. Als Assistentin der Chefsekretärin erledigte sie einfache Büroarbeiten. Danach war sie von einer Befristung zur nächsten übergegangen; die ältere Kollegin war nicht wiedergekommen, hatte jedoch auch nie gekündigt. Wie das gehen konnte, war Ariane schleierhaft, doch sie fragte nicht weiter nach. Sie war froh über ihren Arbeitsplatz und machte sich keine Sorgen über ihre Zukunft.

Herr Lauinger räusperte sich.

«Wir waren mit Ihrer Arbeit immer sehr zufrieden.»

Ariane sah ihn erwartungsvoll an. Bekam sie etwa doch noch einen unbefristeten Vertrag?

Warum dann aber das Herumgedruckse?

«Sie wissen ja, dass wir Sie als Krankheitsvertretung für Frau Eberlein eingestellt hatten.»

Ariane nickte erneut.

«Wir haben uns immer bemüht, Ihre Stelle aufrechtzuerhalten. Doch die Zeiten sehen in unserer Branche nicht gut aus. Sie wissen sicher, dass viele Hochöfen stillgelegt werden oder gar abgerissen.»

Arianes Mund wurde trocken und ihr Herz begann, schneller zu schlagen.

«Nun, lange Rede, kurzer Sinn – Frau Eberlein ist vergangene Woche in den Ruhestand getreten. Das bedeutet, es

besteht rechtlich keine Notwendigkeit
mehr, diese Stelle aufrecht zu halten.»
Ariane fragte sich, wo bei all dem die
Logik war, doch offenbar glaubte er an
das, was er sagte.
«Was ich damit sagen will, ist», er
räusperte sich, «dass wir Ihren jetzigen
Vertrag nicht mehr verlängern
werden.»
«Aber …»
«Ich weiß, was Sie sagen wollen, und
ich kann nur sagen, es tut uns sehr leid.
Aber so sieht es aus.»
Herr Lauinger zog bedauernd die
Schultern hoch.
«Aber es gibt doch Arbeit», sagte
Ariane aufgebracht. «Wir haben doch
Arbeit für zwei im Vorzimmer.»
«Bisher noch, ja. Ab Januar werden
zwei unserer besten Kunden aus
Belgien und Frankreich ihre Arbeit
einstellen. Damit fehlen uns wichtige
Einnahmen.»
Er schüttelte bedauernd den Kopf.

«Es tut mir sehr leid. Wir haben Sie immer gern hier gehabt. Aber da ist nichts zu machen.»

Er öffnete bereits eine Aktenmappe, als wollte er andeuten, dass das Gespräch zu Ende sei.

«Bis wann kann ich denn noch bleiben?»

«Ihr Vertrag läuft Ende September aus.»

«Aber – das hätten Sie mir doch früher sagen müssen!»

«Ja, das ist nicht so glücklich gelaufen, noch einmal, es tut mir wirklich leid. Aber die Stilllegung der beiden Werke sowie Frau Eberleins plötzlichen Übergang in den Ruhestand konnten wir nicht vorhersehen.»

«Bekomme ich dann eine Abfindung?»

Überrascht sah Herr Lauinger Ariane an. Sie war selbst erstaunt, wo dieser Gedanke plötzlich herkam. Doch erneut schüttelte ihr Chef den Kopf.

«Dafür fehlen uns die Mittel. Und Ihr Vertrag war befristet; Sie haben daher

keinerlei Anspruch auf eine
Abfindung.»
«Aber ich kann mich ja nicht mal mehr
rechtzeitig arbeitslos melden.»
«Dafür finden wir schon eine Lösung.
Notfalls schreiben wir Ihnen etwas,
damit Sie Ihre Ansprüche auf
Arbeitslosengeld nicht verlieren.»
Ab diesem Moment konnte Ariane gar
nichts mehr sagen. Sie war zutiefst
getroffen. Von einer Sekunde auf die
andere brach ihr ganzes Leben
zusammen.
Wie schon einmal.
«Es steht Ihnen natürlich frei, in den
nächsten drei Wochen Ihren Resturlaub
zu nehmen, wenn Sie möchten. Wie
Frau Schöffel mir sagte, haben Sie noch
fünfzehn Tage von Ihrem Jahresurlaub
übrig. Der Urlaub steht Ihnen
selbstverständlich zu.»
Das bedeutete, dass sie am folgenden
Tag praktisch zum letzten Mal

überhaupt im Büro wäre. Das konnte
doch alles nicht wahr sein.
Warum passierte ihr schon zum
zweiten Mal so etwas?
Herr Lauinger erhob sich.
«Selbstverständlich bekommen Sie von
uns auch ein einwandfreies Zeugnis.
Damit werden Sie leicht eine andere
Arbeit finden.»
Wie betäubt stand Ariane auf und
verließ das Büro. Den bedauernden
Blick in ihrem Rücken sah sie nicht
mehr.

Seit jenem Tag hatte Ariane Bewerbung um Bewerbung geschrieben, ohne den geringsten Erfolg. Wenn sie überhaupt eine Antwort bekam, regnete es Absagen. So wie heute. Dabei hatte sie gerade bei dieser Stelle so große Hoffnung gehabt. Wenn sie diesen Posten in einer renommierten Institution bekommen hätte, hätte sie ausgesorgt gehabt. Deshalb hatte sie sich dort beworben, obwohl die Unterlagen sogar per Post eingereicht werden sollten. Ariane fand das altmodisch und umständlich. Sonst bewarb sie sich nicht auf solche Stellen. Doch dieses Angebot hatte so gut geklungen, dass sie sich ausnahmsweise die Mühe mit einer echten Bewerbungsmappe gemacht hatte. Wie sich jetzt herausstellte, jedoch völlig umsonst.

Ohne Angabe von Gründen war sie wieder einmal *nicht* diejenige, die den Posten bekam. *Was hatten die anderen bloß, das sie nicht hatte?* Wie so oft fragte sich Ariane, ob es daran lag, dass sie keine Ausbildung hatte. Die ganze schöne Berufserfahrung, die sie inzwischen besaß, war offensichtlich nicht genug. Oder war sie zu alt? Das glaubte sie nicht. Sie war erst fünfunddreißig. Das war ja kein Alter. Benommen erwachte Ariane aus ihrem Mittagsschlaf. Sie war tatsächlich eingeschlafen; der Brief mit der Absage lag zerknittert halb unter ihr. Erneut überfiel sie der Stich der Absage und sie fühlte sich so deprimiert wie seit langem nicht. Sie versuchte noch eine kurze Weile, allein damit klar zu kommen, doch dann rief sie ihre Freundin Gess an.

Eigentlich hieß sie Gesine, doch niemand nannte sie so. Seit der Schulzeit trug sie den Spitznamen Gess, eine Mischung aus der Kurzform ihres Namens und des englischen *guess* weil sie, seit sie das Wort im Unterricht gelernt hatte, jeden zweiten Satz begann mit *Guess what?* Seit der Schule waren sie eng befreundet, und wenn Gess nicht gerade mit ihrem turbulenten Liebesleben beschäftigt war, war sie tatsächlich die beste Freundin, die Ariane sich vorstellen konnte. Gess sagte auch sofort zu, und so fuhr Ariane zu ihr. In der geöffneten Wohnungstür fielen sie sich in die Arme.

«Hallo!»

«Welche Laus ist dir denn über die Leber gelaufen?», fragte Gess. «Aber komm erst mal rein.»

«Ich habe wieder eine Absage bekommen», sagte Ariane frustriert, während sie ins Wohnzimmer gingen. «Ich weiß nicht, was ich noch machen soll. Diesmal hatte ich ein echt gutes Gefühl. Ich habe total die Nase voll von der ständigen Bewerberei. Bis jetzt hatte ich gerade mal *drei*

Vorstellungsgespräche. Aber auch da
hat ja nichts geklappt.»
Gess sah sie nachdenklich an.
«Ich weiß nicht mehr, wie viele
Bewerbungen ich in den letzten
Monaten geschrieben habe. Das
Arbeitsamt schickt mir auch dauernd
irgendwelche möglichen und
unmöglichen Vorschläge, aber ich bin
bald mit meinem Latein am Ende. Was
stimmt denn bloß nicht mit mir?»,
fragte Ariane den Tränen nahe.
Gess setzte sich neben sie und legte den
Arm um sie. «Alles stimmt mit dir. Sei
nicht traurig. Das richtige Angebot
kommt bestimmt noch.»
«Es war doch alles in Ordnung, so, wie
es war. Warum konnte es denn nicht so
bleiben?», haderte Ariane mit ihrem
Schicksal. «Ich hatte wirklich geglaubt,
dass ich es geschafft habe. Nach allem
was war.»
«Denk nicht mehr daran», sagte Gess.
«Es wird bestimmt alles gut. Ich glaube

ganz fest daran, nein, ich weiß es.» Sie strich ihrer Freundin übers Haar. «Du hattest es ja auch geschafft. Mach es jetzt nicht schlecht, nur weil irgendwelche Arbeitgeber nicht sehen können, was sie an dir haben.»
Sie stand auf, holte aus der Küche einen Beutel Saft und zwei Gläser und schenkte ein.
«Ich konnte zwar keine großen Sprünge machen», fuhr Ariane fort, «aber es hat zum Leben gereicht. Mehr erwarte ich gar nicht. Warum kann ich denn nicht dieses kleine, einfache Glück behalten?»
Sie hatte jetzt wirklich Tränen in den Augen.
«Es war schwer genug, mir das nach der Scheidung aufzubauen. Aber jetzt …»
Sie begann zu weinen.
Gess rutschte ganz nah zu ihrer Freundin und nahm sie in die Arme. Eine Zeitlang ließ sie sie einfach

weinen. Als Ariane sich langsam beruhigte, kam Beppo, der derzeitige Partner von Gess, ein Italiener. Als er Arianes Verfassung sah und Gess ihm nur einen vieldeutigen Blick zuwarf, verzog er sich in die Küche und kreierte für alle eine wunderbare Pasta, die sogar Arianes Stimmung ein wenig anhob.

«Du bleibst heute Nacht hier», sagte Gess und legte ihre Hand auf die von Ariane. Dann sah sie zu Beppo hinüber, der es gut verbarg, falls er enttäuscht war.

«Ist schon gut, ich bin gleich weg», sagte er. «Sagt Bescheid, wenn ihr mich braucht.»

«Nein, nein, du brauchst nicht gehen», wehrte Ariane ab. Sie wollte den beiden nicht im Weg sein. «*Ich* lasse euch allein. Es wird schon wieder.» Sie versuchte zu lächeln. «Vielen lieben Dank für das wunderbare Essen. So etwas hilft tatsächlich manchmal.»

Sie stand auf, doch Gess zog sie wieder auf den Stuhl zurück.

«Nichts da, du bleibst heute Nacht hier. Es macht Beppo nichts aus, uns allein zu lassen. Nicht wahr, Bep?», fragte sie, wobei die Anweisung in ihrer Stimme und ihrem Gesichtsausdruck unmissverständlich war.

«Nein, natürlich nicht», sagte er und es klang nur dezent beleidigt. «Ich hab' ja schon gesagt, ich bin gleich weg.» Damit stand er auf, gab Gess einen Kuss und ging.

«Es tut mir leid», sagte Ariane mit ehrlichem Bedauern. «Ich falle überall nur zur Last.»

«Das ist ja Quatsch», sagte Gess. «Du fällst niemandem zur Last und mir schon gar nicht. Bep und ich haben uns die ganze letzte Woche dauernd gesehen. Wenn er wollte, würde er hier einziehen. Da tut uns eine kleine Pause mal ganz gut. Vielleicht *wollte* ich ja,

dass du hierbleibst, aus rein egoistischen Gründen.»
Gess grinste.
Diesmal musste Ariane wirklich lächeln. «Du bist lieb. Dankeschön.» Sie trank einen Schluck Wasser. «Was ist denn mit Beppo? Was hast du dagegen, dass er einzieht, falls er das wirklich will? Ein Mann, der so kochen kann, kann so falsch nicht sein.»
«Das stimmt zwar, aber das allein ist nicht das entscheidende Kriterium.»
«Und was ist das entscheidende Kriterium?», fragte Ariane neugierig.
Gess zögerte.
«Naja. Ich weiß auch nicht. Dass man eben irgendwie das Gefühl hat, dass es der Richtige ist. Oder etwa nicht?»
Ariane zuckte mit den Schultern. «Ich weiß nicht. Wie du weißt, lag ich damit ja bereits einmal vollkommen daneben.»
Gess nahm den Hinweis wahr und reagierte sofort. «Ich habe mir vorhin

schon gedacht, dass du gerade wieder
mit den alten Gespenstern kämpfst.
Deshalb wollte ich auch, dass du heute
hierbleibst.»
Dankbar sah Ariane ihre Freundin an.
«Was würde ich ohne dich machen?»
Gess lächelte. «Willst du darüber
sprechen?»
Ariane schüttelte den Kopf. «Was soll
das bringen? Wir haben doch schon so
oft darüber geredet. Vielleicht werde
ich meine Vergangenheit ewig mit mir
herumschleppen.»
«Das wirst du nicht!», sagte Gess
energisch, stand auf und zog Ariane
mit sich hoch. «Hast du Lust, tanzen zu
gehen?»
Ariane sah sie überrascht an.
«Wenn du schon nicht reden willst,
dann können wir die Gespenster
vielleicht tanzend vertreiben», sagte
Gess.
«Wenn du meinst …», sagte Ariane
langsam. Eigentlich hatte sie in ihrer

jetzigen Verfassung überhaupt keine
Lust wegzugehen.

Doch Gess' Entschlossenheit war wenig
entgegenzusetzen. «Ja, das meine ich.»

Zwei Stunden lang wurde Ariane in der
Disco, die sie besuchten, tatsächlich
besser abgelenkt und auf andere
Gedanken gebracht, als sie es erwartet
hatte. Auch das Tanzen half auf
besondere Weise. Ihren Körper wieder
zu spüren, den sie beinahe vergessen
hatte, zusammen mit der rhythmischen
Musik im Ohr, tat einfach gut. Mal weg
von der ständigen quälenden Grübelei,
zurück zur Lebensfreude, einfach so,
aus dem Moment heraus. Tatsächlich
brauchte es dafür nicht viel. Man
musste sich nur mal kurz überwinden.
Während Ariane tanzte, war sie ihrer
Freundin sehr dankbar.

Nachdem sie wieder in Gess' Wohnung
waren, wo Ariane ein Schlaflager auf
dem Sofa bekam, ging Gess bald ins
Bett. Doch Ariane lag noch lange wach.

Seit Monaten hatte sie dagegen angekämpft und versucht, jeden aufsteigenden Impuls zu unterdrücken, doch jetzt kam alles wieder hoch.

Warum nur? War sie nicht seit langem darüber weg? Was war nur los, dass sie sich jetzt fast so schlecht fühlte wie damals?

Schließlich gab sie auf und ließ zu, dass ihr Geist in eine Zeit zurückkehrte, die sie am liebsten aus ihrem Leben gelöscht hätte.

Betrogen

Im Alter von sechzehn Jahren hatte Ariane Sommerfeldt die Schule mit einem mittleren Bildungsabschluss beendet und danach als Bedienung in einem Straßencafé angefangen. Eigentlich sollte es nur ein Nebenjob für die Sommermonate sein, doch sie war heimlich in den Barkeeper verliebt und blieb. Und obwohl der coole Barmann hinter dem Tresen sie nie wahrnahm und ihr der Mut fehlte, ihn anzusprechen, verpasste sie den Moment, in dem sie sich für einen Ausbildungsplatz hätte entscheiden müssen.

Aus dem Nebenjob wurde ein Hauptjob und irgendwann konnte Ariane sich keine andere Arbeit mehr vorstellen. Ihrer Mutter war das gar nicht recht. Wie oft hatte sie ihr gesagt, dass sie nur mit einer anständigen Ausbildung später abgesichert wäre. Ariane wunderte sich manchmal selbst über sich.

Eigentlich passte dieses ‚Hallodri-Leben', wie sie es nannte, gar nicht zu ihr. Sie war eher ein bodenständiger Typ. Aber aus irgendwelchen Gründen, die sie nicht verstand, hatte ihr Leben eine andere Wendung genommen, als sie es immer erwartet hatte.

Im Sommer bediente sie die Gäste draußen, im Winter im angeschlossenen Bistro. Sie genoss die Freiheit, keine Schule mehr besuchen zu müssen und machen zu können, was sie wollte. Sie machte sich keine Gedanken darüber, was irgendwann einmal aus ihr werden sollte.

Mit achtzehn lernte sie Eberhard kennen, einen attraktiven Arzt, der zehn Jahre älter war als sie. Er machte sie zur Frau, im wahrsten Sinne des Wortes. Körperlich, emotional, sogar

ihren Kleidungsstil und ihre Frisur
veränderte er. Zwei Jahre lang ging sie
in seinem 150qm - Loft ein- und aus,
dann gab sie ihre Wohnung auf und
zog ganz zu ihm. Ein weiteres Jahr
später heirateten sie. Ariane war
einundzwanzig.
Sie dachte, dass ihr Leben nun seine
festgefügte Ordnung gefunden hatte,
die bislang vielleicht fehlte. Mit
Eberhard war die Sicherheit
gekommen. Mit ihm erlebte Ariane
zwar keine emotionalen Hochs, und sie
hätte nicht sagen können, ob er ihre
große Liebe war (dazu fehlten ihr auch
die Vergleiche), doch es gab auch keine
Tiefs. Sie hatte ohnehin nie viel erwartet
und mit Eberhard war das Leben
einfach, um nicht zu sagen, bequem. Sie
brauchte sich um nichts zu kümmern,
außer den Hausangestellten ein paar
Anweisungen zu geben; sie gab ihre
Arbeit als Bedienung auf, und war nur
noch für ihren Mann da. Es war ein

sorgloses Leben mit schönen Reisen, eleganter Kleidung und teurem Schmuck. Wenn ihr etwas fehlte, dachte sie nicht weiter darüber nach, sondern ging ein neues Accessoire für die Villa kaufen, die sie inzwischen bewohnten. Oder sie traf sich mit Gess zu einem Kaffee. Dabei dachte Ariane jedes Mal, wenn ihre Freundin wieder mit Liebeswirren zu kämpfen hatte, wie froh sie selbst darüber war, keine derartigen Gefühlsstürme aushalten zu müssen.

Bis sie eines Nachmittags doch in einen Sturm geriet.

Sie war mit Gess über ein verlängertes Wochenende nach Paris gefahren, ein Geburtstagsgeschenk von Eberhard. Ariane hatte sich wirklich auf die Reise gefreut, doch ihre Freundin befand sich mal wieder an einem heiklen Punkt einer ihrer vielen Kurzzeitbeziehungen. Felipe, ein spanischer Künstler, wollte bald in seine Heimat zurückkehren, und Gess litt unter unsäglichem Liebeskummer. Sie war so unruhig, dass die einzige Umgebung, die sie wahrzunehmen schien, aus dem Display ihres Handys bestand. Schließlich fuhren die beiden Frauen schon in der Nacht zum Sonntag wieder zurück. Als Ariane am frühen Sonntagmorgen nach Hause kam, wunderte sie sich über einen roten Porsche in der Auffahrt. Der Wagen kam ihr vage bekannt vor, doch ihr fiel nicht ein, wem er gehörte. Warum stand er um diese Zeit in der Einfahrt? Ihr Herz schlug schneller. Mit einer dunklen Vorahnung trug sie ihren Rollkoffer die letzten Meter bis zum Haus, um keinen Lärm zu machen, und schloss leise die Tür auf. Ebenso geräuschlos zog sie die Schuhe aus und schlich sich voran.

In der Küche standen die Reste eines Essens mit zwei benutzten Tellern sowie eine leere Flasche Wein.

Was war hier los?

Im Wohnzimmer sah alles so aus wie immer – bis auf eine weitere angebrochene Flasche Wein und zwei nicht ganz geleerte Weingläser. Arianes Herz klopfte noch heftiger, während sie die Luft anhielt. Alle ihre Sinne waren hellwach. Auf Zehenspitzen stieg sie die Treppe nach oben. Obwohl sie sich seltsam vorkam, so dramatisch wie in einem Film zu handeln, gaben die Indizien ihr das Recht dazu.

Die Tür zum Schlafzimmer war nur angelehnt; sacht stieß sie sie auf. Im Bett lag Eberhard – und in seinem Arm, an seiner Brust hielt er eine Frau mit langen roten Haaren. Es war kein natürliches orangeähnliches Rot, sondern ein künstlich gefärbtes Rot, das eher an die Farbe des Sportwagens erinnerte, vielleicht einen Tick dunkler. Auf jeden Fall äußerst auffällig.

Sie schliefen, und soweit die Decke diese Vermutung zuließ, waren beide nackt. Die Haare der Frau flossen über Eberhards Brustkorb und Ariane kamen sie vor wie ein glühendes Feuer, das um sein Gesicht loderte.

Gefühlte zwei Minuten lang stand sie da und starrte das Bild an. (In Wirklichkeit waren es kaum mehr als einige Sekunden.) Sie konnte nicht glauben, dass ihr so etwas passierte. Mehr als auf dem Weg nach oben kam sie sich wie die Darstellerin eines Films vor.

Das war nicht sie, der so etwas passierte. Gleich würde der Regisseur sagen «Cut! Alles auf Anfang!», alle würden lachen und sich räkeln und die Szene noch einmal spielen.

Alles in ihrem Leben war perfekt gewesen. Sie war die perfekte Ehefrau, mit dem perfekten Ehemann, in einem perfekten Haus. Nur Kinder hatten noch gefehlt, die sich trotz ihrer Bemühungen noch nicht eingestellt hatten. Aber sie hatte immer geglaubt,

das käme alles noch. Stattdessen kam –
sie.

Ariane wusste jetzt, wem der rote
Porsche gehörte. Lara Held, einer
Kollegin von Eberhard. Einer, wie alle
sagten, *,ausgezeichneten Chirurgin'*. Doch
was machte diese ausgezeichnete
Chirurgin *in ihrem Bett*?

Ariane wusste nicht, wie sie sich
verhalten sollte. Sollte sie schreien?
Aber was würde das bringen? Es
ergäbe nur eine für alle Beteiligten
mehr als demütigende Situation.
Beherrscht, wie sie war, ging sie
langsam wieder nach unten, stand eine
weitere Ewigkeit verloren im
Wohnzimmer herum, sah durch die
Terrassentür in den schönen Garten
und sah doch nichts. Vor ihrem inneren
Auge hing noch das Bild vom Ende
ihrer Ehe. Der Eindruck war so
intensiv, dass sie meinte, sie würde es
ihr Leben lang nicht vergessen.

Plötzlich kam ihr ein Titel in den Sinn:
Der Feuersturm. Untertitel: Das Scheitern meiner Ehe.
Was für ein beeindruckendes Gemälde.
In diesem Moment wusste Ariane, dass es die Wahrheit war.
Ihre Ehe war gescheitert.
Sie konnte es gar nicht glauben. Grundsätzlich war sie der Meinung, dass jede Ehe in eine Krise geraten konnte und dass das nicht das Ende bedeutete. Zwar hatte sie das nach fünf Jahren noch nicht erwartet, aber es konnte schließlich immer passieren, es konnte jeden treffen. Sie war davon überzeugt gewesen, dass es in so einem Fall Wege aus der Krise geben würde. Das ‚in guten wie in schlechten Tagen' hatte sie nicht leichtfertig ausgesprochen, sondern wirklich daran geglaubt, dass sie sich nicht von kleineren oder größeren Schlägen aus der Bahn werfen lassen, sondern zu ihrem Mann stehen würde. Selbst ein

Ehebetrug war kein Grund dafür, alles hinzuwerfen – *wenn man sich liebte,* oder wenn es eine Basis für diese Liebe gab. Doch bei ihnen war die Lage anders. Bei dem fast schönen Bild der fremden Frau an der Brust ihres Mannes war Ariane mit einem Mal klar geworden, dass sie Eberhard nicht liebte. Und zwar absolut und überhaupt nicht. Vielleicht hatte sie ihn nie wirklich geliebt. Deshalb gab es für sie auch keine Hoffnung. Es spielte nicht mal eine Rolle, ob das heute ein einmaliger Ausrutscher oder eine dauerhafte Affäre war (wobei Ariane eher auf Letzteres tippte). Das alles hatte keine Bedeutung, außer ihr auf unsanfte Art mitzuteilen, dass es unwiderruflich aus und vorbei war. Das war so überraschend und gleichzeitig so klar, dass Ariane nicht einmal weinen konnte.

Noch einmal ging sie nach oben, prägte sich das Bild ein, als wollte sie sich vergewissern, dass ihre Erkenntnis richtig war, dass sie keinen Fehler beging. Vielleicht auch für sich selbst. Um nie zu vergessen, warum sie dieses komfortable Leben aufgegeben hatte, noch dazu so überraschend.

Die beiden schliefen immer noch und bekamen nichts mit von dem Kampf, den Ariane mit sich selbst ausfocht. Ihr Gefühl wurde bestätigt – sie konnte hier nicht mehr bleiben. Es würde allem widersprechen, was sie selbst war. So wenig das auch sein mochte, aber *das hier* war sie nicht.

Sie ging in ihr Zimmer, packte ein paar Kleidungsstücke und ein paar persönliche Dinge in eine Umhängetasche, schnappte sich wieder ihren unausgepackten Rollkoffer und verließ das Haus.

Ihre Scheidung war kurz und schmerzlos. Eberhard zeigte sich kooperativ, was die Auflösung ihrer Ehe anging, allerdings nicht beim Geld.

Davon sah Ariane nichts. Bei ihrer Hochzeit hatten sie einen Ehevertrag abgeschlossen, der Eberhard von allen Zahlungen freisprach. Ariane hatte es damals guten Glaubens unterschrieben, weil sie ihn nicht wegen des Geldes heiratete, und sowieso dachte, dass sie das nie brauchen würde. Der finanzielle Aspekt war für sie tatsächlich nicht wichtig, wie sie verwundert feststellte. Obwohl sie kaum über eigene Ressourcen verfügte, wollte sie nur diese Ehe hinter sich lassen.
Im Nachhinein hatte sich herausgestellt, dass Eberhard und die attraktive Chirurgin schon über ein Jahr lang liiert waren. Ariane fühlte sich unglaublich belogen und hintergangen. Alles, was sie wollte, war, die Tür hinter sich zu schließen und nie mehr zurückzublicken.
So stand sie da, mit sechsundzwanzig Jahren, geschieden, ohne Arbeit, ohne Ausbildung, ohne Einkünfte. Am

Anfang wohnte sie bei Gess, doch das
war keine Dauerlösung. Mit aller Kraft
stürzte Ariane sich in die Arbeitssuche.
Die Agentur für Arbeit zahlte ihr Kurse
für Computerschreiben und den
Umgang mit digitalen Programmen
und schickte ihr Stellenvorschläge.
Immer wieder musste sie sich in Firmen
vorstellen, die ihr jedoch bald absagten.
Das Arbeitsamt unterstützte sie weiter,
auch finanziell, und schließlich bekam
Ariane einen Praktikumsplatz bei
Lauinger. Ariane hatte einen Job,
eigenes Geld, und war so glücklich wie
lange nicht.

Die Stellenausschreibung

Mit steifem Nacken wachte Ariane auf. Als sie ein knallbuntes Bild an der Wand gegenüber sah, war sie für einen Moment verwirrt, doch dann erkannte sie Gess' Wohnung und ihr fiel alles wieder ein. Der Gedanke an die Absage quälte sie erneut und unvermindert. Mühsam setzte sie sich auf, bewegte vorsichtig ihren Hals und Rücken und klopfte ein paar Sofakissen zurecht. Dann stützte sie den Kopf in ihre Hände und starrte auf das Teppichmuster zwischen ihren Füßen. *Wie sollte es nur weitergehen?* Sie musste doch irgendwann wieder eine Arbeit finden. Den Sommer über hatte sie kurze Zeit als Bedienung gejobbt, aber es war nicht mehr wie früher gewesen. Mehrere Male hatte sie sich gefragt, wie sie das so lange ausgehalten hatte. Irgendwie passte es nicht mehr zu ihr.

Sollte sie eine Ausbildung machen? Mit fünfunddreißig?

Am nächsten Tag kaufte Ariane wie jeden Samstag die Wochenendausgabe der Tageszeitung. Obwohl es ein Luxus war, den sie sich kaum leisten konnte, setzte sie sich damit in ihr Lieblingscafé, bestellte eine heiße Schokolade und begann, die Stellenanzeigen zu studieren.

Auf der ersten und zweiten Seite war nichts Passendes dabei. Gegen ihren Willen begann ihre Stimmung schon wieder unmerklich abzusacken, da geschah etwas Außergewöhnliches. Als sie die dritte Seite aufschlug, wurde ihr Blick magisch angezogen von einer Anzeige in der unteren Ecke. Es war, als hätte jemand alle anderen Stellenangebote grau unterlegt und nur von dieser einen Anzeige ging ein seltsam anziehendes Licht aus.

Neugierig las Ariane den Text:

*Gesellschafterin für Privathaushalt
gesucht*

Für Herrn mittleren Alters (kein Sex!).
Unterstützung im Alltag, geringfügige
Betreuungsaufgaben, Begleitung zu
kulturellen Veranstaltungen,
Spazierfahrten, Gespräche. Keine
Pflege, keine Hausarbeit, nur leichte
Tätigkeiten.
Unabdingbar: Sympathie und
Vertrauen. Voraussetzungen:
Umgängliches Wesen, Zuverlässigkeit,
gute Umgangsformen, Bereitschaft, im
Süden Englands auf dem Land zu
leben, mittelgute
Englischgrundkenntnisse. Vorteilhaft,
jedoch nicht Bedingung:
PKW-Führerschein, Tierliebhaberin.
Vollzeitposition in Festanstellung.
Beginn zum nächstmöglichen
Zeitpunkt (je früher, desto besser).
Unterkunft und Verpflegung frei,
großzügige Bezahlung.

Anreise zum Kennenlernen wird erstattet. Muttersprachliche Bewerber aus Deutschland bevorzugt. Zeugnisse erbeten, jedoch entscheidet die Sympathie.

Bewerbungen mit den üblichen Unterlagen bitte an ellton@mail...

Ein Kribbeln erfasste Ariane.

Das war es! Das war *die Chance*, auf die sie gewartet hatte! Das war *ihr Job*!

Sie war so aufgeregt, dass sie sofort Gess anrief, doch die antwortete nicht. Wahrscheinlich kuschelte sie noch mit Beppo.

Ariane schrieb ihr eine SMS: «Ruf mich an! Ich habe den TOPJOB! Den Jackpot! Ich gehe nach England!!!!! :-)»

Danach versuchte sie, anstandshalber die restlichen Stellenanzeigen zu lesen, konnte sich jedoch auf nichts mehr konzentrieren. Als sie es weiter versuchte, meldete sich ein leises Pochen in den Schläfen, wie ein Vorbote von Kopfweh. Da ließ sie es.

Wieder und wieder las sie die Anzeige.
Warum suchten sie jemand aus
Deutschland? *Und was war das für ein
Herr?* Auf jeden Fall war es eine
einfache Arbeit, die sie definitiv
machen konnte. Und sie war hübsch,
ein weiterer Pluspunkt. *Nur was, wenn
es ein alter Griesgram war?* Dann wäre es
vielleicht doch nicht so lustig. Ach was.
Ariane schob die Meckerer aus ihrem
Inneren beiseite. Dann zahlte sie und
eilte nach Hause.
Sie musste eine Bewerbung schreiben!
Sie war gerade mitten im Anschreiben,
als es an der Tür klingelte. Verwundert
öffnete Ariane. Vor ihrer Wohnung
stand Gess, nach Luft schnappend.
Offenbar war sie die Treppen
hochgerannt.
«Bist du jetzt völlig verrückt
geworden?», rief Gess, kaum, dass sie
wieder atmen konnte.

«Hallo erstmal», sagte Ariane, während
ihre Freundin sie beiseite drängte und
in die Wohnung stürmte.
«Entschuldige, hallo.» Gess grinste
angestrengt. Es sah nicht wirklich
fröhlich aus. «Bitte sag mir sofort, dass
das ein schlechter Scherz war. Beppo
wollte, dass ich da bleibe und dich
anrufe, aber ich sagte, du schreibst
sowas nicht einfach so. Ich hab' mich so
aufgeregt, dass ich herkommen
musste.»
«Jetzt beruhig dich erstmal. Noch bin
ich ja da.»
«Aber du meinst es ernst?»
Ariane nickte. Dabei folgte sie eher
ihrem Gefühl als einer rationalen
Entscheidung.
«Was ist das für eine Arbeit? Und wieso
hast du so plötzlich schon eine Zusage?
Vorgestern hast du mir noch die Ohren
vollgeheult. Da hast du kein Wörtchen
davon gesagt, dass du morgen

auswandern willst. Und jetzt auf einmal?» Gess ließ sich aufs Sofa fallen.

«Ich hatte ja selbst keine Ahnung. Es kam alles sehr überraschend. Heute Morgen habe ich erst die Anzeige gelesen.» Ariane holte die zusammengefaltete Zeitungsseite von ihrem Tisch.

Gess starrte sie entgeistert an. «Du hast noch gar keine Zusage?»

Langsam schüttelte Ariane den Kopf. «M-m.»

Gess stieß einen kurzen Schrei aus.

«Und deshalb hetzt du mich durch die ganze Stadt? Am Samstagmorgen? Ich könnte mich jetzt noch selig mit Beppo in den Kissen wälzen! Mensch!»

Wütend sah sie Ariane an. «Wieso machst du dann so ein Tamtam, wenn noch gar nichts dingfest ist?»

«Weil ich weiß, dass es das ist. *Ich fühle es.*»

Ariane legte eine Hand auf ihr Herz. Sie wunderte sich selbst darüber, woher sie die Gewissheit nahm. «Hier, lies selbst.»

Sie reichte Gess die Anzeige.

Für eine Minute war Stille. Dann ließ ihre Freundin das Zeitungsblatt sinken. «Du *musst* verrückt sein. Dafür willst du nach England fliegen? Wer weiß, was das für einer ist. Und warum will er überhaupt jemanden aus Deutschland? Damit keiner nach dir sucht?»

Sie schüttelte den Kopf und gab Ariane die Anzeige zurück. «Das kann nicht dein Ernst sein.»

«Warum nicht?» Langsam wurde auch Ariane wütend. «Der Job klingt supereasy! Keine Hausarbeit, keine Pflege, nur mit ihm spazieren gehen und mit ihm sprechen, ihn zu Veranstaltungen begleiten. Das ist ein Witz, keine Arbeit! Und ich wollte schon immer mal nach England. *Der Süden!*» Ein träumerischer Ausdruck zog über ihr Gesicht. «Vielleicht sogar am Meer!»

Gess rümpfte die Nase. «'Auf dem Land', stand da. Das ist nicht am Meer. Ich glaube, du machst dir völlig falsche Vorstellungen. Du hast zu viele Filme gesehen und jetzt hast du irgendwelche wer weiß wie romantische Bilder im Kopf von einem Schlossherrn, der sich in dich verliebt! In Wirklichkeit wird es ein alter Eigenbrötler sein, der keinen Kontakt zur Außenwelt hat, in einem völlig heruntergekommenen Cottage lebt, wo du spätestens nach drei Wochen völlig vereinsamt und frustriert bist. Wenn du Glück hast, gibt es noch eine mürrische Hauswirtin und einen tauben Gärtner. Ich kann's mir lebhaft vorstellen.» Sie hielt inne, dann fiel ihr noch etwas ein. «Und irgendwie ist die Anzeige doch auch seltsam geschrieben.

‚Mittelgute Englischgrundkenntnisse' –
was soll das denn heißen? So redet
doch niemand.»
«Vielen Dank fürs Gespräch.» Ariane
war kurz davor, enttäuscht zu sein.
«Statt, dass du dich mit mir freust.»
Doch sie war auch hartnäckig. Wenn sie
einmal etwas wollte, blieb sie dabei.
«Das mit der Sprache bedeutet doch
nur, dass man nicht in Oxford studiert
haben muss, sondern sich eben
verständigen können soll, und das kann
ich. Wahrscheinlich schreiben sie nicht
jede Woche so eine Anzeige; das spricht
doch eher für und nicht gegen sie. Und
wenn er so zurückgezogen leben
würde, wie du tust, würde er nicht zu
kulturellen Veranstaltungen gehen.
Auch dass sie die Anreise zum
Vorstellungsgespräch bezahlen, finde
ich super. Egal, ob es klappt oder nicht,
sie bezahlen mir eine Reise nach
England! Ich finde, das alles klingt so
richtig gut. Und hast du mal die

Bezahlung gesehen? Unterkunft und Verpflegung sind frei, plus großzügige Bezahlung! Das heißt, ich brauche dort so gut wie kein Geld, und kann mir leicht etwas zusammensparen. Und das dafür, dass ich kaum arbeiten muss!»

«Papier ist geduldig. Wahrscheinlich hatte er gerade die Nase voll vom Spinnweben abwischen», sagte Gess.

«Du willst es einfach nicht verstehen. Ich habe es im Gefühl – *es ist richtig*.»

«Ich kenne dein Gefühl. Du hast genug von der Arbeitssuche und willst aus allem ,raus. Und ich kann dich sogar verstehen. Aber glaub mir – das hier ist *nicht* die Lösung.» Gess sah Ariane fest in die Augen. «Kannst du nicht noch ein bisschen warten?» Es klang fast flehentlich. «Du findest bestimmt hier was.»

«Ich suche schon seit einem Jahr. Weißt du, wie lange ein Jahr sein kann, wenn man sucht und sucht, aber nicht findet?» Arianes wirkte resigniert. «Seit

wann habe ich keinen richtigen
Lebensinhalt, ich weiß es gar nicht.
Eigentlich, glaube ich, hatte ich noch
nie einen. Weder im Bistro, noch mit
Eberhard, und auch die Arbeit bei
Lauinger hat mich nie wirklich erfüllt.
Jahrelang habe ich vor mich hingelebt,
aber hatte dabei immer das Gefühl,
dass etwas Wesentliches fehlt.»
Gess sah sie betroffen an. «Das wusste
ich nicht.»
«Ich wusste es ja selbst nicht. Irgendwie
wird es mir gerade erst so langsam klar.
Es wird Zeit, dass ich herausfinde, was
ich wirklich will. Es muss noch mehr
geben, als Tag für Tag vor sich
hinzuvegetieren.» Als sie erneut sprach,
klang ihre Stimme selbstsicherer. Ein
aufmerksamer Beobachter hätte jedoch
bemerken können, dass sie sich gar
nicht so stark fühlte, wie sie tat. «Ich
werde mich auf jeden Fall dort
bewerben. Ich habe nichts zu verlieren.

Und wenn sie mich einladen, fliege ich hin und sehe es mir an.»

Gess' Miene wurde traurig. «Und was ist mit mir? Zähle ich gar nicht?»

Eine Woge der Zuneigung überkam Ariane.

Innig nahm sie ihre Freundin in die Arme und drückte sie an sich.

«Natürlich zählst du. Ich werde dich schrecklich vermissen. Aber ich kann mir diese Chance nicht entgehen lassen. Und wenn sie mich wirklich nehmen, hoffe ich sehr, dass du mich besuchen kommst.» Sie lächelte. «Du kannst ja Beppo mitbringen.»

Gess lächelte schief. Sie versuchte, sich ihre Verzweiflung nicht anmerken zu lassen, denn sie war mehr als aufgewühlt. Ariane war ihre einzige und beste Freundin. Ohne sie fühlte sie sich manchmal wie verloren. Nur bei ihr hatte sie so etwas kennengelernt wie Heimat, eine Zugehörigkeit, die sie bei ihren Partnern bisher vergeblich gesucht hatte. Doch jetzt wollte ihre einzige Festung sie verlassen.

Als hätte Ariane ihre Gedanken gelesen, sagte sie: «Ich verlasse dich nicht. Es ist ja nicht für immer. Möglicherweise mal für ein Jahr. Bis dahin finde ich vielleicht heraus, was ich will und komme mit neuen Ideen zurück. Auf jeden Fall verspreche ich dir, dass du mich nicht verlieren wirst.»

«Wirklich?»

«Versprochen.»

«Sehr geehrte Frau Sommerfeldt, wir danken Ihnen sehr für Ihr Interesse an der ausgeschriebenen Stelle …», *doch bedauerlicherweise müssen wir Ihnen mitteilen, dass wir uns für eine andere Bewerberin entschieden haben.*

So oder so ähnlich lautete seit Monaten jedes Antwortschreiben. Ariane wollte es gar nicht wissen und klickte die Mail frustriert wieder weg, bevor sie sie ganz gelesen hatte. Enttäuschung machte sich in ihr breit. Sie hatte sich

schon im Flugzeug nach England
gesehen.

Doch nachdem sie zwei Werbemails
gelesen hatte, dachte sie, wenn sie
schon eine Absage bekam, wollte sie es
auch wissen, und öffnete die Mail
erneut.

Von: ellton@mail...
An: Arina20@gm...
Betreff: Ihre Bewerbung

Sehr geehrte Frau Sommerfeldt,

wir danken Ihnen für Ihr Interesse an
der ausgeschriebenen Stelle.

Ihre Bewerbung hat uns gefallen. Wir
möchten Sie gerne kennenlernen und
würden uns sehr freuen, Sie alsbald bei
uns begrüßen zu dürfen. Wir befinden
uns in Staverton (bei Totnes) in der
Grafschaft Devon im Süden Englands.

Bitte buchen Sie den nächstmöglichen
Flug nach Bristol. Von dort aus nehmen
Sie am besten den Überlandbus nach
Paignton. Sobald Sie Ihren Flug haben,
können Sie auch Ihre Busfahrt übers
Internet buchen. Bitte teilen Sie uns
baldmöglichst Ihre Ankunftszeit in
Paignton mit. Sie werden dort abgeholt.

Wenn Sie noch Fragen haben, melden
Sie sich gerne.

Es grüßt Sie herzlich,
Eliza Livingston

Es grüßt Sie herzlich, Eliza. Ariane lachte
über das ganze Gesicht. *Ich grüße Sie
auch, Eliza! Ich grüße Sie!*
Ariane sprang vom Stuhl auf und
tanzte durchs Zimmer. Immer wieder
lachte sie und jubelte innerlich, ballte
vor Freude die Fäuste in Siegerpose
und tanzte weiter.

Erst eine Stunde später rief sie Gess an.

«Sie nehmen mich!» Ariane konnte die Freude nicht unterdrücken.

«War ja klar.» Gess war nicht begeistert. «Herzlichen Glückwunsch.»

«Danke.» Ariane war zu glücklich, um es Gess übelzunehmen.

«Wann fliegst du?»

«Nächsten Donnerstag.»

«Aber das ist ja schon in fünf Tagen! Warum denn so schnell? Ich habe nicht gedacht, dass du so schnell weg bist.» Gess' Aufregung klang eher traurig.

«Sie wollten, dass ich den nächstmöglichen Flug nehme.»

«Und das hast du natürlich gemacht.» Eine Pause trat ein. «Ich freue mich für dich.»

«Dankeschön. Danke, Gess, für alles. Glaub mir, du wirst mich nicht verlieren. Das ist nicht das Ende.»

«Mh.»

«Wir sehen uns vorher noch.»

«Okay.»

Die nächsten Tage vergingen wie im Flug. Ariane packte zigmal ein und wieder aus, überlegte, was sie mitnehmen sollte und was nicht. War es in England nicht immer kühl und regnete häufig? Oder war es im Süden doch eher warm? Sie hatte keine Ahnung, recherchierte im Internet und konnte sich trotzdem nicht entscheiden.

Schließlich war der Tag des Abflugs gekommen. Gess kam nicht mit nach Frankfurt, sie musste arbeiten.
Ist vielleicht besser so, dachte Ariane, obwohl sie sich am Flughafen etwas verloren vorkam. Sie war überaus müde, da sie sehr früh hatte aufstehen müssen. Doch sie bemerkte, dass sie dankbar dafür war, mit Eberhard oft verreist zu sein, denn das erwies sich jetzt als äußerst hilfreich. Auch wenn er sich immer um alles gekümmert hatte, war ihr doch der ‚Rummel‘ vertraut und sie fand sich besser zurecht, als sie

erwartet hatte. Sie war ein bisschen stolz auf sich und lächelte in sich hinein. Immerhin flog sie zum ersten Mal allein.

England

Der Flug verlief reibungslos und überraschend schnell landete die Maschine pünktlich um 10:35 Uhr Ortszeit in Bristol. Knapp zwei Stunden später fuhr der Bus ab, doch die Fahrt endete schnell, denn im Busbahnhof von Bristol musste sie umsteigen und hatte dabei noch einen kleinen Aufenthalt. Doch das störte Ariane nicht. Es gab ihr Zeit, in England anzukommen. Sie beobachtete die Reisenden und stellte überrascht fest, dass sie sich weniger verloren fühlte als auf dem Flughafen in Deutschland. Später genoss sie es, die südenglische Landschaft zu bewundern, die an ihr vorbeizog. Bald nach Beginn der Fahrt konnte sie sogar schon das Meer sehen. Ariane war glücklich. Zum ersten Mal war sie allein unterwegs in einem fremden Land und hatte das Gefühl, das Reisen noch nie so sehr genossen zu haben. Dazu kam die Schönheit der Natur – die ganze Gegend war ein Traum. Wenn Ariane eine romantische Szene hätte malen wollen, hätte sie dafür einen solchen Hintergrund gewählt. Sanfte, weite Hügel mit Grasflächen in hellem Grün, in harmonischen Mustern von dunkelgrünen Laubbäumen bedeckt, mal als ein langer Streifen, dann wieder in Form von Wäldern oder Hainen. Dazwischen gab es ein paar Schafe, einen Kirchturm, Dörfer, die friedlich vor sich hin dösten.

Gegen Ende wurde Ariane langsam unruhiger. Als sie schließlich Paignton erreichten und der Bus in die Innenstadt fuhr, an einem Park vorbei, begann ihr Herz wild zu klopfen. Nachdem sie im Trubel des Aussteigens ihr Gepäck zurückergattert hatte, sah sie sich um und sah eine hübsche, sehr gepflegte Frau auf sich zukommen. Sie

war viel jünger, als Ariane
angenommen hatte.
«Guten Tag», begrüßte die Frau sie
herzlich. «Sie sind Frau Sommerfeldt?»
Ariane nickte.
«Freut mich, Sie kennenzulernen. Ich
bin Eliza Livingston. Wir haben uns
geschrieben.»
«Freut mich auch.»
Ariane bekam kaum ein Wort heraus.
Sie war auf einmal schrecklich nervös.
Die ganze Fahrt über hatte sie sich gut
gefühlt, wie in einem leichten Traum.
Doch jetzt, wo das Ziel so nahe war,
fragte sie sich, ob sie sich zu weit
vorgewagt hatte.
Was machte sie hier?
Wollte sie wirklich in England leben?
Bei Menschen, die sie nie zuvor
gesehen hatte und mit denen sie nichts
verband außer einem Arbeitsvertrag?
Plötzlich kam ihr der Plan gar nicht
mehr so toll vor, nur noch unüberlegt.
Sie verstand sich selbst nicht mehr.

Weder, warum sie sich darauf
eingelassen hatte, noch, warum ihr das
bisher nicht aufgefallen war. Sie gab
sich Mühe, sich nichts anmerken zu
lassen, doch in ihr reifte der Entschluss,
bei der nächstbesten Möglichkeit
wieder abzureisen.
Obwohl es an ihrer Auftraggeberin
nichts auszusetzen gab. Ganz im
Gegenteil. Eliza Livingston war nicht
nur sehr hübsch und offensichtlich
mehr als wohlhabend, wenn man nach
ihrer Kleidung und dem silbernen
Sportwagen urteilen durfte, zu dem sie
Ariane führte. Sie war außerdem auch
noch wirklich *sympathisch*.
«Wir können gerne Deutsch sprechen,
wenn es Ihnen recht ist», sagte Eliza.
Ariane nickte.
«Gerne. Ich kann auch Englisch, aber
nach der Schule habe ich es nicht so oft
benutzt. Ich muss es erst wieder
entstauben.»

«Das wird schneller gehen, als Sie denken.» Eliza lächelte. «Aber wir freuen uns, wenn wir Deutsch sprechen können. Unsere Großmutter kam aus Deutschland und wir fühlen uns zu dem Land und der Sprache hingezogen. Später haben wir es zum Teil in der Schule oder an der Uni gelernt. Und auf Livingston Hall, dem Landsitz, wo meine Cousins wohnen, gibt es einen Butler, der Deutsch spricht. Seine Mutter war Deutsche.»
Ariane musste sich eingestehen, dass das alles sehr vorteilhaft klang. Doch am meisten blieb ihr ‚auf *Livingston Hall*‘ im Ohr. Das klang fast wie ‚auf Schloss …‘!
Und einen Butler hatten sie auch!
Sie verstauten das Gepäck und stiegen ein.
«Normalerweise hätte der Butler, er fungiert auch als Fahrer, Sie abholen können, aber die Bewerberinnen für die Stelle habe alle ich persönlich

abgeholt.» Als Eliza Arianes
Stirnrunzeln bemerkte, fügte sie hinzu:
«Keine Angst, es waren nicht viele.
Bisher waren zwei Damen da, aber das
hat nicht gepasst.» Sie ordnete sich in
den Verkehr ein. «Es ist nicht sehr weit
bis Staverton. Wir fahren über Totnes,
das ist die nächste Stadt bei Staverton,
oder eher Städtchen. So lernen Sie
gleich die Umgebung etwas kennen.»
«Ich habe gesehen, ich hätte bis Totnes
fahren können, oder mit dem Zug,
glaube ich, sogar bis Staverton …»
«Ich weiß, aber ich wollte Sie ein
bisschen früher treffen, damit wir etwas
Zeit haben, um über ein paar Dinge zu
sprechen.» Eliza fuhr sich durch die
Haare. «Ich habe in Paignton eine
Galerie. Zurzeit bin ich wegen meinem
Cousin sehr oft in Staverton und
bemühe mich, so viel wie möglich
telefonisch zu organisieren. Aber
manches geht eben nur vor Ort. Genau
deshalb brauchen wir *Sie*. Ich muss

mich dringend wieder mehr ums Geschäft kümmern. Und Ihre Ankunft gab mir einen Vorwand, in die Stadt zu fahren.»

Sie wohnt also nicht selbst dort. Ariane wusste nicht, ob sie das gut oder schlecht finden sollte. Eigentlich wäre es gut gewesen, eine Verbündete in der Nähe zu haben. Wenn sie aber sowieso wieder abreisen wollte, spielte das keine Rolle.

«Der Mann, um den Sie sich kümmern sollen, ist mein Cousin, Charles Livingston. Er hatte einen schweren Unfall mit einem komplizierten Beinbruch. Jetzt sitzt er im Rollstuhl und hadert mit der Welt.»

«Aber wird er wieder gehen können?»

«Natürlich wird er wieder gehen können. Das Problem ist nicht sein Bein. Der Unfall war zwar schlimm, aber sein Bein wird heilen. Charles bekommt jeden Tag Ergotherapie, ein Therapeut fährt extra immer ,raus nach

Staverton.» Eliza lachte. Dann wurde sie wieder ernst. «Ich lache jetzt, aber in Wirklichkeit mache ich mir Sorgen um Charles. Ich mag ihn sehr. Einen Gutteil meiner Kindheit habe ich auf Livingston Hall verbracht und wir stehen uns nahe. Aber im Moment geht es ihm nicht gut.»

Wenn er ihr Cousin ist, kann er ja noch nicht so alt sein, dachte Ariane, wagte aber nicht, zu fragen. Eliza ließ ihr sowieso keine Zeit.

«Das Schlimme ist, dass Charles an dem Tag des Unfalls seine Freundin verloren hat.»

Ariane blickte Eliza erschrocken an.

«Nein, nicht, was Sie denken. Sie lebt. Aber sie hat Charles betrogen. Dabei hat er gedacht, dass sie heiraten. Er war kurz davor, sie zu fragen, oder vielleicht hatte er ihr auch schon einen Antrag gemacht. Er spricht nicht darüber.»

Eliza konzentrierte sich auf den Verkehr.

Ariane nahm die vorbeiziehende Landschaft wahr, war in Gedanken jedoch bei der Geschichte, die ihre Fahrerin erzählte. Was sie hörte, berührte sie auf eine seltsame Art, als wäre ihr die Geschichte vom tiefsten innersten Gefühl her vertraut.

«Es war vor einem halben Jahr. Charles war morgens zu Nora gefahren und hat sie dort auf frischer Tat erwischt. Es muss schrecklich für Charles gewesen sein. Naja, für wen wäre es nicht schrecklich, die Person, die man heiraten will, mit einer anderen im Bett zu sehen.» Eliza schüttelte den Kopf. «Danach ist Charles in sein Flugzeug gestiegen, ich weiß nicht, was er vorhatte. Vielleicht wollte er seinen Schmerz beim Fliegen vergessen. Auf jeden Fall hatte der Motor einen Defekt und Charles ist abgestürzt. Dass er überhaupt überlebt hat, ist ein reines

Wunder.» Sie nahm Druck vom Gaspedal und fuhr etwas langsamer. «Und als wäre das alles nicht schon genug, ist kurz darauf meine Tante gestorben, seine Mutter. Sie war schon länger krank gewesen und es kam nicht unerwartet, doch es hat Charles, vermutlich auch wegen der Umstände, besonders schlimm getroffen. Und er hatte immer eine besonders gute Beziehung zu seiner Mutter gehabt.» Eliza atmete tief durch. «Seitdem ist mit ihm nichts mehr anzufangen. Er spricht nicht, interessiert sich für nichts mehr. Es ist, als hätte er jegliche Lebensfreude verloren.»

Mitgefühl überkam Ariane.

Wie gut konnte sie Charles verstehen!

«Das verstehe ich», sagte sie.

Dabei lag in ihrer Stimme ein Ton, der Eliza dazu veranlasste, den Kopf nach ihr umzuwenden und sie neugierig anzusehen. Falls sie sich dabei etwas dachte, sagte sie doch nichts.

«Und jetzt wollen Sie, dass jemand Charles die Lebensfreude wieder zurückgibt?», fragte Ariane.
Eliza nickte.
«Genau. Ich muss allerdings zugeben, dass das keine leichte Aufgabe ist, vor allem …», sie zögerte etwas, «weil er von der Idee keineswegs begeistert ist.»
Warum wundert mich das nicht?, fragte sich Ariane.
«Ich konnte ihn nicht wirklich davon überzeugen, jemanden zu holen», gab Eliza zu. «Ich habe es trotzdem gemacht. So, wie er sich seit Monaten hängen lässt, kann es nicht weitergehen. Er scheint manchmal fast depressiv zu sein und ich habe ihn schon gefragt, ob er nicht eine Therapie machen will, aber dagegen wehrt er sich mit Händen und Füßen. Eine junge Frau zur Gesellschaft einzustellen, hat er nicht ganz so vehement abgeschlagen.»
Tolle Voraussetzungen, dachte Ariane.

«Ich dachte mir, ein Versuch kann nichts schaden», sagte Eliza. «Mehr als schiefgehen kann es nicht. Wir haben nichts zu verlieren.»

Auch das kam Ariane sehr bekannt vor. Schließlich fuhren sie durch Totnes, wo sie zum ersten Mal den Fluss Dart überquerten, wie Eliza Ariane erklärte. Kurz darauf verließen sie das Städtchen wieder und weiter ging es, an kleinen Siedlungen vorbei, bis sie ein zweites Mal über den Fluss fuhren.

«Jetzt sind wir gleich da», sagte Eliza. «Oder wollen Sie zuerst kurz Staverton sehen?»

«Ich dachte, wir fahren nach Staverton», sagte Ariane verunsichert.

«Ja, nur das Haus liegt außerhalb. Ich zeige Ihnen kurz den Ort. Viel zu sehen gibt es sowieso nicht.»

Eliza fuhr ins ‚Zentrum‘, doch gab es in der Tat außer ein paar Häusern und einem Gasthaus wenig zu sehen. Sie wendeten und fuhren zurück, über

schmale, von hohen Hecken gesäumte
Straßen. Ariane wäre hier nicht gerne
gefahren, denn man konnte nie
voraussehen, wann Gegenverkehr kam.
Eliza schien es nicht zu stören. Es kam
ihnen auch so gut wie niemand
entgegen.

Schließlich bog Eliza in eine Einfahrt,
die zu einem großen schmiedeeisernen
Tor führte. Vom Auto aus drückte sie
einen Klingelknopf, der in einem der
Torpfosten eingelassen war. Auf eine
unverständliche Frage antwortete sie
nur ‚Wir sind's', woraufhin sich das Tor
automatisch öffnete. Durch eine Allee
mit weißem Kies näherten sie sich und
hielten schließlich vor der Freitreppe
eines über ihnen aufragenden
Herrenhauses.

«Das ist Livingston Hall», verkündete
Eliza, während sie den Motor
abschaltete. Dann drehte sie sich zu
Ariane um und lächelte. «Herzlich
Willkommen!»

Probezeit

Sprachlos stand Ariane vor dem Haus. Es kam ihr vor wie ein Fels in der Brandung. Aus grauem Stein erbaut, mit weißen Fensterrahmen, war es fast schmucklos, doch so massiv, dass es wirkte, als würde es seine Bewohner mit dem eigenen Leben beschützen, wenn es sein musste. Ohne etwas von den Anbauten zu erahnen, die dahinter lagen, erschien Ariane das Haus bereits gewaltig. *Hier sollte sie wohnen?* Oben auf der Treppe stand eine Bedienstete und wartete. Über einem schwarzen Kleid trug sie eine weiße Kittelschürze, gekrönt von einer weißen Haube. Ihre Bekleidung erinnerte Ariane ans neunzehnte Jahrhundert. Sie hätte nicht gedacht, dass es so etwas wirklich noch gab. Währenddessen holte ein Butler, ebenfalls in Livree, ihr Gepäck aus dem Auto und trug es ins

Haus. Zögernd betrat auch Ariane die ersten Stufen und stieg langsam hinauf. Abwesend registrierte sie eine Rampe, die nachträglich eingebaut worden war, über die man Gegenstände oder kleine Fahrzeuge rollen konnte.

Die Bedienstete begrüßte sie freundlich und zurückhaltend. Eliza ging voraus und rief nach Charles, während Ariane sich neugierig nach ihm umblickte.

Doch er war nirgends zu sehen.

«Wo ist er nur?», wunderte sich Eliza. Sie ging in sein Arbeitszimmer, doch da war er auch nicht. «Na, mal sehen, ob er bis zum Essen auftaucht. Er ist wirklich ein Sturkopf.»

Sie lächelte entschuldigend. Offenbar war es ihr peinlich, dass ihr Cousin nicht zur Begrüßung erschien. Dann richtete sie sich auf.

«Um halb acht gibt es Abendessen. Bis dahin können Sie sich ein wenig ausruhen und von der Reise erholen. Sie müssen sehr erschöpft sein.»

Ariane nickte dankbar.

«Josy wird Ihnen Ihr Zimmer zeigen.»
Eliza gab der Bediensteten, die sich
dezent im Hintergrund gehalten hatte,
ein Zeichen. Sofort nickte diese und
kam herbei.

«Wenn Sie noch irgendwelche Wünsche
haben, wenden Sie sich vertrauensvoll
an Josy. Sie ist die gute Seele hier im
Haus», sagte Eliza.

Ariane konnte nur nicken. Dann folgte
sie Josy nach oben.

Während Ariane der Bediensteten
hinterherging, bestaunte sie das
Gebäude und die Inneneinrichtung.
Das Haus kam ihr vor wie ein kleines
Schloss. Prunkvolle Lüster warteten
darauf, ihre Lichtreflexe auf die
Umgebung zu werfen, dunkel
gewordene Gemälde in dicken
goldverzierten Rahmen hingen am
Treppenaufgang und wechselten sich
mit eleganten kleinen Lampen in
Kerzenform ab. Auf dem Boden lag ein

mit Messingknöpfen befestigter
Teppich, der sich bis zum
Treppenabsatz im ersten Stock
hinaufzog. Oben betraten sie einen
weiten Flur mit hoher Decke, von dem
viele Zimmertüren abgingen.
Dazwischen standen kleine Kommoden
oder schmale, geschwungene Simse, die
unter großen Spiegeln angebracht
waren. Bevor Ariane alle Details in sich
aufnehmen konnte, öffnete Josy bereits
eine der Türen und führte ihren Gast
hinein.

Ariane konnte kaum ihren Augen
trauen. Es war wie im
Märchenparadies. Auf der linken Seite
des Raums stand ein Himmelbett mit
einem weinroten Baldachin, die
Vorhänge am Kopfende sorgsam mit
dicken Kordeln festgezurrt. Das Bett
war unter einer weißen, gestrickten
Tagesdecke verborgen; darüber waren
mehrere prallgefüllte Kissen ordentlich
aufgestellt. Auf einem Nachttisch aus

glänzendem Edelholz lag ein
Spitzendeckchen, darauf eine Karaffe
Wasser und ein Glas. Daneben stand
ein Telefon aus der Zeit, als es noch
keine Handys gegeben hatte, mit einer
Samthaube, ebenfalls weinrot, mit einer
goldenen Borte verziert.
Den Boden bedeckten dicke Teppiche,
die flauschig und erstaunlich neu
aussahen. Überhaupt wirkte das ganze
Zimmer keineswegs altmodisch,
sondern bei aller Eleganz so, als wäre es
gerade neu eingerichtet worden. Hinter
dem Bett befand sich eine Sitzgruppe
mit einem kleinen, gemütlichen Sofa,
einem Sessel und einem Fußpolster,
alles um einen niedrigen Tisch geschart.

Auf der anderen Seite des Raums
befand sich vor dem Fenster ein
Sekretär mit ausgeklappter
Schreibplatte, davor ein Stuhl, seitlich
daneben ein Kleiderschrank und ein
Schminktisch mit einem weiteren Stuhl.

Alles aus dem gleichen Edelholz.
Wahrscheinlich sind die Armaturen im Bad aus Gold, dachte Ariane. Sie musste aufpassen, dass sie nicht laut lachte – vor Überraschung und Ungläubigkeit. Wie aufs Stichwort öffnete Josy eine Tür in der Wand und zeigte Ariane das dahinterliegende Bad. Ein flauschiger weißer Bademantel, frische ordentlich aufeinandergestapelte Handtücher, und auf dem breiten marmornen Waschtisch, in den das Waschbecken eingelassen war, eine Sammlung von Wasch- und Badeessenzen. Ariane fiel ihr Bad zuhause ein, die kleine Dusche, wo nirgends Platz war, um etwas hinzustellen, die alten Kacheln, das …
Nein, stop. Ich bin jetzt hier, sagte sie sich. *Warum an etwas anderes denken?*
«Brauchen Sie noch etwas?», fragte Josy.
Ja, einen Schnaps. Einen doppelten, bitte.
«Nein, danke, vielen Dank, im Moment nicht.»

*Aber später könnten Sie mir vielleicht noch
ein Glas Sekt bringen, oder nein, warten
Sie, besser einen Kir Royal, wenn ich im
Schaum in der Wanne liege.*
Ariane musste aufpassen, dass sie nicht
hysterisch wurde, wenn sie sich sah,
wie sie mit einer Bediensteten sprach.
Sie hatte eine Bedienstete!
Nachdem Josy gegangen war, probierte
Ariane ihr Handy, doch sie hatte kein
Internet. Sie ging zu dem Telefon, hob
den Hörer ab, vernahm ein Freizeichen
und wählte wagemutig Gess' Nummer.
Sie hatte ein bisschen ein schlechtes
Gewissen, dass sie ohne zu fragen
einen Fernanruf tätigte, doch sie wollte
nicht erst drei Kilometer durch das
Haus laufen und irgendjemanden
suchen. Solange Josy da war, hatte sie
nicht daran gedacht. Und jetzt brauchte
sie dringend etwas Vertrautes.
Gess hatte schon ungeduldig gewartet.
«Und, wie ist es?»

«Also, zuerst war es super, die Fahrt
hierher, dann aber, als ich meine
Auftraggeberin kennengelernt habe,
habe ich doch kalte Füße gekriegt. Es ist
schon etwas anderes, sich das Ganze
vorzustellen oder es wirklich zu
machen.»
Gess lachte erleichtert. «Na, siehst du!
Das habe ich mir ja gleich gedacht! Ehe
du dich versiehst, bist du wieder da!»
«Naja, ich weiß nicht», begann Ariane
zögernd. «Wenn du mein Zimmer
sehen würdest …»
«Warum, was ist damit? Ist es nicht
schön? Wenn du nicht dortbleiben
willst, dann geh wieder. Nimm dir ein
Hotel, ich bezahle es dir. Wenn du dich
nicht wohl fühlst, bleib auf keinen Fall
dort!» Gess klang streng.
«Das ist es nicht.»
«Was ist es dann? Muss ich dir jedes
Wort aus der Nase ziehen?»
«Du lässt mich ja nicht zu Wort
kommen», sagte Ariane.

«Okay, Entschuldigung. Bitte sehr, sprich.»

Zögern.

Dann sagte Ariane: «Das Zimmer ist ein Traum.»

«Was?»

«Ja, ich wohne hier in einem Märchenschloss und ich bin eine Prinzessin.»

«Haben Sie dir irgendwas ins Getränk getan?», fragte Gess argwöhnisch.

«Kannst du jetzt bitte mal normal sprechen?»

«Ich bin normal», widersprach Ariane.

«Oder nein, vielleicht auch nicht. Das hier ist schwer zu glauben. Ich kann dir nur sagen, stell dir ein Schloss vor und dann weißt du, wie ich untergebracht bin. Ich habe eine Bedienstete! Und ein Himmelbett und ein Bad mit goldenen Armaturen!» (Die Armaturen waren tatsächlich aus Gold. Ob gemalt oder echt, war unerheblich.)

«Du hast eine Bedienstete?», fragte
Gess ungläubig. «Ich dachte, du sollst
für sie arbeiten.»
«Ja, schon, sie ist nicht nur für mich da,
sondern für alle. Aber sie steht auch
mir zu Diensten.» Ariane konnte es
immer noch nicht glauben.
«Und wie ist *er*?», fragte Gess.
«Ich habe ihn noch nicht
kennengelernt», gab Ariane zu.
«Ha!»
«Nichts ‚ha‘. Ich sehe ihn nachher beim
Abendessen.»
«Okay, dann habe ich ja noch eine
Chance. Vielleicht ist er schrecklich.»
«Ja, bestimmt.» Ariane war auf einmal
sehr müde. «Ich verabschiede mich
jetzt. Ich will mich noch ein bisschen
ausruhen.»
«Pass auf dich auf. Und danke, dass du
angerufen hast. Wenn was ist, dann
melde dich. Ich bleibe erreichbar.»
«Das ist lieb von dir. Dankeschön.»

Ariane wurde durch ein lautes Klopfen an der Tür geweckt. Sie war tatsächlich eingeschlafen. Eigentlich hatte sie sich nur kurz ausruhen wollen, genoss die sanfte Wohligkeit des Bettes und hatte dann nicht mehr viel gedacht.
Erschrocken stand sie auf und fuhr sich durch die Haare. War sie etwa zu spät zum Abendessen?
Es klopfte erneut. Hastig öffnete Ariane die Tür. Es war Josy.
«Es tut mir leid, Madam, wenn ich störe, aber die Herrschaften sind bereits zu Tisch. Sie baten mich, Ihnen Bescheid zu sagen, dass das Abendessen bereit ist.»
Ariane war hochrot geworden.
Wie überaus peinlich!
Sich schon am ersten Abend zu blamieren. Sie schämte sich sehr. Eine Entschuldigung stammelnd schloss sie die Tür, eilte zum Spiegel und machte sich, so schnell sie konnte, zurecht.
Dann ging sie hinunter.

Glücklicherweise hatte Josy am Ende
der Treppe auf sie gewartet und führte
sie zum Speisezimmer. Scheu betrat
Ariane den Raum, sah zum ersten Mal
einen erleuchteten Kristalllüster, der
tausendfach funkelte, den schön
gedeckten Tisch, flüchtig Eliza, die sich
lächelnd erhob, und dann – ihn!
Oh Gott!
Wie sehr hatte sie sich geirrt!
In ihren Gedanken hatte sie immer
einen älteren Mann um die sechzig,
vielleicht sogar siebzig, gesehen, rüstig,
fit, möglicherweise sogar sportlich, aber
auf jeden Fall mit grauen Haaren und
aus einer anderen Generation. Doch
jetzt war er ein sehr attraktiver Mann
im besten Alter! Er sah unglaublich gut
aus! Mit braunen, kurzen Haaren,
breiten, muskulösen Schultern und
einem äußerst attraktiven Gesicht. Er
lächelte spöttisch, was ihn nicht sehr
freundlich wirken ließ, doch seine

geschwungenen Lippen kamen dabei
voll zur Geltung.

Was für ein Kussmund!

Sprachlos starrte Ariane ihn an,
während Eliza um den Tisch
herumkam und sie herzlich begrüßte.
Aus dem Augenwinkel registrierte
Ariane, dass schon eine Vorspeise
aufgetragen worden war und wurde
wieder rot.

«Schön, dass Sie da sind.» Eliza sprach
ohne Unterton. Sie meinte, was sie
sagte. Und sie sprach auch hier Deutsch
mit ihr.

«Es tut mir sehr leid.» Ariane hatte das
Gefühl, als würden ihre Wangen
glühen. «Ich bin tatsächlich
eingeschlafen. Ich hatte mich nur kurz
etwas hinlegen wollen. Normalerweise
schlafe ich nicht so leicht ein …»

Oh Gott, ich rede zu viel.

Eliza lachte. «Das kennen wir. Sie
werden sehen, diese Gegend hier ist die
reinste Entspannungsoase. Ich schlafe

hier draußen auch immer besser als in der Stadt.» Dann sah sie zwischen Ariane und ihrem Cousin hin und her. «Darf ich Sie bekannt machen? Das ist mein Cousin Charles Livingston. Charles, das ist Ariane Sommerfeldt.» Charles reichte Ariane die Hand. «Sie verzeihen, Gnädigste, wenn ich sitzenbleibe. Vielleicht hat Ihnen meine werte Vetterin auch erzählt, dass ich derzeit etwas indisponiert bin?» Seine beinahe abweisende Begrüßung versetzte Ariane einen Stich; sie beschloss jedoch, es vorerst zu ignorieren. Immerhin war es positiv, dass auch er Deutsch sprach. Außerdem war sie ganz gefangen von dem festen Händedruck seiner warmen, starken Hand, und von seinen leuchtend hellblauen Augen.
Alles andere war unwesentlich.
«Ja, ja, ich meine, nein, das macht nichts, natürlich nicht. Bleiben Sie bitte sitzen.»

«Sehr freundlich», sagte Charles und ließ sich wieder zurücksinken.

Erst jetzt nahm Ariane wahr, dass hinter seinem Stuhl ein Rollstuhl stand. Charles saß am Tischende, seine Cousine neben ihm.

Eliza deutete auf den Platz ihr gegenüber. «Bitte setzen Sie sich doch.»

Nachdem Ariane sich gesetzt hatte und sie sich der Vorspeise widmeten, brachten Josy und der Butler Schüsseln und stellten sie auf Wärmplatten auf einer Anrichte an der Wand. Dann warteten sie, bis die Herrschaften mit der Vorspeise fertig waren, worauf sie das erste Gedeck abräumten und das Essen auftrugen. Es gab gebutterte, angebratene Kartoffeln, Erbsen und einen dampfenden Braten mit Pilzen, Soße und Preiselbeeren. Alles duftete köstlich.

Nachdem sie eine Weile schweigend gegessen hatten, unterbrach Charles die Stille.

«Nun, was machen Sie so? Erzählen Sie
etwas von sich.» Während Ariane
angestrengt überlegte, was sie erzählen
sollte, sprach er schon weiter. «Sie
müssen wissen, dass diese Idee mit
einer Aufpasserin nicht auf meinem
Mist gewachsen ist. Ich brauche keinen
Babysitter. Ich bin alt genug.»
«Wir wissen, dass du keine Babysitterin
brauchst», erwiderte Eliza. «Aber
Gesellschaft. Dir fällt ja hier die Decke
auf den Kopf. Seit Monaten vergräbst
du dich und wirst dabei immer
unleidlicher. Du brauchst dringend
jemanden, der dich auf andere
Gedanken bringt.»
Ariane war überrascht, wie offen und
direkt Eliza mit ihrem Cousin sprach,
noch dazu vor einer Fremden. Doch es
schien ihn nicht zu stören. Sie hatte
sogar fast den Eindruck, als gefiele es
ihm.
«Und du meinst, ein deutsches
Kindermädchen wäre das Richtige?»

Ariane fühlte, wie sie erneut errötete.
Sie wollte schon den Mund öffnen,
doch Eliza kam ihr zuvor.
«Charles, bitte erinnere dich an deine
Manieren. Frau Sommerfeldt sitzt
neben dir. Sie kann dich hören. Und sie
ist *unser Gast*.»
Sofort ließ Charles sein Besteck sinken
und wandte sich an Ariane. Diesmal
schienen seine Worte ernst gemeint zu
sein.
«Ich bitte um Entschuldigung.
Manchmal vergesse ich tatsächlich
meine Manieren. Bitte entschuldigen
Sie, ich habe es nicht böse gemeint. Ich
weiß nur nicht, ob das Ganze eine so
gute Idee ist, das ist alles.»
Das weiß ich auch nicht, dachte Ariane.
«Wenn Sie möchten, kann ich gerne
wieder abreisen.»
«Immer mit der Ruhe», sagte Charles.
«Sie sind ja gerade erst angekommen.
Lassen Sie uns sehen, was die nächsten
Tage bringen. Soweit ich weiß, hat

meine Cousine eine Probezeit von drei Tagen mit Ihnen vereinbart, ist das richtig?»

Ariane nickte.

«Dann bleiben Sie doch ...», begann Charles.

«Natürlich bleiben Sie!», unterbrach Eliza ihn mit erhobener Stimme. «Ich habe ein gutes Gefühl bei Ihnen. Aber natürlich dürfen auch Sie prüfen, ob der Job für Sie das Richtige ist. Bleiben Sie ein paar Tage und entscheiden Sie dann in aller Ruhe. So kurz nach einer Reise und neu in der Fremde hat man meistens keinen klaren Kopf. Da sollte man keine überstürzten Entscheidungen treffen. Kommen Sie erst mal an.» Sie lächelte Ariane ermutigend zu und erhob ihr Glas. «Lasst uns anstoßen. Auf Sie!» Daraufhin erhoben auch Charles und Ariane ihre Gläser und prosteten einander zu.

Der Rest des Essens verlief ohne
Probleme. Ariane erzählte ein bisschen
von sich, ließ dabei alles über ihre
Scheidung fein säuberlich aus, blieb
stattdessen bei unverfänglichen
Themen wie ihrer Arbeit bei Lauinger
oder ihren Eltern. Erfolgreich wand sie
sich um jede zu persönliche Frage,
wobei sie nicht wusste, wie lange sie
das aufrechthalten konnte. Aber musste
sie das überhaupt? In ihrem Lebenslauf
stand schließlich, dass sie geschieden
war. Trotzdem war sie sehr froh
darüber, dass niemand direkt danach
fragte.

Nach dem Essen gingen sie ins
Kaminzimmer, einen gemütlichen
Raum mit einigen Bücherregalen,
weichen Teppichen und bequemen
Sesseln vor der Feuerstelle. Der Butler
legte zwei Holzscheite nach, die
ordentlich neben dem Kamin
aufgestapelt waren, und das Feuer
prasselte zischend auf. Ariane und ihre

Gastgeber saßen in den Sesseln und tranken ein Glas Wein. Charles hatte sich dafür wieder aus seinem Rollstuhl erhoben und mühsam in den Sessel fallen lassen, wobei Ariane sich fragte, ob es nicht ein wenig gespielt war. Etwas war in seiner Bewegung, das leichter wirkte, als er vorgab. Doch sie kannte ihn zu wenig, um das beurteilen zu können. Vielleicht lag es nur daran, dass er vor seinem Unfall sehr sportlich gewesen war. Jedenfalls registrierte sie erleichtert, dass er zumindest kurz stehen konnte und war beeindruckt von seiner Größe.

Eine Weile sprachen sie über einige Reisen, die sie schon gemacht hatten, und Ariane stellte überrascht fest, dass sie sich eigentlich ganz wohl fühlte. Obwohl Charles seine etwas distanzierte Haltung beibehielt, hatte sie den Eindruck, dass er sich für das interessierte, was sie sagte und ihr aufmerksam zuhörte. Auch Elizas

Gesellschaft war sehr angenehm und die besondere Atmosphäre des Kaminzimmers trug zusätzlich zu einem Gefühl von Geborgenheit bei.

Dann unterbrach Eliza plötzlich die wohlige Stimmung. «Ich fahre morgen früh nach Paignton zurück», sagte sie.

Ariane erschrak. «Aber ich dachte …»

Sie bleiben hier. Sollte sie etwa mit ihm allein bleiben?

Eliza lachte. «Sie werden das schon schaffen.» Dann wurde sie wieder ernst. «Nein, wirklich. Morgen kommt der Agent eines bedeutenden Künstlers zu mir. Das sind wichtige Verhandlungen für mich. Außerdem …», fügte sie mit einem verschmitzten Lächeln hinzu, «… wollen wir ja, dass Sie und Charles sich besser kennenlernen. Da würde ein weiteres Rad am Wagen nur stören.»

Danach saßen sie nicht mehr lange zusammen. Charles verabschiedete sich und auch Eliza erhob sich. Auf einmal

war Ariane froh, sich zurückziehen zu
können.
«Eine Frage habe ich noch …», sagte
sie. «In meinem Zimmer steht ein
Telefon …»
«Telefonieren Sie, soviel Sie wollen,
sooft Sie wollen», sagte Eliza herzlich.
«Fühlen Sie sich wie zu Hause.»

Charles

Am nächsten Morgen fühlte Ariane sich gut. Sie hatte wunderbar geschlafen und spürte neue Energie. Inzwischen hatte sie beschlossen, die drei Tage Probezeit zu bleiben und bestmöglich zu erfüllen. Danach konnte sie immer noch abreisen. Und bis dahin würde es sich wahrscheinlich von selbst entscheiden, ob sie bleiben sollte oder nicht. Vielleicht lehnte Charles sie ab. Oder sie ihn. Aber bis es so weit war, würde sie diese drei Tage als eine Art Urlaub nehmen und ihren Aufenthalt im ‚Luxushotel' in vollen Zügen genießen.

Sie ging nach unten zum Frühstück und traf auf Charles, der gerade in sein Arbeitszimmer rollte.

«Guten Morgen», sagte sie fröhlich.

«Guten Morgen», antwortete er.

«Wie geht es Ihnen heute?»

«Wollen Sie nicht gleich fragen, ,wie geht es *uns* heute'? Das fragt Pflegepersonal doch gewöhnlich den Patienten.»
Ariane beschloss, nicht auf die Provokation zu reagieren.
«Was möchten Sie denn heute gerne machen?»
Er sah sie nicht direkt an, sondern bemühte sich, an ihr vorbeizusehen.
«Ich werde ein wenig mit meinem Rollstuhl von links nach rechts rollen, und später vielleicht noch ein wenig von rechts nach links. Und Sie?»
«Wollen Sie nicht vielleicht einen Spaziergang in die Natur machen? Die Natur hilft immer.» Sie versuchte, nicht ungeduldig zu klingen.
«Vielleicht haben Sie es übersehen, aber ich kann nicht gehen. Ich sitze im Rollstuhl.»
Sie überlegte, ob sie ihn darauf ansprechen sollte, dass er laut seiner Cousine wieder hätte gehen können,

wenn er wollte. Doch dafür kannte sie ihn noch nicht gut genug. Sie wollte es sich nicht vorschnell mit ihm verscherzen. Doch es war nicht leicht, bei ihm ruhig zu bleiben. Irgendwie regte er sie auf.

«Nein, das habe ich nicht übersehen.» Sie lächelte ihn an. «Ich kann Sie schieben. Dafür bin ich ja da.»

«Über Stock und Stein? Nein, danke. Da widme ich mich lieber meiner täglichen Ergotherapie. Das macht zwar genauso wenig Spaß, aber dabei kann ich meine peinlichen Verrenkungen wenigstens unter Ausschluss der Öffentlichkeit machen.»

Anscheinend macht es ihm etwas aus, was die Leute über ihn denken.

«Der Therapeut kommt übrigens jeden Tag um elf Uhr.» Er manövrierte den Rollstuhl in eine Position, um an ihr vorbeizufahren. Dann sah er sie schräg von unten an. «Ich wäre Ihnen sehr verbunden, wenn Sie uns nicht irgendwo auflauern und herumspionieren würden. Ich wünsche keine Beobachtung bei meiner Turnstunde und mein Therapeut keine neugierigen Fragen.»

«Wie Sie wünschen», antwortete Ariane beleidigt. «Ich habe nicht die Absicht, irgendwo herumzuspionieren.»

«Ich habe auch nicht gesagt, dass Sie das machen. Ich wollte Sie nur vorwarnen.»

Sie verkniff sich die Bemerkung, dass das unnötig war und fragte, so freundlich sie konnte: «Möchten Sie vielleicht vor Ihrer Therapie noch etwas, hm, mit mir unternehmen?»

«Nein, danke. Das ist nett, aber vielen Dank.»

Ohne zu lächeln nickte er ihr zu und fuhr an ihr vorbei.

Allein saß Ariane an dem langen Tisch im Esszimmer und frühstückte. Ihre morgendliche gute Laune hatte Charles mitgenommen. Obwohl das Frühstück alle Träume von Rührei, frisch gepresstem Orangensaft, selbst gekochter Marmelade, Honig, verschiedenen Sorten Käse, guter Butter, knusprigem Toast und selbst gebackenen Muffins erfüllte, konnte sie es nicht so genießen, wie sie es gern getan hätte. Mit ihren Gedanken war sie woanders.

Was sollte sie jetzt machen? Wie lange dauerte die Therapie? Wahrscheinlich konnte sie erst nach dem Mittagessen einen weiteren Vorstoß machen.

Die Hauptfrage war, *wie konnte sie Charles für sich gewinnen?*

Aber warum wollte sie das überhaupt? Wollte sie nicht sowieso bald wieder abreisen?

Eigentlich hätte sie sich darüber freuen müssen, den ganzen Vormittag frei zu haben, doch es gelang ihr nicht. Sie hätte einen Ausflug in die schöne Natur machen können, doch allein erschien es ihr plötzlich nicht mehr verlockend. Sie

verstand sich selbst nicht. Noch vor
einer Stunde hatte sie das Ganze zu
einem gratis Kurzurlaub im Luxushotel
erklärt. Doch Charles' Ablehnung hatte
in ihr den drängenden Wunsch
geweckt, von ihm akzeptiert zu
werden.

Nach dem Frühstück begab sich Ariane
auf einen Spaziergang in die nähere
Umgebung. Eigentlich hatte sie zum
Fluss gehen wollen, doch Josy meinte,
das wäre zu weit. Sie empfahl Ariane,
sich zuerst einmal die Gärten
anzusehen. Überrascht darüber, dass es
Gärten sogar im Plural gab, wurden
Arianes Geister wiederbelebt.

«Ich schicke Ihnen Fritz, den Butler. Der
soll Sie ein bisschen herumführen»,
sagte Josy, während sie den
Frühstückstisch abräumte.

Fritz führte Ariane bereitwillig
zunächst auf deren Wunsch durchs
Haus, wobei Ariane erfuhr, dass es in
Livingston Hall unter anderem acht

Schlafzimmer mit jeweils eigenem Bad,
ein Wohnzimmer und zwei weitere
Aufenthaltsräume, ein Speisezimmer,
eine Bibliothek und ein Arbeitszimmer,
ein Kaminzimmer sowie eine Sauna
und einen Fitnessraum gab. Dazu
natürlich die Küche, Arbeitsräume und
Wohnräume für Bedienstete. Hinter
dem Haus gab es mehrere Anbauten
und Ställe, die zum Teil zu Garagen
umfunktioniert worden waren, zum
Teil noch als Stall benutzt wurden.
«Wir haben vier Pferde, aber Mister
Charles reitet im Moment nicht.
Manchmal macht Miss Eliza einen
Ausritt, wenn es ihre Zeit erlaubt, oder
Master Trevor, wenn er zuhause ist,
aber meistens werden die Tiere von
unserem Stallburschen bewegt.»
Trevor, war das der Bruder von Charles?
Dann kamen sie in die Gärten. Schon
im ersten Garten verlor Ariane ihr
Herz. Sie hatte Blumen schon immer
geliebt, und hier stieß sie unübersehbar

auf das Reich eines Blumenliebhabers.
Obwohl nur ein Teil der Pflanzen
blühte und es offensichtlich war, dass
eine liebende Hand fehlte, war der
Garten doch gepflegt und ließ erahnen,
wie wunderschön er sein konnte, wenn
sein Potential voll ausgeschöpft wurde.
In mehreren ineinander übergehenden
Feldern waren Beete und Muster aus
Blumen angelegt, dazwischen verliefen
schmale Wege mit kleinen weißen
Kieselsteinen. Früher hatte Ariane
keinen eigenen Garten besessen, ihre
Eltern hatten keinen, doch sie hatte sich
immer einen gewünscht. Später, bei der
Villa, die sie mit Eberhard bewohnte,
gab es zwar einen Garten, aber er war
bereits fertig angelegt, als sie einzogen.
Dort hatte es mehrere hohe
Nadelbäume gegeben, dazwischen lag
eine Grasfläche mit ein paar größeren
Felssteinen zur Zierde. Ihre zaghaften
Versuche, etwas an der Struktur zu
verändern, waren wahlweise auf

Eberhards Widerstand oder sein Desinteresse gestoßen, bis Ariane es irgendwann aufgegeben hatte. Damals hatte sie auch noch keinen so deutlichen Wunsch in sich gespürt. Doch hier fühlte sie spontan einen starken Impuls, Hand anzulegen und ihrer Kreativität freien Lauf zu lassen. Am liebsten hätte sie sofort damit angefangen. Es kam ihr so vor, als hätten der Garten und sie nur aufeinander gewartet.

Der Butler zeigte ihr auch noch die weiteren Anlagen, weite Felder aus grünem Gras mit Baumalleen darauf, ein Garten mit niedrigen Hecken, die in schönen Formationen gepflanzt waren, hier ein verspielter Bogengang, ebenfalls aus Heckenpflanzen, und dazwischen sandte immer mal wieder eine Marmorstatue ihren stillen Gruß. Nachdem Fritz sich mit einer Entschuldigung wegen wartender Pflichten zurückgezogen hatte, spazierte Ariane noch eine Weile allein über das Grundstück. Es kam ihr endlos vor.

Wie konnte man so viel Land besitzen?

Sie konnte es kaum nachvollziehen. Ihre Gedanken wanderten zum Hausherrn zurück und zu der Frage, wie sie ihn aus der Reserve herausholen konnte.

Dabei hatte sie nicht auf den Weg geachtet und stand plötzlich neben einem Gewächshaus. Es musste älter sein, denn die Scheiben waren angelaufen und es sah etwas vernachlässigt aus. Doch es musste einmal sehr schön gewesen sein. Es schien aus den gleichen grauen Steinen erbaut, aus denen hier offenbar jedes Haus bestand, doch jemand hatte es weiß gestrichen, weshalb es hell und freundlich wirkte.

Neugierig blickte Ariane durchs Fenster. Im Inneren erkannte sie Tische und an der hinteren Wand

Gartengeräte. Ein Kribbeln überkam
sie. Sie wusste nicht, was es zu
bedeuten hatte, aber irgendetwas war
mit diesem Häuschen.
Ungeduldig kehrte sie zum Haupthaus
zurück, wo es bald Zeit zum
Mittagessen war.

Ariane wartete, bis Charles seinen
Rollstuhl an den Esstisch bewegt hatte,
um ihn dort gegen einen Stuhl
auszutauschen. «Wie war Ihre
Ergotherapie?»
Nachdem Charles sich gesetzt und Fritz
den Rollstuhl weggeschoben hatte,
legte der Hausherr sich eine Serviette
auf den Schoß. «Danke der Nachfrage.
Wie es eben so geht, wenn man ein
Krüppel ist.»
«Sie sind kein Krüppel.»
«Ach ja?» In seinem Gesicht spiegelte
sich eine Mischung aus Ärger und
Interesse. «Woher wollen Sie das
wissen?»
Sein Blick verunsicherte sie. Doch nach
einem kurzen Zögern sagte sie: «Ich
denke, Sie könnten laufen, wenn Sie
wollten.»
«Soso, das denken Sie also?»
«Ja.»
«Was denken Sie denn noch so?»

Darauf hatte Ariane keine Antwort. Sie wusste auch nicht, ob er überhaupt eine erwartete. Seine abwehrende Haltung hatte ihre gutgemeinten Absichten binnen Sekunden zum Erliegen gebracht; die Stimmung war wie eingefroren.

Sowohl während Josy und Fritz die Speisen auftrugen, als auch während eines Großteils der Mahlzeit hörte man keine anderen Geräusche, als das bemüht leise Klingen von Besteck auf Porzellan. Ariane fühlte sich unwohl. Sie hätte gern gesprochen, wusste aber nicht, was sie sagen konnte, ohne erneut abgewiesen zu werden.

Nach einer Weile sagte sie: «Ich habe heute im Garten ein Gewächshaus entdeckt. Es scheint schon länger nicht mehr benutzt worden zu sein.»

Charles hob den Kopf und sah sie prüfend an. Dann schien etwas in ihm nachzugeben.

«Meine Mutter hat früher darin gewirtschaftet.» In Gedanken versunken hielt er sein Besteck in der Luft, ohne zu essen. «Sie hat Blumen gepflanzt und aufgezogen, das war ihre große Leidenschaft. Sie hatte wohl so etwas wie einen grünen Daumen, oder zwei. Unter ihren Händen gedieh einfach alles.» Er rollte mit den Schultern und bewegte seinen Nacken, bis es knackte. Dann saß er wieder gerade. «In Staverton gibt es jedes Jahr eine Gartenschau. Dort hat meine Mutter mehrere Preise gewonnen. Es gab auch etliche Leute aus der Gegend, die zu ihr ins Gewächshaus kamen und dort Blumen geholt haben. Es war kein offizieller Laden und ich glaube nicht, dass sie jemals Geld dafür genommen hat. Vielleicht im Austausch dafür mal einen selbstgebackenen Kuchen, Marmelade oder eine schöne Decke. Aber es war wie ihre eigene kleine Blumenboutique.»

«Wie schön!», rief Ariane begeistert.
«Ich habe gleich gespürt, dass es etwas
Besonderes damit auf sich hat.» Dann
wurde sie ernst. «Ihre Mutter, sie …»
«Sie ist vor einem halben Jahr
gestorben.»
«Oh, das tut mir leid.»
«Ja, mir auch.» Er drehte sich nach dem
Rollstuhl um, der hinter ihm stand.
«Wenn Sie mich jetzt entschuldigen
wollen. Ich bin müde, ich werde mich
etwas hinlegen.»
Sofort stand Ariane auf. «Ich dachte,
wir unternehmen heute Nachmittag
etwas zusammen. Wir könnten doch
…»
«Bemühen Sie sich nicht. Ich weiß, Sie
tun Ihr Bestes, aber im Moment will ich
nur schlafen.»
Ariane sah ein, dass es besser war, nicht
weiter in ihn zu dringen und gab nach.
Fritz war bereits bei seinem Herrn und
schob den Rollstuhl neben ihn, damit er
sich hineinsetzen konnte.

Mit hängenden Schultern stand Ariane
da und sah ihm nach, als er
hinausrollte.

Den ganzen Nachmittag blieb sie im
Wohnzimmer sitzen, in der Hoffnung,
dass Charles irgendwann auftauchen
würde. Tatsächlich kam er gegen vier
Uhr herangerollt.

«Sind Sie noch da?», fragte er.

«Ja natürlich. Warum sollte ich nicht
mehr da sein?»

«Ich dachte nur.»

«Haben Sie *jetzt* Lust, etwas zu
unternehmen?», fragte Ariane und
bemühte sich, nicht zu übertrieben
unternehmungslustig zu klingen.

«Spielen Sie Schach?», hielt Charles
dagegen.

Überrascht sah Ariane ihn an. «Nein, es
tut mir sehr leid, das kann ich nicht.»

«Backgammon?»

Sie schüttelte bedauernd den Kopf.

«Poker?»

Erneutes Kopfschütteln.

«Was können Sie denn? Maumau?» Er lachte, doch es klang nicht fröhlich. «Mensch-ärgere-dich-nicht?»

«Ich kann Rommé», sagte sie.

Er überhörte es. «Können Sie Mühle spielen?»

Sie wollte schon den Kopf schütteln, aber er kam ihr zuvor: «Ich bringe es Ihnen bei. Es ist nicht schwer.»

Eine Weile saßen sie um einen kleinen runden Beistelltisch und mühten sich ab, besonders Ariane, die fand, dass man das Spiel nicht gewinnen konnte, oder sie verstand es einfach nicht. Jedenfalls verlor sie ständig, was ihn zwar am Anfang zu freuen schien, ihm dann aber auch missfiel.

«Können Sie Feuer machen?», fragte er unvermittelt.

Sie verneinte.

Umständlich mit dem Rollstuhl hin- und hermanövrierend zeigte er ihr, wie man Feuer machte. Dafür nahm er extra den bereits im Kamin aufgeschichteten

Stoß auseinander und baute ihn neu
zusammen. Ariane fühlte sich geehrt
durch den Aufwand, den er ihretwegen
auf sich nahm und sah es als gutes
Zeichen. Als er jedoch das Feuer
anzünden wollte, blieb er am Ständer
für das Kaminbesteck hängen, das mit
einem lauten Krachen auf die
Eisenplatte vor dem Kamin fiel.
Wütend warf Charles die Späne zum
Anzünden zur Seite und rollte davon,
ohne Ariane noch einen Blick
zuzuwerfen.
Irritiert blieb sie zurück.
Was sollte das?
Es hatte doch gerade erste Hoffnung
auf Verständigung gegeben. Jetzt sah
sie ihre Felle wieder davon
schwimmen.
Sie war in ihr Zimmer gegangen und
hatte sich gerade etwas hingelegt, da
hörte Ariane ein Auto vor dem Haus
vorfahren. Neugierig sah sie aus dem
Fenster.

Eliza!
Erfreut beeilte sich Ariane, ihr
entgegenzukommen.
«Hallo!»
«Hallo!»
«Na, wie läuft es?», fragte Eliza
neugierig. Ein Blick in Arianes Gesicht
beantwortete ihre Frage. «Das habe ich
mir gedacht. Deshalb bin ich nochmal
‚rausgekommen.»
«Danke sehr.» Ariane war wirklich
erleichtert. «Ich weiß nicht, wie ich an
ihn herankommen soll. Heute
Nachmittag sah es so aus, als würden
wir Fortschritte machen, doch dann ist
er urplötzlich wütend geworden und
kommentarlos abgerauscht.»
«Das sieht ihm ähnlich. Wahrscheinlich
ist er nur wütend auf sich selbst», sagte
Eliza. «Ich glaube nicht, dass er auf Sie
wütend ist.»
«Aber …» Ariane zuckte ratlos die
Schultern. *Das hilft mir auch nicht,*
dachte sie.

«Jetzt kommen Sie.» Eliza legte einen Arm um Ariane und drückte sie am Oberarm. «Ich habe noch ein As im Ärmel.» Lächelnd zwinkerte sie ihrer Gefährtin zu.

Später aßen sie gemeinsam zu Abend. Erst ein Tag war vergangen, aber Ariane hatte das Gefühl, schon länger auf Livingston Hall zu sein. Tatsächlich war ihr vieles sehr schnell vertraut geworden.

Dann schoss Eliza ihren Pfeil ab. «Morgen ist die Vernissage von Olton Chaine.» An Ariane gewandt fügte sie hinzu: «Das ist einer der neuen Künstler, die ich ausstelle, ein äußerst vielversprechender Mann. Ich darf mit Stolz sagen, dass morgen eine exquisite Auswahl der Crème de la Crème unserer Gesellschaft eingeladen ist. Ein wichtiges Ereignis für mich und meine Galerie. Und Sie sollen natürlich kommen. Charles, ich hoffe, du hast die Einladung nicht vergessen.»

«Doch, habe ich. Was soll ich dort? Dass sich alle über mich amüsieren? Den Krüppel im Rollstuhl? Nein, danke.»
«Du könntest für eine Stunde mit Krücken gehen. Wie mir dein Therapeut sagte, wäre das möglich.»
«Spionierst du mir jetzt schon nach?», fragte Charles aufgebracht.
«Nein. Ich habe ihn zufällig getroffen. Da war es nur natürlich, dass ich nach dir frage.»
Charles schwieg. Eliza besaß eine natürliche Autorität, die ihr Cousin offenbar respektierte.
«Also, wirst du morgen kommen?»
«Nein.»
«Auch nicht, wenn ich dir sage, dass sehr wahrscheinlich Nora dort sein wird?»
Charles sah auf. «Nora? Warum Nora?»
«Ich habe ihre Eltern eingeladen. Sie wird es sich nicht nehmen lassen, sie zu begleiten und sich zu zeigen.»

«Aber warum hast du ihre Eltern
eingeladen?»
«Weil sie zu den einflussreichsten
Familien hier überhaupt gehören, wie
du weißt. Wenn sie nicht eingeladen
wären, hätte ich die Hälfte der anderen
Gäste auch nicht einladen brauchen.»
«Obwohl du weißt …»
«Ja. Und es tut mir leid. Aber es geht
ums Geschäft. Kunst lebt auch von den
Menschen, die sie kaufen. Ich brauche
diese Kunden, sonst kann ich
zumachen. Meine Galerie liegt nicht in
London oder New York. Gerade hier
bin ich auf gute Kontakte angewiesen.
Außerdem habe ich nicht Nora
eingeladen, sondern ihre Eltern. Die
können ja nichts für die Handlungen
ihrer Tochter. Und ich kann Nora nicht
‚rauswerfen, wenn sie mitkommt. Aber
…» Eliza sah ihren Cousin gespannt an.
«…, falls ich das sagen darf – was auch
immer sie getan hat, und du weißt, ich
fand das nicht okay, aber, bei allem

Respekt – sie ist nicht schuld an deinem Unfall.»

«Na, ist ja ein toller Trost!», sagte Charles und warf seine Gabel auf den Teller. «Das ist mir doch egal! Es geht nicht nur um den Unfall, sondern um das, was sie davor getan hat!»

«Ja, das sagte ich schon», wiederholte Eliza. «Das war nicht in Ordnung. Aber vielleicht könnte dir ja ein Zusammentreffen mit ihr auch wieder einen Impuls geben, nach vorne zu gehen, statt nur rückwärts. Nichts anderes hast du jetzt ein halbes Jahr lang getan.»

«Vielen Dank für die Moralpredigt», sagte Charles. Provokativ sah er sich am Tisch um. «Noch jemand? Nur zu. Schenkt mir ruhig ein, ich kann es brauchen.»

«Sei nicht gleich beleidigt!», fuhr Eliza auf. «Ist doch wahr! Seit Monaten hockst du hier und bläst Trübsal! Geh

raus! Sieh dem Feind ins Gesicht und fang endlich wieder an zu leben!»
«Ach, lasst mich doch alle in Ruhe!» Wütend warf Charles auch noch seine Serviette auf den Tisch. Er ruckte mit dem Stuhl zurück und griff hinter sich nach dem Rollstuhl, doch Ariane hielt seinen Arm fest.
«Ich würde sehr gerne auf die Vernissage gehen», sagte sie sanft und bestimmt. «Nur eine Stunde. Dann können wir wieder gehen. Ich war noch nie auf einer Vernissage ...»
Charles sah sie mit zusammengezogenen Augenbrauen an. Arianes Augen funkelten. «… in England.»
Gegen seinen Willen musste Charles lachen. Ariane lächelte ihn so lange an, bis er schließlich nachgab. (Später würde er sich noch eine Weile den Kopf darüber zerbrechen, wie sie es geschafft hatte, seine Meinung zu ändern.)

«Von mir aus. Wenn allen so viel daran liegt. Eine Stunde, keine Minute länger.» Damit stand er auf, griff sich den Rollstuhl, ließ sich hineinsinken und rollte davon.

Ariane und Eliza warfen sich ein triumphierendes Lächeln zu. Dieses Match hatten sie gewonnen.

Der Ausflug

Am nächsten Morgen schlug Charles vor, nach dem Frühstück einen Ausflug zu machen. Überrascht willigte Ariane ein. Was hatte das zu bedeuten? Hatte seine Zustimmung zur Abendveranstaltung eine völlige Kehrtwende bei ihm bewirkt? Sie bezweifelte es.

«Ich überlasse euch jetzt wieder eurem Schicksal», sagte Eliza. «Ich muss überhaupt verrückt sein, dass ich noch da bin. Ich müsste längst wieder in der Galerie sein. Wir müssen für heute Abend noch so viel vorbereiten.»

Keine fünf Minuten später war sie gegangen. Charles ließ Fritz kommen, der ihnen half, den Rollstuhl und seinen Hausherrn im Wagen zu verstauen. Offenbar hatte er ihm auch bereits gesagt, wo es hingehen sollte, denn ohne ein weiteres Wort setzte der Butler das Fahrzeug in Bewegung.

«Wie kommt dieser plötzliche Sinneswandel?», hörte Ariane sich fragen und hätte sich am liebsten auf die Zunge gebissen. Genau das hatte sie *nicht* fragen wollen. Sie wollte nicht, dass er sich wieder zurückzog, und inzwischen meinte sie, Charles schon etwas zu kennen. Er war empfindlicher, als er vorgab zu sein. Doch es war zu spät, die Frage war heraus.

«Mein jüngerer Bruder Trevor kommt heute», sagte Charles und starrte ohne weitere Erklärung aus dem Fenster.

«Und deshalb müssen wir jetzt einen Ausflug machen?»

«Was heißt hier *müssen*? Ich dachte, *Sie* wollten unbedingt etwas unternehmen.»

«Ja, schon. Aber nicht gerade als Fluchtprogramm.» Irgendwie war es Ariane leid, um seine Gunst buhlen zu müssen. Und jetzt benutzte er sie auch noch als Vorwand. Das hatte sie nicht nötig. «Vielleicht war das alles Quatsch. Ich sollte wieder abreisen. Es tut mir leid, wenn ich Ihnen zu nahe getreten bin. Wenn Sie in Ihrem Elfenbeinturm bleiben wollen, bleiben Sie doch einfach dort.»

Unerwarteterweise schien er eher amüsiert als verärgert. Und blieb erstaunlich ruhig. «Jetzt warten Sie erst mal ab», sagte er versöhnlich. «Ja, es stimmt, mein Bruder ist der Grund für meine *Flucht*, wie Sie es nennen. Aber vielleicht tut es mir ja wirklich gut, mal ‚rauszukommen.»

Vorsichtig beäugte Ariane ihn von der Seite. Er schien es tatsächlich so zu meinen, wie er es sagte. *Okay*, dachte sie. *Dann schauen wir mal.*

Fritz fuhr so entspannt und der Motor surrte so leise, dass man vergaß, in einem Auto zu sitzen. Wie ein Film glitt die Landschaft Devons an ihnen vorbei. Sanft gewellte grüne Hügel, weidende

Schafe, Rinder, ab und zu ein paar
Pferde. Ariane konnte sich nicht
erinnern, wann sie das letzte Mal in
Deutschland so viele Tiere auf Weiden
gesehen hatte. Das hier war das reinste
Naturparadies.
«Wo fahren wir hin?», fragte sie. Bisher
hatte sie nichts wiedererkannt.
Offenbar fuhren sie nicht durch Totnes,
denn da hätten sie schon
vorbeikommen müssen. «Fahren wir in
den Nationalpark von Dartmoor?»
Charles schüttelte den Kopf.
«Abwarten.» Ein fast spitzbübisches
Grinsen zog über sein Gesicht.
Zum ersten Mal schien er bessere
Laune zu haben. Ariane freute sich
darüber, aus irgendeinem Grund mehr,
als sie es hätte erklären können.
Sie fuhren an vereinzelten kleineren
Ortschaften vorbei; sonst war es tiefste
Pampa. Doch nach einer guten
Viertelstunde kamen sie in einen
dichter besiedelten Ort. Eine Weile

fuhren sie durch ein Wohngebiet, rechts und links Einfamilienhäuser, schön ordentlich, je mit einem Auto vor der Tür. Dann stieß Ariane plötzlich die Luft aus.

«Ooooh!»

Vor ihnen am Horizont war in einem kleinen Ausschnitt das Meer zu sehen. Und bald lugte es auch überall zwischen den Häusern hervor. Ariane war begeistert. *Sie fuhren ans Meer! Wie sehr hatte sie sich das gewünscht!* Doch dann bogen sie nach links ab und der Ozean verschwand.

«Dort liegt Paignton», Charles deutete hinter sie. «Da fahren wir heute Abend hin.»

«Und wo fahren wir jetzt hin?»

«Nur nicht so ungeduldig», sagte Charles. «Wir sind bald da.»

Wenig später tauchte das Meer rechts von ihnen wieder auf. Sie fuhren jetzt direkt an der Küste entlang. Manchmal verdeckten Büsche und Bäume die

Sicht, doch dann öffnete sich der Blick wieder auf die faszinierende Oberfläche der See.

Kurz darauf veränderte sich die Szenerie erneut und Ariane fühlte sich nach Spanien versetzt. Sie befanden sich in einem touristischen Ort mit einer langen Uferpromenade. Entspannte Urlauber saßen auf einem niedrigen Mäuerchen direkt über dem Wasser oder flanierten gemächlich über den breiten Bürgersteig. Auf der Straßenseite gegenüber gab es Fahrgeschäfte wie in einem Vergnügungspark und weiter vorne sah Ariane sogar ein Riesenrad. Hotels, Straßencafés und -restaurants, eins nach dem anderen. Und als weiterer Höhepunkt – ein Yachthafen.

Am meisten jedoch überraschten Ariane die Palmen. *So* hatte sie sich England nicht vorgestellt. Doch es gefiel ihr unglaublich gut. Sie ertappte sich bei der Frage, wie es wäre, hier zu leben.

Schließlich bog Fritz in einen schmalen Weg ein, der zwischen hohen Hecken lag. Mehrmals änderte der Pfad die Richtung und endete plötzlich auf einem freien Feld. Um sie herum war grünes Grasland, etwas unterhalb davon begann ein zerklüftetes Felsenplateau. Vor ihnen, so weit das Auge blicken konnte, lag das Meer. In einem grünlichen Blau in ihrer Nähe, schiefergrau in der Ferne. Darüber der Himmel hellblau mit weißen Wolken, die schnell dahintrieben.

Nachdem sie aus dem Wagen ausgestiegen waren, streckte Ariane befreit die Arme aus, atmete tief ein und lachte glücklich. *Ein Traum!* Schöner konnte es nicht sein. Doch Charles hatte noch eine Überraschung für sie. Fritz hatte ihm zwei Krücken gegeben, mit denen Charles jetzt langsam ein Stück die Wiese

hinunterhumpelte, während der Butler
eine Decke und einen Korb
hinterhertrug. Bisher hatte sie Charles
noch nicht oft stehen sehen, meist nur
sehr kurz, und erneut war sie von
seiner Größe beeindruckt. Es passte zu
seiner durchtrainierten Figur, die man
im Sitzen schon wahrnehmen konnte.
Er sah sehr männlich aus mit den
breiten Schultern und starken,
muskulösen Oberschenkeln.
Schnell war sie an seiner Seite und
wollte fragen, ob sie ihm helfen konnte,
doch sie sah an seinem verkniffenen
Gesicht, dass sie lieber nichts sagte.
Nachdem Charles auf ein Plätzchen
gedeutet hatte, breitete Fritz die Decke
dort aus und stellte den Korb darauf.
«Wann soll ich wiederkommen, Sir?»,
fragte er.
Charles sah Ariane fragend an. «In zwei
Stunden?»
Sie nickte (was sie wohl zu jeder
Zeitangabe getan hätte). Dabei

registrierte sie erstaunt zwei Dinge:
Erstens, dass Charles sie nach ihrer
Meinung fragte, was sie nicht erwartet
hatte. Von Eberhard war sie es
gewohnt, dass er Entscheidungen
grundsätzlich ohne sie traf. Und
zweitens, dass Charles so lange Zeit mit
ihr allein bleiben wollte. Sie konnte nur
hoffen, dass es nicht so ein
Spießrutenlaufen werden würde wie
am Tag zuvor beim Mühlespiel.
Doch ihre Angst war unbegründet.
Etwas hatte die Haltung ihres
Gastgebers verändert, wofür Ariane
sehr dankbar war.
«Wem oder was habe ich das zu
verdanken?», fragte sie und wunderte
sich über ihren Mut, derart frei mit ihm
zu sprechen. Anfangs hatte er sie so
eingeschüchtert, dass sie sich gestern
noch ein solches Auftreten nicht hätte
vorstellen können.
Charles ließ sich umständlich auf der
Decke nieder und versuchte, eine

bequeme Stellung zu finden. «Ich weiß nicht.» Er legte die Krücken neben sich ins Gras. «Vielleicht wollte ich mir selbst beweisen, dass ich meine guten Manieren noch nicht völlig vergessen habe.»

«Ich freue mich sehr darüber.» Arianes Lächeln war ehrlich. «Es ist wunderschön hier.»

«Danke, das freut mich auch.» Eine Weile ließ Charles den Blick über den Ozean schweifen. Dann sagte er: «Das hier ist mein Lieblingsplatz. Ich war schon lange nicht mehr hier.»

Und mich nimmt er hierher mit?

«Eigentlich darf man mit dem Auto gar nicht so weit fahren. Das ist ein Schleichweg, den ich vor Jahren entdeckt habe. Früher war ich öfter hier, aber seit dem Unfall nicht mehr.»

«Wo sind wir eigentlich?», fragte Ariane. «Da ich hier kein Internet habe, bin ich völlig uninformiert.»

«In der Nähe Torquay. Das war vorhin
beim Yachthafen. Die Landspitze da
vorne heißt Hope's Nose.»
Ariane lachte. «Sehr witzig.»
«Dort hat mein Vater meiner Mutter
einen Heiratsantrag gemacht.»
Verblüfft sah Ariane ihren Begleiter an.
«Das ist sehr romantisch.»
Versonnen sah Charles vor sich hin. «Ja,
wahrscheinlich.» Dann bekam er einen
bitteren Zug um den Mund. «Früher
habe ich mal mit dem Gedanken
gespielt, es meinem Vater gleich zu tun.
Doch die Braut hatte wohl andere
Pläne. Bevor ich sie fragen konnte, habe
ich sie mit einem Anderen im Bett
erwischt.» Er warf Ariane einen
ironischen Blick zu. «Nicht sehr
romantisch, oder?»
«Das tut mir sehr leid.» Ariane
bemühte sich, so zu tun, als würde sie
die Geschichte gerade erst erfahren
haben. «Es muss schrecklich für Sie
gewesen sein.»

Charles nickte, in Gedanken versunken. «Vielleicht wollte ich heute hierherkommen, um zu testen, ob ich darüber weg bin. Falls sie heute Abend tatsächlich auftaucht.»

«Nora?», fragte Ariane vorsichtig.

Er nickte.

Nach kurzem Schweigen fragte Ariane: «Und, sind Sie darüber weg?»

Er zuckte mit den Schultern. «Keine Ahnung. Zumindest macht es mir nichts aus, Hope's Nose zu sehen. Es ist immer noch *mein Platz*.» Er lächelte schief. Dann zog er den Korb zu sich und nahm eine Schüssel mit gewaschenen Trauben heraus, eine Flasche und zwei schmale, schön geschwungene Gläser.

«Haben Sie Lust auf ein Glas Champagner? Mir wäre gerade danach.»

Eine Weile später lagen sie beinahe gemütlich auf der Decke.

«Was ist eigentlich mit Ihnen los?»,
fragte Charles unvermittelt.
«Wie, was meinen Sie?»
«Zuerst noch eine andere Frage. Sollen
wir nicht mit dem förmlichen Getue
aufhören? Ich bin Charles.»
Ariane lächelte. «Ariane.»
Er gab ihr die Hand und drückte sie
fest. «Sehr erfreut.»
«Die Freude ist ganz meinerseits.»
Charles behielt ihre Hand einen
Bruchteil länger in seiner, als nötig
gewesen wäre. Ariane registrierte es,
und vielmehr noch bemerkte sie, wie
angenehm die Berührung war. Warm,
kraftvoll. Sie vermittelte ihr Sicherheit
und Geborgenheit.
Oh je, ich bin schon leicht beschwipst,
dachte sie. *Ich muss aufpassen, dass ich
mich nicht zu irgendetwas hinreißen lasse,
was ich später bereue.*
«Zurück zu meiner Frage», sagte er.
«Du hast noch nicht geantwortet.»

«Was für eine Frage?», erwiderte Ariane verwirrt.

«Ich habe dich gefragt, was mit dir los ist. Warum fliegt so eine hübsche, junge Frau wie du nach England zu wildfremden Leuten, bereit, sich auf dem Land zu vergraben, wo Fuchs und Hase sich gute Nacht sagen? Was hast du ausgefressen?»

«Ich? Gar nichts. Ich habe überhaupt gar nichts ausgefressen.» Ariane bemühte sich, sich zu konzentrieren. War ihr nicht schon einmal aufgefallen, dass er unbeschreiblich attraktiv war? Vielleicht hatte sie es wegen seiner abweisenden Art vergessen gehabt. Doch jetzt konnte sie ihm kaum in die Augen sehen, weil sie das Gefühl hatte, er müsste sofort erkennen, wie anziehend sie ihn fand. Und wenn er auch noch charmant war, war er beinahe unwiderstehlich.

«Also, warum bist du hier?», fragte er noch einmal. Dabei betrachtete er ihre

Haare, mit denen der Wind spielte. Er
wäre gern mit seinen Fingern durch die
seidigen Strähnen gefahren.
«Das ist eine lange Geschichte», sagte
Ariane.
«Glaub mir, wenn ich eins habe, dann
ist es Zeit.»
Ariane schwieg. Sollte sie ihm wirklich
das Ganze erzählen, einschließlich
Eberhard? Denn im Endeffekt hatte es
vor langer Zeit begonnen. Aber würde
sie sich damit nicht in ein schlechtes
Licht rücken? Es gab wahrscheinlich
nichts Idiotischeres, als dem neuen
Arbeitgeber das eigene, missratene
Leben auf die Nase zu binden. Aber
etwas sagte ihr, dass sie ihm vertrauen
konnte.
Und so erzählte sie ihm schließlich
alles. Einschließlich des Gemäldes vom
Ende ihrer Ehe und einer rothaarigen
Chirurgin. Vielleicht lag es am
Champagner, vielleicht an der
Landschaft um sie herum, in der es kein

Falsch zu geben schien, nur reine, echte
Wahrheit. Ariane hielt nichts zurück,
und auf eine seltsame Art kam es ihr so
vor, als sei sie Charles gegenüber
ehrlicher und offener als bei ihrer
besten Freundin.

Er unterbrach sie kein einziges Mal,
nicht einmal, um eine Frage zu stellen.
Er hörte einfach nur zu. Ariane merkte,
wie gut ihr das tat. Vielleicht lag es
sogar an diesem aufmerksamen
Zuhören, dass sie sich öffnete und alles
hervorholte, was sie lange Zeit
verdrängt hatte.

Nachdem sie geendet hatte, fühlte sie
sich wie befreit. Als hätte sie dieses
dunkle Etwas, das sie so lange bedrückt
hatte, endlich losgelassen. Sie wunderte
sich selbst darüber.

Wie hatte das geschehen können?
Durch das einfache Erzählen, noch
dazu einem fast Fremden gegenüber?
Doch sie fühlte sich wohl mit Charles,
auf eine ungekannte Art *sicher*. Es war

ein sehr angenehmes, warmes, neues
Gefühl, das sie noch nie erlebt hatte. Es
war erfüllend und weckte gleichzeitig
Sehnsucht nach mehr.
«Danke», sagte Charles.
«Danke wofür?»
Er sah ihr in die Augen. «Für dein
Vertrauen.»
Ariane erwiderte seinen Blick. «Danke
fürs Zuhören.»
«Du brauchst mir nicht zu danken. Ich
bin froh, dass ich es durfte. Irgendwie
hatte ich vergessen, dass andere
Menschen auch Probleme haben. Ich
habe nur noch mich selbst gesehen.
Aber gestern, als du mich …»
Da näherte sich Fritz, um sie abzuholen.
Sowohl Ariane als auch Charles hätten
viel dafür gegeben, wenn es diese
Unterbrechung nicht gegeben hätte.
Keiner wollte gehen, und Ariane hätte
liebend gerne gewusst, was er ihr hatte
sagen wollen. Doch sie ließen sich
nichts anmerken und taten, was von

ihnen erwartet wurde, erhoben sich
und machten sich auf den Rückweg.
Im Auto waren sie still. Jeder hing
seinen Gedanken nach und beide
spürten in sich noch die besondere
Stimmung von ihrem Platz am Meer.
Als sie schon fast wieder bei Livingston
Hall angelangt waren, sagte Charles auf
einmal: «Jetzt wirst du vermutlich
Trevor kennenlernen. Meinen kleinen
Bruder.»
«Wo ist er sonst?», fragte Ariane.
«Er studiert in Cambridge. Oder was
auch immer er da tut. Seit Mutter vor
drei Jahren krank wurde, ist Trevor wie
durch den Wind. Ich glaube, er studiert
eher das Partywesen als Wirtschaft.»
«Oh. Dann war sie länger krank?»
«Ja. Wir haben sie zwei Jahre lang zu
Hause gepflegt. Das heißt, wir hatten
natürlich Pflegerinnen. Aber es war
eine schwere Zeit. Es ging ihr oft nicht
gut. Und irgendwie hat Trevor in dieser
Zeit seinen Halt verloren. Ich habe es

lange nicht gemerkt. Eigentlich wurde es mir so richtig erst in letzter Zeit bewusst. Davor war ich mehr mit meinem eigenen Leben beschäftigt.»
«Was machst du eigentlich beruflich?», fragte Ariane. Sie war sich darüber bewusst, dass sie den Gesprächsfluss etwas forciert in eine andere Richtung lenkte. Vielleicht lag es am Sekt, vielleicht war es unbewusste Absicht, dass ihr Begleiter über etwas Angenehmeres sprechen konnte.
«Noch so ein leidiges Thema.»
«Du musst nicht antworten», sagte sie schnell.
«Schon gut», sagte Charles, «macht nichts. Ich bin eigentlich Anwalt. Ich war gerade dabei, mit meinem damaligen Freund eine gemeinsame Kanzlei zu planen. Aber er hatte nichts Besseres zu tun, als mit meiner Fast-Verlobten ins Bett zu gehen. Danach kam … Danach hatte ich erstmal die Nase voll von allem. Seit

Monaten habe ich gar nichts gearbeitet. Ob mir das wirklich guttut, habe ich noch nicht abschließend herausgefunden.»

In diesem Moment bog Fritz in die Zufahrtsstraße zum Haus ein und Charles verstummte.

Wie sich herausstellte, war Trevor noch nicht eingetroffen. Das betrübte vor allem Josy, die Bedienstete, deren besonderer Liebling er war. Ihm zuliebe hatte sie bei der Köchin sein Lieblingsessen in Auftrag gegeben und jetzt war er nicht da.

Charles und Ariane speisten ihr spätes Mittagessen allein, doch die Atmosphäre von ihrem Ausflug wollte sich nicht wieder einstellen. Beide gingen äußerst höflich miteinander um, aber auch sehr zurückhaltend. Als hätten sie zu viel von sich preisgegeben und wüssten jetzt nicht, wie sie mit dieser neuen Nähe umgehen sollten. Lieber gingen sie ein wenig auf Distanz, um die Lage zu sondieren. Dabei wären sie gern zu dem angenehmen Gefühl ihres Stelldicheins zurückgekehrt, fanden aber den Weg nicht.

«Ich würde mich jetzt gern etwas ausruhen», sagte Charles nach dem

Dessert. «Heute abend soll ich mich ja in Bestform präsentieren.»

Ariane wusste nicht, ob er das ironisch meinte. Sie nickte. Insgeheim war sie froh, sich zurückziehen zu können. Auch sie brauchte dringend eine Pause. Etwas passierte hier, das sie noch nicht einordnen konnte.

«Ja, wie, hast du dich in ihn verliebt?» Gess hielt nicht viel von vorsichtiger Distanz. Zu ihrer Diagnose kam sie, nachdem Ariane ihr haarklein vom Vormittag mit Charles erzählt hatte.

«Nein, natürlich nicht.»

«Das klang aber eben ganz schön danach.» Gess ließ sich nicht beirren. Ein vorwurfsvoller Ton kam in ihre Stimme. «Ich habe gedacht, du wolltest schnellstmöglich zurückkommen.»

«Naja, so habe ich das nicht gesagt», wehrte Ariane ab. «Das war nur, als ich ankam, weil mir alle hier so fremd waren. Aber als ich das Haus und mein

Zimmer gesehen hatte, habe ich ja schon gedacht, wer weiß.»

«Wer weiß, wer weiß», ahmte Gess sie nach. «Du hast gesagt, es ist etwas Anderes, es sich nur vorzustellen oder es dann auch wirklich zu machen. Hast du das gesagt oder nicht?»

«Ich weiß nicht mehr, was ich gesagt habe. Ich weiß nur noch, dass ich dir schon bei unserem ersten Gespräch von dem Haus vorgeschwärmt habe. Das allein ist schon ein Grund, sich das Ganze gut zu überlegen.»

«Aber es klang so, als wolltest du zurückkommen.» Gess klammerte sich an ihren Strohhalm.

«Am Anfang war es ja auch schwierig und er war sehr abweisend. Aber jetzt …»

Verträumt betrachtete Ariane ein Gemälde an der Wand gegenüber ihres Bettes. Es zeigte ein paar fast nackte Nymphen an einer Badestelle im Wald. Ihre Haut leuchtete hell inmitten der dunklen Bäume. Ihre frischen Brüste, die üppigen Oberschenkel- und Gesäßpartien waren kaum verhüllt von durchsichtigen Schleiern. Zwei Nymphen lagen halb aufgestützt in einer lasziven Pose zwischen ein paar Felsen und Gras, eine dritte stand mit leicht ausgebreiteten Armen dahinter. *An was sie wohl dachten?* Von den Nymphen bisher unbemerkt waren zwei stramme Reiter, die von einem Hügel aus die Lichtung beobachteten.

«Hallooo! Ich rede mit dir!», drang Gess' Stimme an Arianes Ohr. «Hörst du mir überhaupt zu?»

«Äh, ja, natürlich. Entschuldige, ich war gerade etwas abgelenkt.»

«Und du willst behaupten, dass du nicht verliebt bist? Du kannst mir erzählen, was du willst. Ich kenne dich.»

«Ach ja, von was denn? Von den hundert Malen, die ich schon verliebt war?», wehrte sich Ariane

überraschend heftig. «Ich bin nicht wie
du. Ich verliebe mich nicht in jeden
Mann, der mir über den Weg läuft.»
«Ein getroffener Hund bellt, oder wie
war das?», fragte Gess. Aber sie war
nicht beleidigt. «Und wenn schon. Dir
täte es auch gut, wenn du dein Herz
etwas mehr verschenken würdest. Nur
musst du das nicht gerade in England
machen. Hier haben die Mütter auch
schöne Söhne. Komm doch wieder
zurück. Wir finden hier auch noch wen
für dich. Und ich brauche dich auch.»
«Jetzt warte mal ab.» Ariane ärgerte
sich schon fast, dass sie ihre Freundin
überhaupt angerufen hatte. Das zarte
Gefühl, das an diesem Morgen
aufgekommen war, konnte sie kaum
noch wahrnehmen. «Vergiss, was ich
dir erzählt habe. Wahrscheinlich war es
einfach nur ein besonderer Moment,
wie sie manchmal vorkommen, nichts
weiter.»

«Ich vergesse es ganz sicher nicht»,
sagte Gess. «Du hast mich immerhin
deswegen angerufen.»
Nach dem Telefonat versank Ariane
doch wieder in ihren Gedanken. Sie
schloss die Augen.
Angeregt von dem Bild mit den
Nymphen sah sie vor ihrem inneren
Auge, dass einer der Reiter eine starke
Ähnlichkeit mit Charles aufwies. Er
beobachtete sie unverhohlen, während
sie nach dem Bad ihren Körper in einen
durchsichtigen Schleier hüllte. Sie setzte
sich ein wenig abseits von ihren
Gespielinnen und lehnte sich bequem
an einen glatten Felsen. Der Reiter
schien langsam auf sie zuzukommen;
geschmeidig bewegten sich er und sein
Pferd voran. Obwohl sie im Gegenlicht
das Spiel seiner Muskeln nur erahnen
konnte, erkannte sie doch die Umrisse
seiner kräftigen Statur und die
gewaltige Kraft, die von ihm und
seinem Tier auszugehen schien.

Dann wurden Arianes Gedanken
diffuser, die Konzentration entglitt ihr
mehr und mehr, und ohne es zu
merken, schlief sie ein.

Trevor

Am frühen Abend erwachte sie wunderbar ausgeruht, duschte, zog das schönste Kleid an, das sie dabei hatte und freute sich darüber, dass sie elegante Kleidung ‚für die kulturellen Veranstaltungen' mitgebracht hatte. Gutgelaunt und in froher Erwartung des Abends ging sie nach unten. «Ah, hallo! Da sind Sie ja!», wurde sie fröhlich auf Deutsch begrüßt. Die herzliche Begrüßung stammte von einem Mann, der wie eine jüngere Ausgabe von Charles aussah. Die gleichen braunen Haare, die blauen Augen, ein schönes Gesicht, vielleicht noch etwas hübscher und ebenmäßiger als das seines größeren Bruders. Er hätte Model sein können. Nur die Tiefe, die sein Bruder ausstrahlte, besaß er nicht. Doch er war Ariane sofort sympathisch.

«Hallo, ich bin Ariane Sommerfeldt.»
Sie erwiderte seinen Händedruck.
«Mein Name ist Trevor, Trevor
Livingston. Mein Bruder hat mir von
Ihnen erzählt. Allerdings war kaum
etwas aus ihm herauszubekommen.
Sind Sie so etwas wie seine
Aufpasserin? Damit er sich nichts
antut?»
Überrascht starrte Ariane ihn an.
«Meinen Sie, das würde er tun?»
Trevor hob abwehrend die Hände.
«Keine Ahnung, ich hoffe nicht. Aber
man weiß ja nie … Eine Zeitlang ...,
hätte ich dafür nicht meine Hände ins
Feuer gelegt.»
Ariane nahm sich vor, Charles genauer
zu beobachten. Doch bevor sie mehr zu
dem Thema fragen konnte, fuhr ihr
Gegenüber schon fort:
«Kommen Sie mit zur Vernissage?»,
fragte er. «Natürlich, blöde Frage.
Deshalb sind Sie ja hier. Freut mich!

Dann fahren wir zusammen!» Lachend zog er seine Jacke an.

Charles stand schon in der Eingangshalle, bereit zur Abfahrt. Er trug einen Smoking, doch entgegen Arianes Erwartung saß er im Rollstuhl. Sie hatte gehofft, er würde sich zu den Krücken aufraffen. (Dass es purer Trotz war, ahnte sie in diesem Moment noch nicht.)

Sie hatten nur auf Ariane gewartet. Kaum war sie da, gingen sie nach draußen und nahmen in dem geräumigen Wagen Platz; Fritz übernahm den Fahrdienst. Charles hätte gern neben Ariane auf der Rückbank gesessen, doch er musste zugeben, dass der Platz des Beifahrers wegen der größeren Beinfreiheit komfortabler für ihn war. Also nahm Trevor neben Ariane Platz. Zähneknirschend akzeptierte Charles, dass er *ausgebootet* wurde, wie er es im Stillen nannte, und musste während

der ganzen Fahrt gequält den
Flirtversuchen seines Bruders lauschen.

«Sie haben wunderschöne Augen»,
strahlte dieser Ariane an.
Sie wurde rot, was allerdings im
dämmrigen Inneren des Wagens kaum
bemerkt wurde. «Dankeschön», sagte
sie. Es war ihr peinlich, dass Trevor ihr
vor seinem Bruder so direkte
Komplimente machte.
«Ich bin sicher, Sie bringen frischen
Wind in unser verstaubtes Anwesen.»
Trevor deutete mit den Augen Richtung
Charles, der das nicht sehen konnte.
Ariane lächelte höflich. «Ich tue mein
Bestes. Noch ist ja aber nicht klar, ob
ich bleibe. Ob Ihre Familie sich für mich
entscheidet …»
«… und Sie sich für uns.» Trevor nickte.
«Ich verstehe schon. Ich muss etwas
Überzeugungsarbeit leisten.» Er
lächelte sie zuversichtlich an. «Wie
wäre es, wenn Sie morgen Nachmittag

mit zu einer kleinen Segelpartie kommen? Danach werden Sie hier nicht mehr wegwollen. Die Küste ist wunderschön und eine Fahrt auf dem Meer ist so etwas wie ein Trip ins Paradies.»

Einen Trip ins Paradies hatte ich heute schon, dachte Ariane und fühlte einen Moment lang wieder jene verzehrende Sehnsucht, die sie auf dem Felsen mit Charles empfunden hatte.

Während beide Brüder gespannt auf ihre Antwort warteten, versuchte Ariane, Zeit zu gewinnen.

«Haben Sie denn eine Yacht?», fragte sie mit echter Überraschung.

Trevor schüttelte den Kopf. «Doch, ja, wir haben eine, aber die wird gerade überholt. Wir fahren mit der Yacht eines meiner Freunde. Seiner Eltern, genauer gesagt.» Sein Lächeln war ungeheuer charmant.

«Ich weiß nicht», sagte Ariane zögernd.

«Vielen herzlichen Dank, das ist sehr

nett von Ihnen», fügte sie schnell hinzu.
«Aber morgen ist mein dritter Tag hier,
ich habe drei Tage Probezeit. Und ich
bin ja nicht zum Segeln hergekommen.
Ich würde deshalb lieber …» … *bei
Charles bleiben*, wollte Ariane sagen,
aber das erschien ihr zu aufdringlich.
«… die Zeit für meine Arbeit nutzen.
Ich möchte nicht, dass Mister
Livingston denkt, ich wäre nur darauf
aus, mich zu vergnügen.»
«Es wäre ja keine reine
Vergnügungstour», sagte Trevor und
suchte nach Gründen. «Es ist doch gut,
wenn Sie die Umgebung Ihres
zukünftigen Arbeitsplatzes besser
kennenlernen, auch damit Sie über die
Möglichkeiten vor Ort besser orientiert
sind. Sie wären auch keineswegs mit
mir allein, falls Sie das befürchten. Ein
paar Freunde und Freundinnen fahren
mit.»
«Du kannst gern mitgehen», sagte
Charles. «Mein Bruder hat Recht. Eine

Segeltour vor der Küste ist ein einmaliges Erlebnis.» Dabei fragte er sich, wie er so sehr gegen sich selbst handeln konnte.

Ariane war betroffen.

Sie hätte sich gewünscht, dass Charles darauf bestand, dass sie bei ihm blieb. Aber vermutlich erwartete sie zu viel. Wahrscheinlich empfand er gar nichts für sie.

«Wenn du dir Gedanken wegen deiner Probezeit machst», fügte Charles hinzu, «wir sehen das nicht so streng. Du kannst gern länger bleiben.» Erstaunt stellte er fest, dass er es gern gehabt hätte, wenn sie länger bliebe.

Ariane wäre tatsächlich gern segeln gegangen, vor allem, falls sie nicht in England blieb und das ihre einzige Chance war, diese Erfahrung zu machen. Doch ihr Gefühl sagte ihr, dass es nicht richtig gewesen wäre.

Irgendwie versuchte Trevor, sie auf seine Seite zu ziehen. Ihr Herz aber

wollte zu Charles. Lieber wollte sie mit ihm zusammen sein, ohne Segeltour, als mit Trevor auf der schönsten Yacht der Welt. Auch wenn die Vorstellung einer Fahrt übers Meer äußerst verlockend war. Aber tief in ihrem Inneren hatte sie das Gefühl, dass es eine Entscheidung sein könnte, die grundlegend richtungsweisend wäre. Es gab solche Momente, wo man instinktiv wusste, dass man einen hohen Preis dafür zahlen würde, wenn man sein Glück leichtfertig aufs Spiel setzte. Doch war es wirklich so dramatisch? Oder sollte sie einfach mitgehen und sich nicht den Kopf darüber zerbrechen? Ariane wusste nicht mehr, was richtig war.
«Ich werde es mir überlegen», sagte sie diplomatisch.
Trevor zwinkerte ihr zu. «Ich werde Sie schon noch überreden.»

Die Vernissage in Elizas Galerie war ein voller Erfolg. Viele der geladenen Gäste waren erschienen und drängten sich in den kleinen, hintereinander angelegten Räumen und sogar davor auf der Straße. Die Galerie lag an der Uferpromenade, von wo aus man eine wunderbare Sicht auf im Mondlicht schaukelnde Yachten hatte.

Charles hatte beschlossen, im Rollstuhl sitzen zu bleiben, wobei Ariane inzwischen den Verdacht hegte, dass er es weniger aus gesundheitlichen Gründen tat, als vielmehr aus Provokation oder dem Versuch, in Nora Schuldgefühle zu wecken. Nora war tatsächlich erschienen und Ariane erkannte sie instinktiv, noch bevor sie ihr vorgestellt wurde. Sie hatte eine einzigartige Ausstrahlung. Sie war schlank, hatte lange, blonde Haare, trug elegante Kleidung und dezenten Schmuck und war sehr gepflegt. Doch vor allem besaß sie ein starkes natürliches Selbstwertgefühl, das ihr mit ihrem privilegierten Leben in die Wiege gelegt worden war.

Frustriert dachte Ariane, wenn diese Frau nur noch einen Funken Interesse für Charles haben sollte, könnte sie selbst einpacken. Gegen eine derartige Souveränität kam sie sich selbst vor wie ein Schulmädchen – und das, obwohl sie in den Jahren mit Eberhard durchaus gelernt hatte, sich auf exquisitem Parkett zu bewegen.

Nach anfänglicher Zurückhaltung sprach Charles auch längere Zeit mit seiner Exfreundin. So, wie Nora ihn dabei ansah, konnte man nicht gerade von Desinteresse sprechen. Ariane spürte einen Stich der Eifersucht.

Wie konnte das sein?

Sie kannte Charles doch kaum.

Doch, sagte ihr Herz, *ich kenne ihn. Ich habe ihn heute bei Hope's Nose kennengelernt.*

Irgendwie fanden mehrere Gläser Sekt oder Champagner ihren Weg in Arianes Magen. Ein Teil von ihr genoss es, an diesem kulturellen Ereignis teilzuhaben. Die Gäste waren eine bunte Mischung aus Adel, Wohlstand, örtlicher Prominenz und mehr oder weniger illustren Kunstliebhabern, doch es waren auch einige Personen dabei, die ‚normaler‘ aussahen, nicht unbedingt betucht. Alle schien das Interesse an der Kunst oder zumindest an der kulturellen Veranstaltung zu vereinen. Ariane hatte sich nie viel mit Kunst beschäftigt, doch sie fühlte sich unter diesen Leuten sehr wohl. Nach den ersten zwei Gläsern wagte sie sogar einige Gespräche mit Einheimischen und stellte zu ihrer Freude fest, dass sie sich tatsächlich unterhalten konnte. Eliza sah sie nur kurz. Die Galerieinhaberin war völlig damit beschäftigt, sich um potentielle Interessenten zu kümmern.

Trevor kam ein paar Mal zu ihr und flirtete mit ihr, doch auch ihn trieb es immer wieder zu anderen Gästen, von denen er offensichtlich viele kannte. Nach einer Weile stellte Ariane fest, dass sie beschwipst war, schon zum zweiten Mal an diesem Tag. Nur schlimmer.

Was war nur mit ihr los?

Normalerweise trank sie nicht viel Alkohol. Außerdem hatte sie Charles aus den Augen verloren. Um wieder klarer zu werden, ging sie vor die Tür und traf dort prompt auf den Gesuchten.

«Na, auch frische Luft schnappen?», fragte er, nachdem er ihr einen kurzen Blick zugeworfen hatte und dann wieder auf den Hafen sah.

«Mh», nickte Ariane. Sie wusste nicht, was sie sagen sollte. «Ich habe gesehen, dass du mit Nora gesprochen hast …», begann sie dann.

Er reagierte nicht, sondern sah einfach
weiter vor sich hin. «Hm? Was hast du
gesagt?», fragte er. «Entschuldige, ich
war in Gedanken.»
«Du hast mit Nora gesprochen.»
«Mh», nickte nun auch Charles. «Sie ist
sehr schön.»
Was sollte das denn bedeuten?
Wie zu sich selbst fuhr er fort: «Sie ist
wirklich eine schöne Frau.»
Ariane fragte sich, ob er betrunken war.

«Und, wie war euer Gespräch?», fragte
sie.
«Gut, danke. Sie hat sich mehrmals
entschuldigt und gesagt, dass es ihr
leidtut.»
«Das hätte ihr ja schon früher einfallen
können», sagte Ariane.
«Hat sie auch, hat sie auch. Aber ich
wollte nichts von ihr wissen»,
antwortete Charles.
«Und jetzt?» Ariane hielt den Atem an.

«Wenn ich mich nicht täusche, hat Nora
mir zu verstehen gegeben, dass sie
durchaus interessiert ist. Sie wollte sich
mit mir zu einem Kaffee verabreden.»
«Und?»
«Und?» Zum ersten Mal sah Charles
Ariane länger an. Dann hob er die
Schultern und zog fragend die
Augenbrauen hoch.
Sie blieben danach nicht mehr lange.
Charles wollte aufbrechen. Trevor blieb
noch. Einen Moment lang war er zwar
hin- und hergerissen, ob er mit ihnen
zurückfahren sollte, doch dann siegte
seine Feierlust.
«Ich komme nach», rief er und war
schon wieder abgelenkt.
Im Wagen sprachen Ariane und
Charles wenig. Beide waren gefangen
in ihren Hoffnungen und Ängsten. Nur
einmal sagte Charles in das monotone
Geräusch des Motors hinein: «Du hast
dich ja sehr gut mit Trevor verstanden.»

Ariane wurde rot. «Ja, schon, er ist ja auch sehr sympathisch.»
«Über was habt ihr gesprochen?» Es klang drängend. Doch Charles unterbrach sich sofort. «Entschuldige. Das geht mich natürlich überhaupt nichts an. Vergiss es.»
Ariane war ihm jedoch für die Frage dankbar, denn sie zeigte, dass doch Hoffnung bestand. «Nichts Besonderes. Das Meiste waren Flirtversuche deines Bruders.»
«Die gut bei dir ankamen.»
Ariane wunderte sich über Charles' Direktheit.
Machte es ihm etwa wirklich etwas aus? Sie fühlte sich geschmeichelt.
«Welche Frau hat nicht gern ein paar charmante Komplimente?», fragte sie. Dabei dachte sie am Rande ihres benebelten Bewusstseins, dass sie in nüchternem Zustand wohl nicht so sprechen würde. Sie bemühte sich

angestrengt, korrekt zu sprechen. «Es war nichts dabei.»

Er sollte ihr glauben! Er sollte sich jetzt bloß nicht wieder in sein Schneckenhaus zurückziehen! Nur weil sein Bruder sie angemacht hatte! Dafür konnte sie ja nichts!

Doch für den Rest der Fahrt kam nichts mehr von ihm. Ariane hatte es schon beinahe aufgegeben, auf eine weitere Annäherung an diesem Tag zu hoffen, da geschah das Wunder.

Nach ihrer Rückkehr ins Herrenhaus übergaben sie Fritz in der Eingangshalle ihre Jacken, woraufhin dieser sich entfernte. Ariane und Charles standen einander verlegen gegenüber, Charles' Hände lagen auf den Rollstuhlreifen. Ariane öffnete schon den Mund, um gute Nacht zu wünschen, da sagte Charles plötzlich: «Möchtest du vielleicht vor dem Schlafen noch etwas trinken?» Er wagte kaum, sie anzusehen.

Warme Freude durchströmte sie. «Ja, sehr gerne. Wobei ich, glaube ich, keinen Alkohol mehr trinken sollte. Ich denke, davon hatte ich schon genug.»

«Josy macht die beste heiße Schokolade im Land.» Zum ersten Mal lächelte Charles wieder. «Sehen wir nach, ob sie noch wach ist.»

Sie war noch wach. Eine Viertelstunde später brachte Josy zwei große Tassen heiße Schokolade ins Kaminzimmer.

«Ich habe extra das Feuer brennen lassen», sagte sie. «Ich dachte, falls Sie noch nicht gleich zu Bett gehen wollen.»

«Sie sind die Beste», sagte Charles mit Überzeugung.

«Wenn Sie noch etwas wünschen …», bot Josy an.

«Nein danke. Vielen Dank, dass Sie aufgeblieben sind. Wir brauchen Sie heute nicht mehr. Schlafen Sie gut.»

«Dankeschön. Gute Nacht.»

Dann saßen Ariane und Charles in den
bequemen Sesseln vor dem Kamin und
tranken langsam ihre heiße Schokolade.
Nach einer Weile fragte Charles:
«Gefällt dir Trevor?»
Ariane blickte ihm in die Augen. «Ja, er
ist sehr sympathisch, wenn du das
meinst. Ansonsten …» Sie machte
absichtlich eine kurze Pause, während
der Charles sie gespannt ansah. «…
nicht so, wie du vielleicht denkst. Ich
bin nicht an ihm interessiert.»
Charles starrte ins Feuer.
«War das deine Frage?», hakte Ariane
nach.
Sein ‚Hmhm‘ war schwer zu deuten.
Danach schwiegen sie eine Weile,
wobei Ariane die Stille als wohlig
empfand, nicht als bedrückend.
Dann sagte Charles auf einmal: «Heute
am Meer, das war sehr schön.»
Ariane nickte verträumt.

«Wollen wir morgen wieder einen Ausflug machen?», fragte er. «Das heißt, wenn du nicht mit segeln gehst.»

Ariane lächelte glücklich. «Ich gehe nicht mit segeln. Es wäre sehr schön, wenn wir etwas zusammen machen.»

«Weißt du eigentlich, wie sehr es mich nervt, dass ich mich nicht so bewegen kann, wie ich will?», sagte Charles ärgerlich. «Ich war immer sportlich, bin gejoggt, Kajak gefahren, geritten, geflogen. Jetzt kann ich nicht mal in die Küche gehen und mir selbst etwas zu trinken holen, ohne dafür eine halbe Stunde zu brauchen. *Ich will mich endlich wieder frei bewegen können!*»

«Warum fängst du dann nicht damit an?», fragte Ariane sanft.

«Wie meinst du das? Das mache ich doch die ganze Zeit.»

«Du könntest ein bisschen öfter laufen, weniger im Rollstuhl fahren. Du gewöhnst dich ja selbst an die

Bewegungslosigkeit, wenn du die ganze Zeit darin sitzt.»

«Hm. Touché», sagte Charles nachdenklich.

«Laut deinem Therapeuten könntest du doch laufen. Und heute am Meer hast du es doch auch gemacht. War das nicht ein gutes Gefühl, dich selbstbestimmter bewegen zu können? Oder tut es zu sehr weh?»

«Nein, nicht viel mehr als sonst. Naja, etwas, besonders, wenn ich länger laufe. Aber ja, du hast Recht. Natürlich tut es gut, mich zu bewegen. Aber …» Er starrte ins Feuer. Lichtreflexe tanzten auf seinem Gesicht. «… manchmal habe ich Angst, wenn ich laufen kann, denken alle, es ist wieder alles in Ordnung mit mir. Dass sie sich keine Sorgen mehr machen brauchen.»

«Warum ist das gut? Warum sollen sich die Leute Sorgen um dich machen?»

«Weil ich verletzt bin.» Charles starrte auf sein Bein. «Ich meine nicht das hier.

Ich meine hier.» Er deutete auf sein Herz. «Ich will, dass die Leute mich bedauern, dass sie *wissen*, dass ich leide.»

«Vielleicht wissen sie es ja. Aber was würde dir ihr Bedauern bringen? Du hältst dich damit absichtlich in der Rolle des Leidenden. Willst du das?»

Charles schwieg.

«Du spielst den armen, bedauernswerten Charles. Aber warum? Es ist wie ein Theaterstück. Es ist nicht echt.»

«Woher willst du denn wissen, was echt ist? Du kennst mich kaum.»

«Ich weiß es nicht. Es ist nur so ein Eindruck.»

Das Feuer knackte, ein durchgebranntes Scheit fiel auseinander und rollte zur Seite. Charles näherte sich dem Kamin, schob das Scheit mit dem Schürhaken zur Mitte zurück und legte neues Holz nach.

Nachdem er wieder bequem im Sessel
saß, sagte er nachdenklich: «Es ist
schon etwas dran, an dem, was du
sagst. Und wenn ich nach der Antwort
forsche, komme ich zu dem Schluss,
dass ich wohl schlicht und ergreifend
nach Liebe suche.» Mit einem
entschuldigenden Gesichtsausdruck
sah er zu Ariane.
Sie lächelte sanft. «Das suchen wir doch
alle.»
Ihre Wangen glühten. Vom Alkohol
davor, von der heißen Schokolade, dem
Kaminfeuer, und von einer anderen
Quelle in ihrem Inneren. Charles fiel
auf, wie wunderschön sie war.
Einem plötzlichen Impuls folgend stand
sie auf, stellte sich vor seinen Sessel
und streckte ihm die Hände entgegen.
Überrascht sah er sie an, dann nahm er
ihre Hände. Sie zog nur leicht, doch die
Andeutung genügte; er verstand und
erhob sich ebenfalls. Schwankte ein
wenig, bis er sicher auf dem gesunden

Bein stand und sich mit dem anderen
abstützte. Noch immer hielten sie sich
an den Händen, überlegten, ob sie
loslassen müssten, und taten es doch
nicht.
«Und, wie fühlst du dich jetzt?», fragte
Ariane hoffnungsvoll.
Charles runzelte die Stirn. «Was meinst
du?»
«Bist du jetzt nicht *mehr* in deiner
Kraft?», fragte Ariane. «Hol dir deine
Kraft zurück! Mach dich nicht selbst
klein.» Dabei fiel es ihr schwer, sich zu
konzentrieren.
Er hatte so blaue Augen!
Und er war ihr so nahe, dass sie ihn
riechen konnte.
Wie gut er roch!
Am liebsten hätte sie ihre Arme um
seinen Hals gelegt und ihn geküsst.
Auch Charles konnte nicht mehr klar
denken. Er sah nur noch ihre Augen,
die zarte, helle Haut ihres Gesichts und
ihre sanft geöffneten Lippen. Er konnte

sie nur anstarren. Dann umfasste er ihre Schultern und beugte sich langsam zu ihr vor. Ariane fühlte den sanften Druck seiner Hände und schloss hingebungsvoll die Augen. Ihre Lippen waren nur noch einen Millimeter voneinander entfernt, da erklang von draußen ein lautes Scheppern. Es klang, als würden hundert Blechteile auf einen Steinboden fallen. Charles fuhr zurück. Im nächsten Moment wurde die Tür zum Kaminzimmer aufgerissen und Trevor erschien leicht torkelnd, mit einer Flasche Wein in der Hand.

«Tut mir leid, ich hab' Sir Roderick umgeworfen. Hab' ihn nich' gesehen.» Er kam ins Zimmer. «Hallo Ariane! Wie geht's Ihnen? Haben Sie schon unser'n Hausritter kennengelernt?»

Ariane schüttelte den Kopf.

Es war wie verhext!

Immer, wenn sie und Charles sich näherkommen wollten, wurden sie unterbrochen! Sie bemühte sich, ihre

Enttäuschung zu unterdrücken. «Wer ist euer Hausritter?», fragte sie etwas steif.

«Sir Roderick! Das heißt, wenn ihn jetzt noch jemand zusammenbauen kann.» Trevor lachte über das Missgeschick.

«Eine Ritterrüstung», klärte Charles sie auf. «In der Eingangshalle. Vielleicht hast du sie gesehen.» An Trevor gewandt fügte er hinzu: «Ich hoffe, er ist nicht völlig demoliert. Kannst du nicht besser aufpassen?»

Doch Trevor hörte ihm nicht zu. Lautstark fuhr er fort: «Was macht ihr hier? Trinkt ihr etwa Schokolade? Was ist das denn für eine Babyparty? Zum Glück habe ich was anderes dabei!» Er ließ sich aufs Sofa fallen. «Ist Josy noch wach? Ich hätte Lust auf Käsetoast.»

«Josy ist schon im Bett und du solltest dich auch hinlegen», sagte Charles.

«Bringen Sie meinem Bruder das Laufen bei?», fragte Trevor belustigt.

«So sieht es jedenfalls aus. Ach, wir

waren ja schon beim *Du*, ganz vergessen! Tut mir leid. Ich bin Trevor.» Er verbeugte sich leicht im Sitzen. Dann sah er sich nach einem Korkenzieher um.

«Ich denke, wir legen uns jetzt am besten alle hin», sagte Charles. «Es war ein langer Tag.»

Ariane sah ihn mit großen Augen an. Sie wollte nicht, dass der Abend endete. Warum musste Trevor gerade jetzt kommen? Hätte er nicht zwei Stunden später kommen können? Oder morgen früh? Doch sie folgte Charles' Aufforderung. Sie hatte keine Lust, mit dem betrunkenen Trevor allein zu bleiben.

Sie verabschiedeten sich von dem jüngeren Bruder, der mit seinem Wein zurückblieb. Dann schob Ariane Charles zu dem Aufzug, den die Livingstons hatten einbauen lassen. Gemeinsam fuhren sie in den ersten Stock, wo sie sich vor Arianes Zimmer

Gute Nacht sagten. Charles hielt
Arianes Hand fest und sah ihr tief in
die Augen, doch es war schwierig, sie
vom Rollstuhl aus zu küssen. Und er
brachte es nicht über sich, aufzustehen.
Er wollte, aber etwas in ihm war noch
im Widerstand.
Auch Ariane beugte sich nicht zu ihm
hinunter. Es war etwas anderes, wenn
man sich direkt gegenüberstand; da
konnte es einfach passieren. So aber
wäre es eine bewusste Handlung
gewesen, und sie wollte nicht so
deutlich den ersten Schritt machen.
Demzufolge blieb ihr nichts anderes
übrig, als ungeküsst in ihr Zimmer zu
gehen.
Doch schlafen konnte sie nicht. Sie saß
auf ihrem Bett und überlegte, ob sie so
spät noch Gess anrufen konnte. Doch es
war bereits nach halb zwei, das war
selbst für Gess zu spät. Unruhig stand
Ariane wieder auf und ging eine Weile
im Zimmer auf und ab, während sie

sich den Kopf darüber zerbrach, was sie tun sollte.

Sollte sie zu Charles gehen?

Er hatte sie vor dem Kamin küssen wollen, das war ganz eindeutig. Also musste er auch etwas für sie empfinden. Ihr wurde ganz warm, wenn sie daran dachte.

In diesem Moment klopfte es leise an der Tür. *Charles!* Lächelnd und mit vor Freude klopfendem Herzen eilte Ariane zur Tür, um sie zu öffnen. Doch es war nicht Charles, sondern Trevor, mit einem breiten Grinsen, seiner Flasche in der einen Hand und zwei Gläsern in der anderen. Er fiel ins Zimmer, bevor Ariane sich dagegen wehren konnte. Trevor ignorierte ihren schwachen Protest, drängte sich an ihr vorbei und stieß die Tür mit dem Schuhabsatz hinter sich zu. Dabei bemerkte keiner der beiden Charles, der in einer Nische auf der anderen Seite des Flurs stand.

«Jetzt können wir endlich in Ruhe auf uns anstoßen!» Der jüngere Bruder durchquerte das Zimmer, stellte die Gläser auf den Tisch der Sitzgruppe und ließ sich aufs Sofa fallen. Dabei fiel Ariane sein sportlich-dynamischer Gang auf.

«Das geht nicht!», rief Ariane, die endlich ihre Sprache wiederfand. *Wenn Charles das gesehen hätte! Danach hätte sie nie mehr eine Chance bei ihm!*

«Du kannst nicht hierbleiben. Bitte geh wieder.»

«Aber warum? Wir können doch noch ‚n Schlummertrunk zu uns nehmen, bevor wir ins Bett gehen. Ich würd' dich sehr gern näher kennenlernen. Ich weiß noch gar nichts von dir.» Er lächelte sie mit seinem charmantesten Lächeln an und Ariane dachte erneut, dass er wirklich sehr gut aussah. Allerdings zeigten seine geröteten Augen und der verschleierte Blick unmissverständlich, dass er bereits

betrunken war. Außerdem hatte sich ihr
Herz bereits entschieden.

«Du hast schon genug getrunken,
glaube ich», sagte Ariane. Sie stellte
sich auffordernd neben ihn und
wiederholte ihre Bitte: «Geh jetzt bitte.
Es ist schon sehr spät.» Dann wandte
sie sich ab, um ihr Desinteresse zu
signalisieren.

Es dauerte jedoch noch etwas, bis ihre
Worte zu ihm durchdrangen. Als ihre
Strenge nichts nutzte, versuchte sie es
mit Engelszungen, doch auch das half
nichts. Schließlich war Ariane wirklich
gereizt und das merkte dann auch
Trevor, der sich müde erhob und
endlich ging.

Charles stand nicht mehr in der Nische.

Falsche Schlüsse

Am nächsten Morgen kam Ariane langsam zu sich und vernahm entferntes Glockenläuten. Es war das erste Geräusch, das sie hier auf dem Land von draußen hörte. Wie ruhig es sonst immer war! In ihrer Stadtwohnung hatte sie nie groß über Lärm nachgedacht. Doch seit sie hier war, hatte sie angefangen, die Stille schätzen zu lernen. Sie empfand es als sehr angenehm, nicht ständig von einer Geräuschkulisse umgeben zu sein, ganz besonders die Abwesenheit von Verkehrslärm war wunderbar. Das sonntägliche Läuten kam ihr fast bescheiden und zurückhaltend vor. Es störte nicht im Geringsten.
Solange sie noch dahindöste, konnte sie das unangenehme Gefühl in Kopf und Mund verdrängen. Doch als sie die Augen öffnete und sich bewusster ums

Wachwerden bemühte, bemerkte sie
Kopfweh und einen schalen Geschmack
auf der Zunge. Und dann … Langsam
fiel ihr wieder ein, dass sie noch mit
Charles im Kaminzimmer gesessen
war, und …
*Oh nein! Trevor war in ihrem Zimmer
gewesen! Höchst unangenehm!*
Wenn Charles das mitbekommen hatte,
wäre wohl alles aus mit der zarten
Hoffnung. Warum hatte nicht *er*
klopfen können? *Ihn* hatte sie sehen
wollen.
Sie musste unbedingt herausfinden, ob
alles in Ordnung war. So schnell ihr
Körpergefühl es zuließ, zog Ariane sich
an und machte sich zurecht. Dabei
registrierte sie abwesend, dass Gess
dreimal angerufen und mehrere
Nachrichten geschickt hatte. Damit
konnte sie sich vorläufig jedoch nicht
beschäftigen. Sie würde sich später
darum kümmern.

Auf dem Weg nach unten versuchte Ariane, sich zu beruhigen. Wahrscheinlich machte sie sich zu viele Gedanken.

Kaum im Esszimmer angekommen, sagte ihr ein Blick in Charles' Gesicht das Gegenteil. Er sah sie an, als sei sie eine Fremde. Ariane fühlte einen heftigen Stich. Beinahe hätte sie übersehen, dass sein Rollstuhl nirgends stand und ihr Gastgeber auf einem normalen Stuhl saß. Neben dem Tisch lehnten zwei Krücken.

«Na, gut geschlafen?» Sein Ton war sarkastisch und abweisend.

«Ja, vielen Dank. Und du?» Innerlich zitterte sie.

Was war mit ihm?

«Nicht besonders. Es schläft sich nicht sonderlich ruhig, wenn man den nächsten Mitmenschen in den eigenen vier Wänden nicht trauen kann. Aber Hauptsache, allen anderen geht es gut.» Er nahm sich einen Toast und bestrich ihn mit Butter. «Heute ist der letzte Tag deiner Probezeit. Ich nehme an, du gehst mit Trevor auf die Segeltour.» Es war keine Frage, nur eine Feststellung. Der zweite Stich. Ariane bemühte sich, ruhig zu bleiben. Sie setzte sich und legte eine Serviette auf ihren Schoß. Dann sagte sie bestimmt: «Nein, ich gehe nicht mit. Ich dachte, das hätte ich gestern schon gesagt.»

«Das sah aber heute Nacht anders aus.» Ariane wurde rot. Ihr Herz klopfte bis zum Hals. «Warum? Was meinst du?»

«Du hast wenig Scheu, deinem potentiellen Arbeitgeber Hörner aufzusetzen, noch dazu so schnell. Hast in nur zwei Tagen gleich beide Herren des Hauses für dich eingenommen. Das muss ja ein Hochgefühl sein!»

Seine Worte taten Ariane weh. Sie versuchte sich zu sagen, dass er nur so sprach, weil er selbst verletzt war, doch es fiel ihr schwer. «Es ist nicht so, wie du denkst. Es war …»

Charles unterbrach sie. «Spar dir deine Erklärungen. Ich weiß schon, wie …»

In diesem Moment kam Trevor ins Esszimmer. In der Hand balancierte er ein Wasserglas mit einer zischenden Brausetablette darin. «Guten Morgen! Habt ihr auch so einen Brummschädel? Mir geht's echt elend. Ich habe schon eine Tablette genommen und trotzdem entsetzliche Kopfschmerzen.» Er ließ sich auf den Stuhl neben Charles fallen und lächelte Ariane schief an, die ihm gegenüber saß. «Vielleicht hilft ja ein ordentliches Frühstück.» Dann wurde ihm bewusst, dass die Stimmung am Tisch offensichtlich etwas frostig war. «Was ist los? Habt ihr euch in den Haaren, so früh am Tag? Bitte keine Diskussionen jetzt, das verträgt mein Kopf nicht.» Er machte sich in aller Ruhe ans Essen und langte ordentlich zu.

Ariane versuchte, ruhig zu bleiben, doch in ihr brodelte es. Sie wollte unbedingt mit Charles allein sprechen, musste aber wohl oder übel bis nach dem Frühstück warten. Dabei fragte sie sich, warum Charles, der seinen Bruder argwöhnisch beobachtete, nicht merkte, dass es in Trevors Verhalten keinerlei Anzeichen dafür gab, dass er die Nacht mit ihr verbracht hatte. Trevor benahm sich völlig natürlich. Das allein hätte Charles doch schon über die Wahrheit aufklären müssen. Doch entweder wollte oder konnte er das Offensichtliche nicht erkennen. Nachdem sie endlich mit Anstand aufstehen konnten, verabschiedete sich Charles Richtung Kaminzimmer und handhabte dabei seine Krücken auffallend geschickt. Ariane mutmaßte, dass er sehr wohl damit umgehen konnte und vielleicht sogar schon besser lief, als er vorgab. Sie folgte ihm schnell, doch bevor sie den Mund öffnen konnte, war Trevor ihnen gefolgt und setzte sich ohne jede Hemmung dazu. Ariane hätte am liebsten geschrien.

«Mann, das war ja gestern mal wieder eine echt gute Party», sagte Trevor.

Charles blätterte in der Sonntagszeitung, die er vor sich hielt. Ohne aufzusehen fragte er: «Machst du eigentlich überhaupt etwas anderes als Partys zu feiern?»

Doch die Kritik prallte an Trevor ab. «Ja, klar», grinste er. «Manchmal mache ich auch die Nächte durch.» Mit einem schuldbewussten Blick zu Ariane ergänzte er schnell: «Oh, entschuldige bitte. So war das nicht gemeint.»

Sofort ließ Charles die Zeitung sinken und sah misstrauisch von seinem Bruder zu Ariane. «Was war nicht so gemeint?»

«Ariane weiß schon, was ich sagen will.»

Ariane hätte gerne gefragt, was genau Trevor sagen wollte, denn es war ihr keineswegs klar. Aber sie wollte nicht

den Eindruck erwecken, als sei sie an
Trevor interessiert. Auch wollte sie das
Gespräch mit ihm nicht noch schüren.
Stattdessen wünschte sie mit jeder
Faser, dass er sie endlich allein lassen
würde. Doch Trevor dachte nicht
daran.

«Ach, vergiss es», meinte er zu seinem
Bruder. «Ich bin noch nicht richtig
wach. Vielleicht sollte ich erst mal
etwas Anständiges trinken.» Träge
suchte er unter den Flaschen, die neben
ihm auf einem Beistelltisch standen,
fand jedoch anscheinend nicht das
Richtige. «Wie wär's mit einem
Aperitif?»

«Du hast doch gerade erst
gefrühstückt», sagte Charles.

«Na, und? Was dagegen?»

«Und du bist noch alkoholisiert von
gestern.»

«Na und?»

«Okay, du bist alt genug. Du musst
wissen, was du tust.»

«Eben.» Damit klingelte Trevor nach
Josy und bestellte etwas zu trinken.
Dann sah er Ariane an: «Was ist mit der
Segeltour? Kommst du mit? So etwas
siehst du nicht alle Tage.»
Charles blätterte geräuschvoll in der
Zeitung. «Bis ihr geht, ist es viel zu
spät. Ihr hättet heute Morgen losfahren
müssen.»
«Papperlapapp!», rief Trevor. «Wenn
wir nach dem Mittagessen gehen,
haben wir locker noch ein paar Stunden
auf dem Wasser. Wir müssen ja keine
Tagestour machen. Nur uns ein
bisschen frischen Wind um die Nase
wehen lassen.» Nach einem Zögern
sagte er beinahe widerstrebend: «Du
könntest deinen Kopf auch mal wieder
von einer Meeresbrise durchwedeln
lassen.»
«Nein, danke», sagte Charles.
«Vielleicht ist es dir entgangen, aber ich
saß bis gerade eben noch im Rollstuhl.
Ich fange gerade erst wieder an, laufen

zu lernen. Da muss ich nicht gleich auf einem wackeligen Boot stehen.» Nach einer kurzen Pause fügte er hinzu: «Aber danke der Nachfrage.»
So ging es weiter bis zum Mittagessen. Es sah nicht danach aus, als ob Trevor bald gehen würde und Ariane fiel nichts ein, womit sie Charles hätte aus dem Zimmer locken können. Sie kam sich fast überflüssig vor.
Es fand eine Art Schlagabtausch zwischen den Brüdern statt, bei dem sie miteinander um etwas rangen, das sie zwar nicht direkt benannten, das aber dennoch im Raum hing. Und keiner wollte nachgeben. Offenbar war einer der drei Anwesenden zu viel, doch es war unklar, wer. Ariane fragte sich, ob sie es sein würde, die den Kürzeren zog. Brüderliebe war schließlich stärker. Sie selbst war nur ein neues Glied im Gefüge; zu ihr bestand noch keine stabile Bindung. Und vielleicht ging es nicht mal um sie.

Wahrscheinlich machte sich keiner der
Brüder viel aus ihr. Es war wohl eher
ein sportlicher Wettkampf zwischen
den beiden.
*Wer weiß, wie oft sie das schon
ausgefochten haben*, dachte Ariane
resigniert.
So sank ihre Zuversicht, während sie
sich gleichzeitig darüber ärgerte, dass
es nicht möglich war, mit Charles allein
zu sprechen.
Beim Mittagessen kam es zu einer
leichten Entspannung; sie sprachen
über belanglose Themen. Als sie gerade
den Nachtisch genossen, eine leichte
Zitronencreme mit Krokantstreuseln,
kamen Trevors Freunde, um ihn
abzuholen.
Trevor warf Ariane einen bittenden
Blick zu. Es war seine letzte Chance.
«Willst du nicht mitkommen?», fragte
er voller Gefühl.
Sie schüttelte den Kopf. Sie war sich
darüber bewusst, wie wichtig ihre

Entscheidung war, um klar Stellung zu beziehen. Ihre Stimme klang fest, als sie sagte: «Nein, danke. Das ist sehr lieb von dir, aber ich bleibe hier.»

«Ist das so.» Unentschlossen stand Trevor neben dem Tisch, während seine Freunde warteten. Dann gab er sich einen Ruck und versuchte zu lächeln. «Okay, ja, schade. Da kann man nichts machen. Dann wünsche ich euch noch einen schönen Tag!»

Weg war er.

Sie hörten, wie er mit seinen Freunden auf dem Weg nach draußen lachte.

«So», sagte Charles.

«Ja», sagte Ariane. «Vielleicht können wir jetzt miteinander sprechen?», fragte sie und konnte nicht vermeiden, dass sie sich nervös anhörte.

«Ich wüsste nicht, was wir miteinander besprechen sollten», sagte Charles und klang wieder so kalt wie ein Eisblock.

«Ich möchte dir nur sagen, falls du etwas gesehen hast …» Sie brach ab.

Wie sie es drehte und wendete - alles, was sie zu ihrer Rechtfertigung sagen wollte, klang, als wäre sie schuldig.

Dann fiel ihr eine bessere Lösung ein: «Was hast du denn gesehen?»

«Das fragst du?» Obwohl Charles sich betont desinteressiert gab, schien er nur auf das Stichwort gewartet zu haben. «Gestern Nacht vor dem Kamin …, ich dachte, da war etwas zwischen uns. Eigentlich hatte mein Bruder uns doch nur unterbrochen. Ich dachte …» Er hielt inne.

Atemlos wartete Ariane darauf, dass er fortfuhr.

«Ich dachte …», fuhr Charles fort. «Aber da habe ich mich wohl geirrt. Nur wenig später lagst du in seinen Armen.»

«Das stimmt ja überhaupt nicht!», rief Ariane aufgebracht. *Also hatte er es doch gesehen!* «Ich lag überhaupt nicht in seinen Armen! *Er* kam in mein Zimmer … Er hat geklopft, kurz nachdem *wir*

uns getrennt hatten. Ich dachte, *du*
wärst es.»

«Wie», sagte er beinahe verwirrt. Man
sah ihm an, dass ihn diese Möglichkeit
überraschte, als hätte er tatsächlich
nicht daran gedacht.

«Natürlich habe ich gedacht, dass du es
bist. Denkst du etwa, ich habe auf
deinen Bruder gewartet? Warum sollte
ich?» Sie fühlte, wie Charles schwankte.
Doch er hakte noch einmal nach: «Aber
warum hast du ihn nicht sofort
hinausgeworfen?»

«Hab' ich ja. Er war nur nicht so leicht
zu überzeugen. Du weißt ja, dass er
angeheitert war. Aber er war nicht
lange bei mir. Und, nur zu deiner
Information, auch wenn ich das nicht
sagen müsste …», sie versuchte ein
vorsichtiges Lächeln, «wir haben uns
nicht geküsst oder so etwas. Er wollte
mich nur überreden, noch etwas mit
ihm zu trinken, das war alles.»

«Wirklich?» Charles' Stimme klang sanfter. Nach einem kurzen Schweigen sagte er: «Wenn das so ist, dann bitte ich dich um Entschuldigung. Es war blöd von mir.»

Ariane lächelte. «Ist schon gut.» In Wirklichkeit war sie unendlich glücklich darüber, dass er ihr glaubte.

«Nein, wirklich. Manchmal reagiere ich über. Besonders wenn …»

«Wenn …?»

«Wenn mir jemand wichtig ist.»

Ariane fühlte sanfte Wärme ihre Wangen aufsteigen. Diesmal lächelte sie nicht nur mit ihrem Gesicht, sondern mit ihrem ganzen Herzen.

Geborgenheit

«Hast du Lust auf einen kleinen Ausflug? Ich möchte dir etwas zeigen.» Charles sah sie abwartend an.

«Ja, gerne. Immer.»

Sie riefen Fritz, der sie das kurze Stück bis nach Staverton fuhr.

«Wie du siehst, leben wir hier in der tiefsten Pampa.» Charles wies auf die Hauptstraße. «Es gibt einen Pub, und, falls man dort einmal in Not gerät, haben wir sogar eine öffentliche Telefonzelle.»

Ariane lachte. Sie fühlte sich besser als seit hundert Jahren.

Charles grinste auch. «Und falls man im Pub an einem seltenen Glückstag jemanden von außerhalb treffen sollte, gibt es sogar zwei Briefkästen für den späteren Briefverkehr. Aber die Wahrscheinlichkeit, hier jemanden von

auswärts kennenzulernen, liegt eher bei
Null.»

«Warum?», fragte Ariane. «Du hast
mich doch auch hier kennengelernt.
Und du musstest dafür nicht mal in den
Pub gehen. Du konntest sogar zu
Hause bleiben.» Sie lächelte.

«Touché.» Charles nickte anerkennend.
«Da hast du Recht. Ich glaube, ich muss
mich bei Eliza bedanken. Zuerst war
ich völlig dagegen, jemanden
einzustellen und hielt ihren Vorschlag
für eine absolute Schnapsidee.» Er warf
Ariane einen Seitenblick zu. «Aber jetzt
fange ich an, echte Dankbarkeit zu
empfinden.»

Ariane sah aus dem Fenster, um zu
verbergen, wie sehr seine Worte sie
freuten. Dann fiel ihr plötzlich ein
unangenehmes Thema ein, ohne dass
sie wusste, wo das auf einmal herkam.
Am liebsten hätte sie es verdrängt,
besonders jetzt, wo die Stimmung so
gut war und sie diese nicht

kaputtmachen wollte. Doch es drängte
sich aus ihr heraus. «Was ist eigentlich
mit Nora? Wirst du dich mit ihr
treffen?»
Charles' Zögern dauerte nur den
Bruchteil einer Sekunde. «Nein. Werde
ich nicht.» Er fuhr mit der Hand am
Gurt entlang. «Ich habe gestern Abend
festgestellt, dass sie zwar nach wie vor
sehr schön ist, da hat sich meine
Meinung nicht geändert. Aber meine
Gefühle für sie sind nicht mehr die
gleichen. Sie bedeutet mir nichts mehr.
Sie ist für mich nur noch eine
Ex-Geliebte, die mich mal enttäuscht
hat. Es gibt keinen Grund, sie zu
treffen.» Er sah Ariane prüfend an.
«Antwort genug?»
Ariane nickte ruckartig.
Kurz darauf hielt Fritz den Wagen am
Straßenrand. Links von ihnen lag ein
weiter brauner Acker, dahinter in der
Ferne die sanften grünen Hügel, die sie
so lieben gelernt hatte. Rechts von

ihnen lag hinter einem verwitterten
Mäuerchen eine Kirche. Überrascht
stieg Ariane aus.

Was wollte er in einer Kirche?

Charles nahm seine Krücken, humpelte
vor ihr her zum Eisentor und ließ es
sich nicht nehmen, trotz seiner
Einschränkung die Tür aufzuhalten.
Der Butler blieb im Wagen.
Zuerst besuchten sie das altertümliche
Bauwerk. Der massige, mit Zinnen
gekrönte Turm und der ebensolche
Überbau über dem Eingang verliehen
dem Ganzen eher das Aussehen einer
Festung als eines religiösen Gebäudes.
Doch es vermittelte Sicherheit und
Geborgenheit.
Im überdachten Eingang musste Ariane
helfen, denn nur unter Einsatz ihres
ganzen Gewichts bewegte sich die alte
Tür. Im Inneren wurde Ariane von der
Architektur überrascht, die anders war,
als sie es von deutschen Kirchen
kannte. Weiß gestrichene Bogenreihen

mit zum Teil braunen Steinen, die sie
eher an eine maurische Moschee
erinnerten, ein hölzernes Dach über
dem Mittelschiff und eine
beeindruckende, reich geschnitzte
Chorschranke. Charles setzte sich in
eine der nächstliegenden Bänke,
während Ariane feierlich durch das
Gotteshaus schritt und alles bestaunte.
Was sie sah, war wunderschön. Als sie
langsam zu Charles zurückkehrte, sah
er sie unverwandt an. Neben ihm
angekommen, hätte sie am liebsten
nach seiner Hand gegriffen, wagte es
aber nicht.

Danach spazierten sie draußen über
den Weg, der zwischen Kirche und
Friedhof verlief. Anders als die sorgsam
strukturierten Reihen von deutschen
Friedhöfen gab es hier ein
grasbewachsenes Feld, auf dem ohne
jegliche Abtrennung oder Einzäunung
verstreut Grabsteine standen. Das
Zwitschern von Vögeln war das einzige

Geräusch, das die tiefe Stille
durchbrach.
«Es ist so friedlich», sagte Ariane.
Charles nickte. «Ich komme gerne her.
Meine Eltern haben hier geheiratet.
Und … sie sind hier begraben.» Er hielt
kurz inne. «Aber ich komme nicht nur
deswegen, sondern weil ich diesen Ort
mag, den Frieden, der über allem liegt.»
«Das verstehe ich gut», stimmte Ariane
zu. «In Deutschland weiß ich nicht, ob
ich gerne auf Friedhöfe gehe, aber hier
ist die Atmosphäre ganz anders. Es ist
richtig idyllisch.»
Langsam spazierten sie zu dem Grab
seiner Eltern. Die Blumen, die davor
standen, waren nicht mehr ganz frisch.
«Ich hätte frische Blumen mitbringen
sollen», sagte Charles.
«Wir können ja morgen welche
besorgen und herbringen», schlug
Ariane vor.

«Meinst du?» Die Idee schien ihm zu gefallen. Dann deutete er auf eine Bank. «Lass uns eine kleine Pause machen.»

«Was ist mit Fritz?»

«Was soll mit ihm sein?»

«Wenn er so lange warten muss.»

«Mach dir um den keine Sorgen. Fritz wartet auch bis morgen, wenn es sein muss.»

«Ihr führt schon ein sehr privilegiertes Leben», sagte Ariane.

«Ich weiß. Und ich bin dafür auch wirklich dankbar.»

Sie setzten sich. Charles lehnte seine Krücken an die Bank, doch sie fielen sofort um. Ariane wollte sie aufheben, aber Charles deutete an, dass sie sie liegen lassen sollte. Danach saßen sie ein paar Minuten und genossen die unglaubliche Ruhe.

Der Ort hat etwas Magisches, dachte Ariane.

«Was ist eigentlich mit deinem
Unfall?», fragte sie dann unvermittelt.
«Willst du darüber sprechen?»
«Bis jetzt habe ich noch nie darüber
gesprochen», sagte Charles. «Eigentlich
gibt es auch nicht viel zu erzählen.
Interessiert es dich wirklich?»
Ariane nickte energisch.
«Also gut. Es war vor einem halben
Jahr an einem Samstag. Nora und ich
hatten uns ein paar Tage nicht gesehen,
weil sie geschäftlich in London war.
Samstags wollte sie früh in Paignton
zurück sein, wo sie wohnte. Wir hatten
ausgemacht, dass sie nachmittags zu
mir ,raus nach Livingston Hall
kommt.» Charles knetete seine Finger.
«An dem Tag wollte ich ihr einen
Antrag machen. Dafür hatte ich vor,
mit ihr ans Meer zu fahren, du weißt,
wohin. Aber dann kam mir die
Superidee, sie schon morgens bei ihr
zuhause zu überraschen.» Er lachte
sarkastisch. «*Superidee*! Ich hatte einen

Schlüssel zu ihrer Wohnung, und offenbar haben sie sich vollkommen sicher gefühlt. Sie hatten nicht mal abgeschlossen oder den Schlüssel stecken lassen. So kam ich in den Hochgenuss, die Frau, die ich um ihre Hand bitten wollte, mit meinem Freund und Beinahe-Geschäftspartner in den Kissen hüpfen zu sehen. Irrtum ausgeschlossen.»

Arianes Gesichtsausdruck spiegelte Mitgefühl. Während sie langsam den Kopf schüttelte, war ihr innerer Blick auf die Vergangenheit gerichtet. Als sie schließlich sprach, war es, als spräche sie zu sich selbst: «Wie gut ich dich verstehen kann.»

Beim Ton ihrer Stimme horchte Charles auf. Er erinnerte sich daran, dass sie das Gleiche erlebt hatte.

Die rothaarige Chirurgin, das hatte er nicht vergessen. Das Bild war so einprägsam, als hätte er es selbst gesehen. Er rückte näher an Ariane heran und legte ihr, aus Scheu vor einer Zurückweisung, beinahe ungeschickt den Arm um die Schultern. Doch er hätte sich keine Sorgen machen müssen. Instinktiv kam Ariane seiner Umarmung entgegen, als hätte sie nur darauf gewartet, schmiegte sich an den warmen Körper, spürte seine Muskeln an ihrer Seite. Charles verstärkte den Druck seiner Arme, nun wieder selbstsicherer, und zog sie noch inniger an sich. Eng umschlungen hielten sie sich fest.

«Und dann?», fragte Ariane, an seine Brust gekuschelt. «Warum bist du geflogen?» Sie hielt kurz die Luft an, weil sie sich verraten hatte.

«Entschuldige, aber Eliza hat mir ein bisschen von deinem Unfall erzählt.»

«Das macht nichts. Ich dachte mir schon, dass sie dir irgendwas erzählt hat. Sonst hättest du wohl schon früher gefragt.» In seiner Stimme klang ein Lächeln. «Nein, ehrlich, es ist in

Ordnung. Tja, danach war ich wie
kopflos. Ich konnte nicht mehr klar
denken. Ich hab' mir erst mal ein paar
Whiskey Sour genehmigt, keine
Ahnung, warum ich dachte, dass das
hilft. Irgendwann kam ich dann auf die
Idee, zu fliegen.»
«Du warst betrunken?»
«Nicht sehr. Aber nüchtern war ich
auch nicht mehr.» Charles schwieg
kurz. «Glaub mir, ich bin nicht stolz
darauf. Ich hab' mich ins Segelflugzeug
gesetzt, obwohl der Mechaniker mich
gewarnt hat, dass sie die Ursache für
ein Geräusch noch nicht gefunden
hatten. Also doppelt idiotisch. Aber mir
war alles egal. Vielleicht habe ich es
sogar provoziert. Und bekam prompt
die Rechnung dafür. Man kann das
Schicksal nicht herausfordern. Das hat
überhaupt keinen Sinn.»
«Was passierte dann?»
«Es kam, wie es kommen musste.
Nachdem ich ein Stück geflogen war,

ich würde sagen, keine Viertelstunde,
da bekam ich Zweifel. Ich merkte, dass
ich nicht ganz flugtüchtig war und
wollte den Segelflieger auf den Boden
bringen. Ich versuchte umzukehren,
doch der Wind war ungünstig, ich
brauchte den Motor. Aber der reagierte
nicht so, wie ich es wollte. Ich konnte
die Maschine nicht mehr richtig unter
Kontrolle bringen. Und dann ging es
schneller abwärts, als mir lieb war.»
Ariane setzte sich erschrocken auf und
starrte Charles an. Instinktiv suchte sie
nach seiner Hand und drückte sie
voller Mitgefühl.
«Ich hab' ein bisschen Flugerfahrung»,
er grinste schief. «Deshalb konnte ich
sie halbwegs auffangen und es kam zu
einer mehr oder wenigen glimpflichen
Bruchlandung. Im Endeffekt kann ich
froh sein, dass ich überhaupt noch lebe.
Das hätte auch ganz anders ausgehen
können.»

Wieder drückte Ariane seine Hand. Sie war kurz davor, ihn vor lauter Anteilnahme zu küssen.

«Nur hatte ich trotzdem noch eine so hohe Geschwindigkeit, dass ein härterer Aufprall nicht zu vermeiden war. Dabei war irgendwie mein Bein im Weg.» Er zog bedauernd die Schultern hoch.

«Du Armer!», sagte Ariane impulsiv. «Das tut mir so leid!»

«Dankeschön», sagte er. «Aber das Schlimmste ist überstanden. Ich bin noch da. Wie sagt man so schön? Unkraut vergeht nicht.» Er zog sie wieder in seine Arme. «Und mir scheint, dein Weg war auch nicht immer ein Spaziergang.»

Ariane lächelte wehmütig.

«Da haben sich ja zwei gefunden», sagte Charles und strich ihr liebevoll über die Haare. «Wie erstaunlich sind doch die Wege des Universums. Da führt es auf so ungewöhnliche Art zwei

Menschen zusammen, sie sich sonst nie
begegnet wären, und die doch genau
das Gleiche erlebt haben.» Sanft hob er
ihr Kinn und sie blickte ihn mit großen
Augen an.

«Meinst du, es ist Schicksal, dass wir
uns begegnet sind?», fragte er.

Während sie ihren Mund öffnete und
ein lautloses ‚Ja‘ hauchte, kam Charles
näher und küsste sie auf die Lippen.
Langsam und sanft, als hätten sie alle
Zeit der Welt, wiederholten sie den
einfachen Kuss wieder und wieder,
staunend über das, was ihnen geschah,
vorsichtig, um nichts falsch zu machen.
Bis die Natur unwillkürlich ihren
eigenen Lauf nahm, ihre Lippen inniger
miteinander verschmolzen und der
Kuss lebendiger und leidenschaftlicher
wurde.

Es dauerte eine Weile, bis sie damit
aufhören konnten. Dann lösten sie sich
ein wenig voneinander, ein bisschen

verlegen alle beide. Sie sahen sich an
und mussten plötzlich laut lachen.
Charles kamen fast die Tränen. Seit
langem hatte er sich nicht so befreit
gefühlt. «Wir sind auf einem Friedhof
und küssen uns *so!*»
«Ich glaube, sie verstehen uns.» Immer
noch lachend, deutete Ariane auf die
Wiese.
Charles zog Ariane erneut an sich und
drückte sie fest. Seine Stimme klang
rau. «Ich habe mich in dich verliebt»,
sagte er. «Und ich danke dem Himmel,
dass er mir dich geschickt hat.» Zärtlich
küsste er sie, immer wieder. «Ich würde
mich über alle Maßen freuen, wenn du
bei uns bleiben würdest.»
Ariane lächelte ihn an. «Mal sehen».
Dabei war sie so glücklich, dass ihr
Herz jubilierte.
Eine Weile blieben sie noch auf der
Bank sitzen, genossen ihr Glück und
küssten sich verliebt, bis andere
Besucher den Kirchhof betraten.

«Und jetzt?», fragte Charles. «Möchtest
du noch woanders hinfahren?»
Ariane schüttelte sanft den Kopf. «Am
liebsten würde ich nach Hause gehen.»
Ein bisschen gewagt, dachte sie, *es schon
als ,Zuhause' zu bezeichnen.* Doch
genauso empfand sie es.
Er fand offenbar nichts dabei. «Wie die
Dame wünscht», sagte er fröhlich.
«Nichts lieber als das!»
Auf der Rückfahrt fiel es ihnen schwer,
sich nicht zu berühren. Zumal Charles
diesmal mit auf der Rückbank saß.
Doch sie wollten Fritz nicht vorschnell
über die veränderte Situation
informieren. So loyal er auch war,
mussten sie dennoch annehmen, dass
es dann bald das ganze Personal
wüsste.
Also bemühten sie sich, bis zur
Ankunft im Herrenhaus möglichst
normal zu wirken. Dabei klopfte beiden
das Herz bis zum Hals. Auf ihren
Lippen spürten sie noch die Küsse von

den Augenblicken zuvor, und sie
malten sich ungefähr hundert
Möglichkeiten aus, wie es mit ihnen
gleich weitergehen würde.
Was allerdings tatsächlich geschehen
sollte, darauf wären sie im Traum nicht
gekommen.

Überraschung

Zu Hause angekommen hörten sie schon in der Eingangshalle lautes Gelächter mehrerer Stimmen. In einer Ecke stand ein Rollkoffer, wie Charles verwundert bemerkte.

«Erwartest du Besuch?», fragte er Ariane, während Fritz ihm aus der Jacke half.

Sie schüttelte den Kopf. «Nein, warum?»

«Na, wegen dem Gepäck.» Charles deutete auf den Koffer.

Ariane fielen fast die Augen aus dem Kopf.

Das war der Koffer von Gess! Wie kam der hierher? Ariane wurde rot. *Was hatte das zu bedeuten? Hoffentlich war nichts Schlimmes passiert.*

«Das ist, glaube ich, der Koffer von einer Freundin von mir», sagte sie langsam. «Aber ich verstehe nicht …»

Zuerst sah Charles sie stirnrunzelnd an, dann forderte er sie auf, ihm zu folgen. Zum zweiten Mal verzichtete er zuhause auf den Rollstuhl und stakte sich mit den Krücken voran. Die Schnelligkeit, mit der er sich bewegte, zeigte zum Einen seine Ungeduld herauszufinden, welcher Besuch gekommen war, zum Anderen aber auch, wie viel Energie tatsächlich in ihm steckte. Obwohl Ariane Mühe hatte, hinterherzukommen, freute sie sich darüber.

Dem Klang der Stimmen nachgehend, stießen sie im Wohnzimmer auf eine lustige Gruppe. Charles betrat den Raum als Erster. Ein paar Freunde von Trevor saßen oder standen im Raum, während Charles' jüngerer Bruder sich angeregt mit einer hübschen Unbekannten unterhielt, die dicht neben ihm auf einem Sessel saß. Trevor hatte sich auf ihre Armlehne gesetzt, doch es fehlte nicht viel und er wäre

der Unbekannten auf den Schoß
gerutscht. Er schien ihr etwas zu
erklären und gestikulierte dabei wild
mit Händen und Armen. Ihr schien es
zu gefallen, denn sie lachte herzlich.
Auf dem niedrigen Wohnzimmertisch
standen zwei Flaschen Champagner
sowie zwei Silbertabletts mit einer
Vielfalt von Canapés
«Was ist denn hier los?», fragte Charles
überrascht. Insgeheim fragte er sich,
warum sein Bruder, der sich Monate
lang nicht blicken ließ, ausgerechnet
heute Freunde einladen musste, wenn
er selbst gern *einmal* sturmfreie Bude
gehabt hätte. Er kam sich vor wie ein
Teenager, der mit seiner Freundin allein
sein wollte, aber dessen Eltern vorzeitig
aus dem Urlaub zurückgekehrt waren
und die schöne Freiheit zu Ende war.
Auf der anderen Seite freute er sich
darüber, dass sein Bruder zu Besuch
war, und über die Gesellschaft. Das
Haus war viel zu selten voller

fröhlicher Menschen. Es hätte nur nicht
gerade *jetzt* sein müssen.
«Ihr wolltet doch segeln gehen?»
Inzwischen war Ariane Charles
nachgekommen. Als Gess sie erblickte,
sprang sie mit einem Schrei auf, lief auf
sie zu und fiel ihr um den Hals.
«Mann! Warum gehst du denn nicht an
dein Handy? Ich hab' dich hundert Mal
angerufen! Und dir ich weiß nicht wie
viele Nachrichten geschickt!»
Glücklicherweise standen sie etwas
abseits bei der Tür zum Wohnzimmer.
Die meisten nahmen keine Notiz von
ihnen. Nur Trevor warf ihnen
neugierige Blicke zu, wurde dann aber
von Charles abgelenkt.
«Tut mir leid», sagte Ariane
schuldbewusst. «Ich bin … noch nicht
dazu gekommen.»
«Das sehe ich», flüsterte Gess mit einem
bedeutungsvollen Seitenblick zu
Charles.

Ariane rollte mit den Augen und hoffte,
Gess würde den Wink verstehen, nichts
weiter zu sagen. Es war ihr äußerst
peinlich. Zudem war sie völlig
überrumpelt und nicht sicher, ob sie
sich über Gess' Auftauchen freute.
«Was machst du hier?»
«Beppo ist weg.»
Sofort überkam Ariane Mitgefühl und
sie sah Gess teilnahmsvoll an. «Das tut
mir leid. Warum denn?»
«Er ist zurück nach Italien. Sein Onkel
will ein Restaurant aufmachen und
braucht ihn.»
«Das tut mir echt leid», sagte Ariane
und drückte ihre Freundin an sich.
«Wie geht es dir?»
Gess löste sich und machte ein
komisches Gesicht. «Es war schrecklich.
Beppo war zwar auch nicht das
Nonplusultra, aber bisher der Beste. Ich
dachte, diesmal würde es halten. Besser
gesagt, ich *wollte*, dass es endlich hält.
Aber dann haut er von einer Sekunde

auf die andere ab. Ich hatte gar keine Zeit, mich darauf einzustellen. Deshalb hab' ich es zu Hause nicht mehr ausgehalten. Ich habe dich gestern Abend zigmal angerufen, aber dein Handy war aus. Doch zum Glück bist du ja so akkurat und schreibst mir immer deine Reisedaten auf.» Gess deutete ein Lächeln an. «Da hab' ich spontan Urlaub genommen und bin hergeflogen.»

«Aber, wann war denn das mit Beppo?»

«Gestern.» Gess machte ein beschämtes Gesicht. «Tut mir leid. Ich kann mir denken, was du sagen willst. Ich hätte erst mal allein damit klarkommen sollen. Tut mir leid. Ich bin darin nicht so gut.» Es klang ehrlich bedauernd. Ariane nahm sie wieder in den Arm. «Ist schon gut.» Obwohl sie es sich sehr gewünscht hätte, mehr Zeit mit Charles allein zu haben, tat ihr Gess leid. Da fing sie einen feurigen Blick von Trevor auf, der ihrer Freundin galt. «Wie ich sehe, hast du keine Zeit verloren», sagte Ariane kopfschüttelnd. Sie begriff nicht, wie Gess das immer machte. Sie musste sich nur umdrehen und hatte schon wieder einen neuen Kandidaten an der Angel.

Gess setzte ein schiefes Grinsen auf und zog die Schultern hoch. «Was soll ich machen?»

Dann gesellten sie sich zu den anderen, wo Trevor nur wenige Sekunden brauchte, um Gess in ein Gespräch zu verwickeln.

«Was war denn mit dem Segeln?», fragte Ariane Charles, wobei es sie am meisten interessierte, warum die Truppe zurückgekommen war. Vor allem jedoch wollte sie einfach mit ihm sprechen.

«Die Yacht, die sie nehmen wollten, war für dieses Wochenende an jemand anderen ausgeliehen worden», sagte Charles. Auch er antwortete nur mit einem Teil seines Verstandes, während er überlegte, wie er sich mit Ariane zurückziehen konnte, ohne dass es jeder sofort durchschaute.

An diesem Tag mussten sie allerdings bis zum späten Abend warten. Überraschenderweise schien das, trotz aller Ungeduld, weder Ariane noch Charles viel auszumachen. Vielleicht lag in der Verzögerung sogar ein besonderer Genuss, der das Herzklopfen und die Vorfreude verstärkte, weil beide wussten, dass der Andere sich auch nach Zweisamkeit sehnte. Sie sahen es in ihren Augen und an ihren Gesten.

Doch sie hatten es nicht eilig. Sie hatten Zeit genug.

Epilog

Zwei Jahre später

Ariane schloss die Tür der Blumenboutique von außen ab und blieb noch einen Moment davor stehen. Vom ersten Augenblick an hatte sie das Häuschen geliebt. Charles hatte es inzwischen für sie renovieren und erweitern lassen. Jetzt hatte sie dort ihr eigenes Reich, in dem sie nach Herzenslust wirtschaften konnte und es mit Erfolg tat. Kaum hatte sie diesen Bereich vor fast zwei Jahren für sich entdeckt, hatte sie angefangen, Buch um Buch dazu zu lesen und im Internet zu recherchieren. In diesem Jahr hatte sie bereits den Blumenschmuck für eine Hochzeit und einen runden Geburtstag bereitgestellt. Und auch die Gartenschau war ein voller Erfolg gewesen. Zwar hatte sie noch keinen

Preis gewonnen, doch mehrere Bekannte und Nachbarn hatten ihr Mut gemacht und damit Arianes Ehrgeiz geweckt. Außerdem hatte sie entdeckt, dass auch Kuchen und Marmeladen prämiert wurden. Sie war deshalb fest entschlossen, an Züchtungen zu arbeiten und überdies mit Kuchen oder gar selbstgekochten Marmeladen teilzunehmen. Dabei musste sie über sich selbst lachen. Wenn ihr früher jemand gesagt hätte, dass sie an regionalen Wettbewerben für Blumen oder Kuchenkunst teilnehmen würde - und ihr das auch noch großen Spaß machte!, hätte sie nur ungläubig den Kopf geschüttelt. Doch so vieles hatte sich geändert – zum Guten.

Vor allem sie selbst hatte sich verändert. Sie war reifer geworden. Mit Charles war sie wirklich erwachsen geworden. Eberhard mochte sie oberflächlich betrachtet zur Frau gemacht haben, doch sie war es noch nicht in ihrem Inneren, mit ihrem Herzen gewesen. Es war kein Vergleich zu dem Leben an der Seite eines richtigen Mannes. Mit Charles führte sie eine wirklich erfüllende und lebendige Beziehung. Er las ihr jeden Wunsch von den Augen ab und sie hätte nie gedacht, dass es tatsächlich Männer gab, die *so* waren. Er war einfach unglaublich. Und er war *alles* für sie. Ein wunderbarer Partner, ein aufmerksamer Liebhaber und ihr bester Freund. Er konnte gut zuhören, war zärtlich und ständig an ihrem Wohlergehen interessiert. Sehr oft sah er im Voraus, was sie zu brauchen schien und stellte es für sie bereit. Natürlich war es nicht immer nur harmonisch, da Charles in mancherlei Hinsicht auch ein harter Brocken war, doch mit ihm fühlte sich alles richtig an und sie war ihm von Herzen verbunden. Über Charles konnte

Ariane mit Sicherheit sagen: *Er ist der Richtige.*

Langsam kehrte sie zum Herrenhaus zurück. Die letzten Wochen hatten sie angestrengt, was auch an ihrem Zustand lag. Deshalb sah sie jetzt dankbar der kommenden Pause entgegen. Und dem verlängerten Wochenende mit Gess und Trevor, die ihren Besuch angekündigt hatten.

Wer hätte gedacht, dass Gess mal eine Beziehung haben würde, die über ein Jahr dauerte?

Doch Ariane freute sich ehrlich für ihre Freundin. Denn es schien gut zu laufen zwischen den beiden. Gess zuliebe hatte Trevor sogar sein Studium nach Deutschland verlagert und ehrgeizig Deutsch gelernt. Wo sie auf Dauer bleiben wollten, hatten sie noch nicht entschieden. Die beiden Freundinnen hielten Kontakt, so gut es ging. (Wobei Gess erstaunlich selbständig geworden war, seit sie Trevor kannte.)

Und sie selbst?

Ariane ging auf in ihrem Engagement mit der Blumenboutique und in den neuen und herzlichen Kontakten zu einigen Nachbarn. Über das Internet hatte sie drei Englischkurse in Folge absolviert und fühlte sich inzwischen recht sicher im Umgang mit Einheimischen. Einige Male war sie in Paignton gewesen und hatte Eliza besucht, mit der sie sich gut verstand. Und mit Charles unternahm sie regelmäßig Ausflüge und kurze Reisen, darunter vier Mal nach Deutschland. Die Krücken brauchte er schon lange nicht mehr. Seit einem knappen Jahr fuhr er auch wieder selbst Auto. Und er hatte sich einen Online-Anwaltservice aufgebaut, der ganz gut lief, beschäftigte sich in letzter Zeit aber eher mit dem Thema Pferdezucht. *Irgendwie sind wir alle am Suchen,* dachte Ariane. Aber das ist wohl die Essenz des Lebens.

Der Weg machte eine Biegung und gab
den Blick aufs Haus frei. Charles
wartete sicher schon. Zärtlich strich sich
Ariane über den gewölbten Bauch. Bald
war es soweit. Dann wären sie nicht
mehr nur zu zweit.
Mr und Ms Livingston und …?
Ariane lächelte überglücklich. Sie war
in ihrem Glück gelandet.

(K)ein Star zum Verlieben

Prolog

Schon als kleines Kind hat die 18-jährige Lana davon geträumt als berühmte Sängerin auf der Bühne zu stehen. Sie liebt die Musik und hat bereits als Grundschülerin Klavier- und Gesangsunterricht bekommen. Sie ist fleißig, übt jeden Tag und schon bald zeichnet sich ab, dass sie großes Talent besitzt und jeder prophezeit ihr eine große Karriere in der Musikbranche voraus. Während sie als Kind noch kein Problem damit hat, auf der Bühne zu stehen und vor vielen Menschen zu singen, bereitet ihr das als Teenager plötzlich große Angst. Sie bekommt auf einmal Schweißausbrüche, als sie hinter der Bühne steht und durch den Vorhang lugt und die große Menschenmenge sieht. Auf einmal wird sie nervös, ihr Magen dreht sich um und sie will sich am liebsten verkriechen. Sie macht zwar mit der

Musik weiter, meldet sich bei den
Auftritten ihrer Musikschule aber jedes
mal krank oder überlegt sich eine
Ausrede. Als sie in die Oberstufe
kommt und sich ihre Mitschüler
anfangen zu überlegen, was sie nach
dem Abitur machen wollen, kommt für
sie eigentlich nur eins in Frage: Sie will
Musik studieren, und zwar an der
besten Universität des Landes. Sie übt
jeden Tag und meistert die Tests mit
Bravur. Als letzte Hürde musst sie nur
noch ein paar ausgewählte Stücke auf
dem Klavier vorspielen und etwas
vorsingen. Sie kann sie in- und
auswendig und ist bestens vorbereitet,
aber als sie die große Bühne betritt und
das Auswahlkomitee mitten im
Zuschauerraum sieht, dreht sich erneut
ihr Magen um.
Trotzdem bleibt sie tapfer, sagt ihren
Namen und setzt sich an das Klavier.
Als sie ihre Finger auf die Tasten legt,
bemerkt sie, wie nass sie bereits vor
Schweiß sind und trocknet sie sich
nervös an ihrer Bluse ab. Aber das
bringt nichts. Lana rutscht mit ihren
Fingern an den glatten Tasten ab und
versaut damit das Stück. Sie blickt

anschließend in die genervten Gesichter der Jury, die sich fragen, warum sie sich mit so einer talentlosen Schülerin herumschlagen müssen, wird aber trotzdem dazu aufgefordert noch etwas zu singen. Leider wird ihr Lampenfieber aber nicht besser. Ihre Stimme versagt und sie bringt keinen geraden Ton heraus.

Niedergeschlagen verlässt Lana danach die Aula und schwört sich, dass sie nie wieder eine Bühne betreten wird.

Das ist jetzt ein Jahr her. Inzwischen hat sie ihr Abitur mit einer sehr guten Endnote bestanden und einen Ausbildungsplatz in einem Tonstudio ergattern können. Ihren Traum irgendwann mal mit Musik viel Geld zu verdienen und berühmt zu werden, hat sie zwar fürs erste an den Nagel gehängt, trotzdem will sie in der Branche bleiben.

In dem Tonstudio würde sie Tag für Tag mit professionellen Musikern zu tun haben und kann zumindest schon einmal hinter die Kulissen blicken. Dass sie es irgendwann vielleicht doch noch mal auf die große Bühne schafft,

schließt sie nie ganz aus und ist noch immer ihr geheimer Traum.
Nach den letzten Prüfungen hat sie viel Zeit und verbringt sie meistens alleine. Ihre Freunde aus der Schule haben Jobs, um sich das anschließende Studium finanzieren zu können oder sind bereits ins Ausland verschwunden. Aber Lana hat kein Problem damit. Sie kann sich schon immer gut alleine beschäftigen. Oft spielt sie dann ihre Lieblingsstücke auf dem Klavier oder auf der Gitarre oder setzt sich an den Schreibtisch, um ihre eigenen Songs zu schreiben. Dabei vergisst sie meist völlig die Zeit und merkt erst dann, dass sie mal wieder die ganze Nacht durchgeschrieben hat, als die ersten Sonnenstrahlen durch ihr Fenster ins Zimmer fallen. Sie hat bereits mehrere Bücher mit eigenen Songtexten vollgeschrieben und immer wenn sie alleine und ein Musikinstrument in der Nähe ist, nimmt sie sich die Zeit und singt eins ihrer Lieder.
Manchmal wird sie von ihrer Mutter dabei erwischt, die versucht sie zu ermutigen, sich doch noch mal mit ihrem Lampenfieber

auseinanderzusetzen. Sie kann nämlich
nicht weiter mit ansehen, wie sich der
Traum ihrer Tochter immer mehr in
Luft auflöst und weiß, dass die
Ausbildung im Tonstudio es nicht
besser machen wird. Tag für Tag wird
sie Künstler dabei begleiten, ihre eigene
Musikkarriere zu starten, statt sich um
ihre eigene zu kümmern. Aber Lana
bleibt stur und redet sich und ihrer
Mutter ein, dass es so das Beste sei.

Die neue Arbeit

Aufgeregt wacht Lana an einem heißen Sommertag auf. Verwirrt greift sie nach ihrem Handy und starrt auf den Bildschirm, der ihr das Wort «Ausbildungsbeginn!» zeigt und dabei ununterbrochen klingelt. Nervös drückt sie den Wecker weg und steht auf. Heute ist es endlich so weit und sie würde zum ersten Mal in ihrem Leben einen richtigen Job anfangen. Bisher hat sie lediglich Musikunterricht für Kinder gegeben. Aber das hat sie eher aus Spaß gemacht und nicht mit dem Ziel Geld damit zu verdienen. Heute ist das aber anders. Heute wird ihr Leben als Erwachsene endlich beginnen. Sie hat sich bereits am Vortag ein paar Klamotten raus gesucht und zieht jetzt ihre schwarze Jeans sowie ein helles Jeanshemd an. Sie will nicht zu schick dort auftauchen, aber auch nicht zu lässig. Noch einmal schaut sie in den Spiegel und betrachtet ihr Erscheinungsbild. Sie ist schon als Kind immer sehr dünn gewesen und fällt zwischen all den Mädchen in ihrer

Klasse nicht besonders auf. Sie ist eher das graue Mäuschen. Weibliche Rundungen haben sich bei ihr erst sehr spät entwickelt und sind noch heute nicht besonders stark ausgeprägt. Aber das ist für sie in Ordnung. Sie will auch gar nicht durch ihre Optik im Mittelpunkt stehen und dafür viel Aufmerksamkeit ernten. Sie ist zufrieden mit ihrem Aussehen und mag besonders ihre blauen Augen am liebsten. Sie versucht sich im Spiegel anzugrinsen, formt ihre vollen Lippen zu einem Lächeln, lässt ihre weißen, geraden Zähne blitzen und entdeckt einen Krümel dazwischen. Schnell läuft sie ins Badezimmer, putzt sich die Zähne und kämmt sich anschließend noch ihre langen, braunen Haare, bevor sie dann nach unten in die Küche geht.

«Na, bist du schon aufgeregt?», sagt ihre Mutter, die gerade dabei ist, das Frühstück vorzubereiten.

«Nee, nur ein wenig», antwortet Lana und will sich nicht eingestehen, dass ihr bereits seit einer Woche immer wieder übel wird, wenn sie daran denken muss, dass ihre Ausbildung bald beginnt. Obwohl sie keinen Hunger hat, zwingt sie sich dazu, zwei Scheiben Brot zu essen und ein großes Glas Orangensaft zu trinken. Ihr Vater schaut ebenfalls kurz in der Küche vorbei, nimmt sich seinen Thermobecher mit Kaffee von der Theke und spricht Lana ebenfalls Mut zu.

«Viel Erfolg bei deinem ersten Arbeitstag und fahr vorsichtig», sagt er und geht dann zur Tür heraus.

Lana erinnert sich wieder an den Moment, als sie ihr Abiturzeugnis in der Schule entgegengenommen hat und ihre Eltern anschließend mit einer Überraschung auf sie gewartet haben.

«Weil du immer so ein braves Kind warst», sagt ihr Vater und drückt ihr dann einen Schlüssel in die Hand. Verwirrt schaut Lana auf den schwarzen Schlüssel mit Plastikverkleidung und dem Logo einer großen Automarke in ihrer Hand und versteht, was die große Überraschung ist:

Ihr erstes eigenes Auto. Es ist klein und nicht besonders schnell, aber es ist ihrs. Jetzt ist Lana mit genau diesem Auto auf dem Weg ins Tonstudio. Um sich zu beruhigen, hat sie ihr Lieblingslied angemacht, was ihr immer viel Sicherheit gibt und ihr hilft schwierige Situationen zu überstehen. Sie parkt auf dem Parkplatz für Mitarbeiter, steigt aus und läuft dann zum Empfang. Eine Frau mittleren Alters sitzt hinter dem Tresen und schaut sie erwartungsvoll an. Sie hat blonde Haare, die sie in einem ordentlichen Dutt nach oben gesteckt hat. Sie trägt ein auffälliges rotes Kleid mit weißen Punkten und ihre Nägel sind in der passenden Farbe dazu lackiert.

«Kann ich weiterhelfen?», fragt sie und mustert Lana kritisch.

«Ja, ich bin Lana und heute ist mein erster Ausbildungstag. Ich soll mich hier melden», sagt sie nervös.

Sie beobachtet wie die Frau den Telefonhörer in die Hand nimmt und eine Nummer wählt. «Ja, hallo. Die Azubine ist gerade angekommen. Kann sich jemand darum kümmern?», sagt sie, während sie Lana genervt anguckt. «Es kommt gleich jemand. Setz dich so lange.»

Aufgeregt nimmt Lana auf einem der Stühle Platz und wartet darauf, wie es weitergeht. Plötzlich geht irgendwo eine Tür auf und ein junger, attraktiver Mann läuft auf sie zu. Sofort richtet sich Lana auf und setzt sich gerade hin.

«Oh, Sie übernehmen das also selbst … ich dachte Sie schicken wen anderes», stammelt die Frau am Empfang und verwirrt schaut Lana auf den schönen Mann vor ihr.

«Nein, nein. Ich übernehme das immer selbst. Alles gut, Marta», ruft er der Frau zu und widmet sich dann Lana.

«Hallo, ich bin Tom und du bist Lana, nicht wahr?», sagt er und hält ihr die Hand hin.

Sprachlos schaut Lana in sein strahlendes Gesicht. Er ist höchstens Mitte 20, hat blonde, längere Haare und blitzende, blaue Augen. Er ist sportlich, trainiert und mindestens 1,90m groß. Lana kann zahlreiche Tattoos auf seinen Armen sehen, die halb von einem schwarzen Hemd verdeckt werden. Sie schüttelt ihm die Hand und stellt sich vor.

«Ja, genau. Ich bin Lana», sagt sie schüchtern.

«Dann komm doch mal mit. Wir kümmern uns erstmal um einen

Mitarbeiterausweis und dann
bekommst du einen Schlüssel.
Anschließend zeige ich dir das Studio
und dann kann es auch schon
losgehen», erzählt er fröhlich.
Lana ist hin und weg und reagiert nicht
sofort, als er sich umdreht und
vorlaufen will. Er bleibt noch einmal
stehen und schaut sie erwartungsvoll
an.
«Kommst du?», fragt er.
Hastig steht sie auf und folgt ihm in ein
kleines Büro.
«Bist du bereit für das Foto?», sagt er
grinsend und nimmt eine Kamera in
die Hand. Verwirrt schaut sie ihn an.
Was für ein Foto?
«Für den Mitarbeiterausweis», erklärt
er, als er ihren fragenden Blick sieht.
Schnell stellt Lana ihre Tasche auf den
Boden und kämmt sich noch einmal mit
ihren Fingern durch die Haare. Auf ein
Foto war sie so gar nicht vorbereitet.
«Keine Sorge. Du siehst gut aus»,
ermutigt er sie und deutet auf eine
weiße Wand, vor die sie sich stellen
soll.
Geschmeichelt durch sein Kompliment
macht sich Lana bereit und lächelt in

die Kamera. Tom macht ein paar
Aufnahmen von ihr und zeigt ihr dann
auf dem kleinen Display die Fotos. Sie
steht jetzt ganz dicht neben ihm und
kann seinen betörenden Duft
wahrnehmen. Es ist kein Parfum,
sondern sein eigener Geruch, der ihr
fast den Verstand raubt.
«Hier, das ist doch gut», sagt er und
zeigt ihr ein Foto, auf dem sie sehr
natürlich lächelt. Lana nickt nur und
schaut dann zu, wie er das Bild auf
einen Computer überträgt, ihre Daten
eingibt und dann druckt. Er kramt eine
Hülle hervor und übergibt ihr wenig
später den fertigen Ausweis.
Fasziniert hält Lana das bedruckte
Stück Papier in den Händen. Ihr erster
eigener Mitarbeiterausweis. Wow …
«So, dann fehlt nur noch der Schlüssel.
Einen Moment», reißt er sie aus ihren
Gedanken und schließt einen kleinen
Schrank auf.
«Hier müsste irgendwo noch einer
sein», sagt er beschäftigt, als er die
vielen Boxen darin durchwühlt.
«Ah! Hier! Das ist ein Transponder, mit
dem du jede Tür hier öffnen kannst.
Komm, ich zeig es dir!», sagt er fröhlich

und wartet darauf, dass Lana ihm
wieder folgt. Sie bleiben vor einer
verschlossenen Tür stehen, er hält den
Transponder vor die Tür, drückt drauf
und wartet, bis es piepst. Dann drückt
er den Griff herunter und öffnet die
Tür.
«Ganz einfach!»
Er überreicht Lana das runde Plastikteil
und berührt dabei ihre Hand.
Erschrocken zuckt sie zusammen, als
sie seine weiche Haut auf ihrer spürt.
Aber er lässt sich zum Glück nichts
anmerken und schaut sie nur fröhlich
an.
«So, dann zeig ich dir am besten Mal
das Tonstudio», beschließt er und läuft
wieder vor. «Es ist wichtig, dass du auf
die Lichter achtest. Rot bedeutet kein
Zutritt. Auch wenn du gerufen wirst.
Dann läuft eine Aufnahme und das
wäre natürlich katastrophal, wenn du
dann einfach reingestürmt kommst.
Grün bedeutet, dass du reingehen
kannst.
Dann schauen wir doch mal, ob gerade
jemand etwas aufnimmt. Ah … grün.
Wunderbar», sagt er und öffnet eine
schwere Tür, hinter der sich ein Raum

voller Instrumente befindet.
Beeindruckt schaut Lana sich um.
«Das ist der Regieraum», sagt Tom und
deutet auf den Raum vor ihr. Darin
befinden sich ein riesiges Mischpult
sowie ein paar Sitzgelegenheiten für
den Tontechniker oder inaktive
Bandmitglieder. An den Wänden
stapeln sich Instrumente, vor allem
Gitarren. Und direkt vor dem
Mischpult gibt es ein großes
Glasfenster, das einen Blick auf einen
kleinen Raum zulässt, in dem ein
Hocker sowie mehrere Mikrofone
stehen.
«Da drin wird die Musik gemacht. Das
ist der Aufnahmeraum», sagt Tom
grinsend und öffnet die Tür. «Die
Sängerin oder der Sänger steht
entweder alleine am Mikro und wir
mischen später alles zusammen oder
wir nehmen direkt alles zusammen mit
den Instrumenten auf. Letzteres ist mir
ja lieber. Ich mag elektronische Musik
nicht so gerne. Ein echter Musiker kann
alleine durch seine Stimme und seine
Gitarre überzeugen. Da braucht er
keine künstlichen Beats für», sagt er
verträumt und schaut auf die vielen

Instrumente in der Ecke des Raumes.
«Aber die Leute scheinen damit
heutzutage nicht mehr so viel anfangen
zu können. Die wollen es möglichst laut
und künstlich. Wirklich schade.»
Lana schaut ihn an und kann voll und
ganz nachvollziehen, was er damit
meint.
«Ich weiß, was du meinst. Ein guter
Songtext, eine ausdrucksstarke Stimme
und eine Akustikgitarre reichen
vollkommen aus», sagt sie mehr zu sich
selbst, als zu ihm und bekommt gar
nicht mit, wie Tom sie interessiert
mustert. «Mir gehen diese ganzen Stars
so auf die Nerven. Mit ihren
Glitzerkostümchen und operierten
Nasen. Du musst nicht aussehen wie
ein Topmodel, wenn deine Stimme und
deine Songs überzeugen können.»
«Himmelst du nicht wie alle anderen
Boybands und schöne Sänger an?»,
fragt er belustigt.
«Nein, mir ist es egal, wie sie aussehen.
Ich verliebe mich in die Musik der
Künstler. Nicht in ihre Gesichter.» Lana
will ihm noch so viel mehr sagen, aber
plötzlich werden sie unterbrochen.

«Ach da steckst du, Tom. Wir brauchen
dich eben», sagt ein bärtiger Mann, der
soeben seinen Kopf durch die Tür
gesteckt hat.
«Alles klar. Ich komm sofort, Martin.
Dann endet die Führung hier wohl.
Melde dich noch mal bei Marta. Wir
brauchen noch ein paar Formulare für
die Personalabteilung. Und dann ist es
bestimmt auch schon spät und du
kannst wieder nach Hause gehen. Ja,
ich weiß. Der erste Tag ist nie wirklich
spannend», sagt er entschuldigend und
verlässt dann den Raum.
Lana bleibt zurück und muss erstmal
alles auf sich wirken lassen. Das Studio
und vor allem Tom. Noch nie hat sie
einen Menschen getroffen, der
gleichzeitig so nett und attraktiv ist. Es
ist, als ob sie auf einer Wellenlänge
schwimmen würden und genau die
gleichen Vorstellungen haben, was
Musik betrifft. Lana schaut sich noch
einmal in dem Zimmer um, berührt die
Gitarren, die an der Wand stehen und
fährt mit ihren Fingern vorsichtig über
das Mischpult. Sie kann es gar nicht
erwarten, dabei zu sein, wie talentierte

und viel versprechende Künstler hier ihre Alben aufnehmen würden.

Und sie kann es auch nicht erwarten, zusammen mit Tom zu arbeiten und ihm hier jeden Tag zu begegnen.

Schnell schlägt sie ihn sich aber wieder aus dem Kopf. Als ob er etwas mit ihr anfangen könnte. Sie ist doch nur eine kleine Abiturientin, die an Lampenfieber leidet und Angst davor hat, auf der großen Bühne zu stehen. Wahrscheinlich hat er eine wunderschöne Freundin, die Sängerin ist und kein Problem damit hat, vor vielen Menschen zu singen.

Langsam verlässt sie den Raum wieder und läuft zurück an den Empfang, um mit Marta zu sprechen.

«Ich soll mich hier melden. Tom hat gesagt, dass noch ein paar Formulare ausgefüllt werden müssen», sagt sie freundlich.

Marta nickt nur, reicht ihr ein paar Blätter sowie einen Stift und deutet auf einen der Tische auf der anderen Seite.

«Gib sie mir einfach wieder, wenn du fertig bist», sagt die Frau gleichgültig.

Nachdem Lana fertig ist und alles abgegeben hat, verlässt sie das

Tonstudio wieder. Sie geht zu ihrem
kleinen Auto, schließt die Tür auf und
lässt sich erleichtert auf den Fahrersitz
nieder. Das war gar nicht so schlimm,
wie sie erwartet hat. Eigentlich war es
sogar ziemlich gut. Sie schaltet das
Radio ein und hört die vertraute
Stimme eines bekannten Musikers.
Er nennt sich «Masked», was eine
Anspielung auf seine Kostümierung ist,
mit der er öffentlich auftritt. Er ist
nämlich immer grell geschminkt, so
dass keiner sein Gesicht erkennen kann.
Außerdem trägt er stets langärmlige
und weite Sachen, damit auch niemand
seinen Körper richtig erkennen oder
ihn an seinen Tattoos identifizieren
kann.
Lana mag den Sänger wirklich gerne.
Seine Stimme und seine Songs
berühren sie und begleiten sie schon
seit lange über schwere Zeiten hinweg.
Aber das ist nicht alles. Sie mag ihn
besonders gerne, weil sich seine Hörer
nur auf seine Musik konzentrieren
können und ihn nicht wegen seines
tollen Aussehens bewundern.
Viele behaupten, dass er
wahrscheinlich schreckliche Narben

versteckt oder ein total entstelltes
Gesicht hat und er deswegen zu diesem
Mittel greifen muss, weil ihm sonst
keiner zuhört. Aber Lana glaubt, dass
er nichts zu verstecken und sich
freiwillig dafür entschieden hat.
Gebannt hört sie dem Song zu, der eine
Akustikversion seines bekanntesten
Liedes ist und bei dem seine
außergewöhnliche Stimme besonders
gut zur Geltung kommt. Sie singt das
Lied mit und kurbelt die Fenster ihres
Autos runter. Es stand die ganze Zeit in
der prallen Sonne und so etwas wie
eine Klimaanlage hatte es leider nicht.
Währenddessen hört sich Tom an, was
Martin ihm unbedingt mitteilen will.
«Also das letzte Album war wirklich
gut. Deine Fans lieben die
Akustikversionen deiner Songs, aber
wir denken, dass du das noch toppen
könntest. Wir sollten uns etwas
wirklich Außergewöhnliches überlegen.
Womit wir alle überraschen könnten.
Willst du dir das mit der Kostümierung
nicht noch mal überlegen, Tom? Das
wäre wirklich unerwartet, wenn du
plötzlich als Tom auftrittst und nicht
mehr als Masked! Außerdem bist du

jung und attraktiv. Du könntest
wahrscheinlich so viele Menschen mehr
ansprechen, wenn du endlich dein
Gesicht zeigst. Junge Mädchen würden
auf dich fliegen», sagt er und schaut
Tom erwartungsvoll an.
«Nein, das hatten wir doch schon so oft,
Martin. Das kommt für mich niemals in
Frage. Plötzlich sehen alle nur noch
mich und mein Gesicht oder meine
Tattoos. Die Medien stürzen sich auf
mich, die Paparazzi verfolgen mich auf
Schritt und Tritt. Außerdem würde das
meine Werte verraten. Es geht mir nicht
mal um die Anonymität und dass ich
dann nicht mehr mal eben ohne erkannt
zu werden, zum Bäcker gehen kann,
sondern darum, dass meine Musik
dann nicht mehr an erster Stelle stehen
wird. Alle werden sagen ‚Oh, da
kommt der hübsche Junge mit der
tiefen Stimme‘. Das will ich einfach
nicht. Ich will für meine Lieder bekannt
sein. Nicht für mein Aussehen»,
antwortet Tom energisch.
Regelmäßig kommt sein Manager
Martin mit dem Vorschlag an, dass er
doch endlich die Kostümierung
weglassen soll. Schon damals, als er ihn

unter Vertrag genommen hat, war er von der Idee nicht begeistert. Er hat in Tom immer den nächsten Rockstar gesehen, dem die Frauen zu Füßen liegen und der sich bei öffentlichen Auftritten immer mit den angesagtesten Topmodels an seiner Seite zeigt. Aber Toms Vorstellung ist da irgendwie anders. Er macht sich nichts aus dem vielen Geld, was er verdient oder den Ruhm, den er dadurch erntet. Für ihn ist es immer nur wichtig gewesen, dass die Menschen seine Musik hören. Wäre er nicht so unglaublich talentiert, dann hätte Martin ihn niemals unter Vertrag genommen. Aber er wusste, dass er jede Menge Geld mit ihm verdienen konnte und versprach Tom, dass er auf seine Wünsche eingehen würde. Bis heute.

Die letzten Zahlen seines verkauften Albums sind gut, aber nicht herausragend. Martin weiß, dass er da noch viel mehr herausholen kann, wenn er doch endlich diese dämliche Schminke weglässt.

«Und jetzt will ich nicht mehr darüber reden! Ich habe noch was zu erledigen!», sagt er genervt.

«Dein Tonstudio? Mach dich doch nicht lächerlich, Tom. Wir beide wissen, dass du hier niemals einen so viel versprechenden Nachwuchskünstler wie dich selbst entdecken wirst. Konzentrier dich mal lieber auf deine eigene Musik», antwortet Martin patzig.

Tom hat genug und verlässt den Raum, ohne ihm zu antworten.

Wie kommt er überhaupt dazu, ihm zu sagen, was er kann und was nicht? Schließlich ist er der Star, der riesige Hallen füllt und nicht Martin. Zwar hätte er es ohne seine Hilfe niemals so weit gebracht, aber das bedeutete noch lange nicht, dass er ihm vorschreiben kann, was er zu tun und lassen hat. Wütend stürmt er aus dem Tonstudio und will sich bei einem kurzen Spaziergang die Beine vertreten. Er läuft über den Parkplatz und kann aus einem der Autos ein Mädchen singen hören. Es ist eine sehr zarte, aber trotzdem auch sehr ausdrucksstarke Stimme, die ihm sehr gut gefällt. Er nähert sich und bemerkt, dass das Mädchen eins seiner Lieder mitsingt, was gerade im Radio läuft. Als er näher hinschaut, erkennt er keine Geringere als Lana, die er gerade noch verabschiedet hat und jetzt davon fährt, ohne ihn bemerkt zu haben.

Lana fährt gut gelaunt nach Hause und erzählt ihrer Mutter ausführlich von ihrem ersten Tag. «Und was machst du da so?», will sie von ihrer Tochter wissen. Lana überlegt und weiß keine Antwort darauf, schließlich hat sie heute noch keine Aufgaben übertragen bekommen und lediglich mit Tom das Studio besichtigt. Sie schweigt und isst ihr Abendessen, bevor sie dann in ihr Zimmer läuft. Sie hat große Lust dazu Musik zu machen und setzt sich an ihr Klavier. Zunächst spielt sie eins ihrer Lieblingsstücke vom Blatt, bevor sie dann die Augen schließt und eins ihrer eigenen Lieder spielt. Wie von selbst bilden sich die Wörter in ihrem Kopf und passen perfekt zu der Melodie, die sie selbst komponiert hat. Schnell schreibt sie alles auf und ehe sie sich versieht, ist es schon dunkel und sie sollte dringend ins Bett. Sie kann es sich nicht mehr erlauben, die ganze Nacht durchzuschreiben.

Sie kann es sich aber nicht nehmen, vor
dem Einschlafen noch mal an ihren
neuen Kollegen zu denken. Tom ist
wirklich nett zu ihr gewesen und
immer wieder kommen ihr seine
blauen Augen in den Sinn und die
niedlichen Grübchen, die sich bilden,
wenn er lächelt.
Erschöpft von all den neuen
Eindrücken heute schläft sie ein und
wacht am nächsten Morgen noch vor
ihrem Wecker wieder auf. Sie kann es
nicht erwarten, zurück ins Tonstudio
zu fahren und endlich mit ihrer Arbeit
anzufangen.

Ein einfacher Job

Fröhlich zieht sie sich an und begegnet ihren Eltern am Frühstückstisch. Wie schon zu Schulzeiten steht eine Schüssel mit ihrem Lieblingsmüsli bereit und ihr Vater wünscht ihr noch einen schönen Tag, bevor er dann mit seinem Thermosbecher voll Kaffee aus dem Haus geht.
Lana verabschiedet sich von ihrer Mutter und legt die kurze Strecke mit ihrem Auto zum Tonstudio zurück. Sie parkt ihr Auto und nutzt dann zum ersten Mal ihren eigenen Mitarbeiterschlüssel, um rein zu kommen.
«Hallo Marta!», sagt sie fröhlich zu der Frau an der Rezeption, die sie gleichgültig anschaut.
«Ah hallo … Du willst sicherlich wissen, wem du zugeteilt bist oder?», fragt sie und geht ihre Unterlagen durch.
Verwundert starrt Lana die Frau vor ihr an. Was meint sie damit? Ist sie nicht Tom zugeteilt? Würde er sie nicht einarbeiten?

«Macht Tom das nicht?», fragt sie daher unsicher.
Marta schaut sie schief an und sie kann sehen, dass ein amüsiertes und gleichzeitig verächtliches Lächeln über ihre Lippen huscht.
«Tom? Nein … der hat Besseres zu tun als sich um die neue Azubine zu kümmern. Der ist jetzt auch erstmal für ein paar Tage nicht da und kommt erst am Freitag wieder», sagt sie, während sie weiter in ihren Unterlagen sucht.
«Ah, da habe ich es ja. Genau. Ralf wird sich erstmal um dich kümmern. Ich rufe ihn an und sage dir dann Bescheid.»
Und damit schickt sie Lana weg und deutet auf den Wartebereich in der anderen Ecke des Raumes.
Plötzlich ist die Euphorie verschwunden, die sie gestern Abend noch gespürt hat. Sie hat sich doch so sehr darauf gefreut, Tom wieder zu sehen. Niedergeschlagen lässt sie sich auf das weiche Sofa nieder und wartet darauf, dass sie abgeholt wird.
«He, Mädchen!», ruft Marta ihr zu. «Du kannst durchgehen. Ralf wartet in

Regieraum 2 auf dich. Einen Schlüssel hast du, oder?»
Lana nickt, steht auf und lässt sich selbst in den Bereich hinter der Rezeption rein, der zu den Studios führt. Sie schaut auf die Nummern neben den Türen und findet auf Anhieb die Nummer 2. Sie kontrolliert noch einmal, ob die Lampe grün oder rot leuchtet und drückt die Türklinke herunter, als sie sieht, dass sie grün ist. Mehrere Männer drehen sich schlagartig nach ihr um, als sie den Raum betritt. Unsicher bleibt sie in der offenen Tür stehen.
«Hallo, ich bin Lana und ich soll mich bei Ralf melden», sagt sie, während sie von den fünf Männern streng gemustert wird.
Sie sind alle um die 40 und scheinen in einer wichtigen Besprechung zu sein. Lana hat das Gefühl, dass sie zu einem ungünstigen Zeitpunkt gekommen ist, aber dann lächelt einer der Männer und tritt auf sie zu.
«Ah hi! Ich bin Ralf!», sagt er.
Lana guckt sich den Mann genauer an. Er ist riesig und dünn. Seine langen, braunen Haare fallen ihm in Strähnen

ins Gesicht, während er zu ihr läuft. Er trägt eine dunkle Jeans, die viel zu weit für seine dürren Beine ist und darüber ein T-Shirt einer bekannten Rock-Band. Er hat irgendwas Schmieriges an sich, aber Lana kann sich nicht erklären, was es genau ist.

«Ich bin einer der Aufnahmeleiter hier. Ich sorge dafür, dass alles geregelt abläuft und schaue, ob auch alle ihre Noten richtig einhalten, damit wir am Ende einen stimmigen Song bekommen. Du bist also Lana. Ja, hier bist du richtig. Mach die Tür zu und komm her. Wir besprechen gerade, ob wir es mit dieser neuen Band versuchen sollen», sagt er und erleichtert betritt sie den Raum.

Sie stellt sich neben Ralf und sieht, dass sie sich um ein Tablet versammelt haben und sich gerade einen Live-Auftritt einer ihr unbekannten Band anschauen. Sie besteht aus einer jungen Sängerin und mehreren Musikern. Lana findet sie nicht schlecht, ist aber auch nicht wirklich davon überzeugt. Aber sie sagt nichts und hört sich an, was die Männer zu sagen haben.

Plötzlich dreht sich einer zu ihr um und schaut sie an. Lana erwartet, dass sie jetzt nach ihrer Meinung gefragt wird, aber stattdessen fordert er sie auf, doch noch eine Runde Kaffee für alle zu holen.

Erstaunt schaut sie ihn an, bewegt sich dann aber doch und versucht, sich all die Kaffeewünsche zu merken.

«Zweimal schwarz, einmal mit viel Milch, einmal mit viel Milch und viel Zucker und einmal nur mit viel Zucker, richtig?», sagt sie auf und die Männer nicken nur abwesend.

Sie läuft in die Küche, versucht, die vollen Kaffeebecher auf einem Tablett wieder zurück ins Studio zu transportieren und denkt dabei nach. So hat sie sich ihren ersten richtigen Arbeitstag hier eigentlich nicht vorgestellt. Wieder setzt sie sich neben Ralf und hört dabei zu, wie sie beschließen, nur die Sängerin einzuladen, um ein Probe-Tape mit ihr zu machen. Noch einmal schauen sich die fünf ein Lied von ihr an und sofort kommt Lana der Gedanke, dass sie das viel besser kann. Wenn da doch bloß nicht dieses blöde Lampenfieber wäre.

Die nächsten Tage verlaufen ähnlich.
Sie ist mehr Ralfs persönliche
Assistentin als irgendwas anderes und
sorgt dafür, dass die restlichen
Mitarbeiter mit Kaffee versorgt werden
und die Künstler die richtigen
Instrumente bekommen. Einmal darf
sie sogar dabei zuschauen, wie ein Lied
aufgenommen wird, aber gerade, als es
interessant wird, muss sie dem Gitarrist
eine Flasche Wasser bringen. Ansonsten
koordiniert sie Ralfs Termine und
erledigt Botengänge. Zwar ist ihr das
immer noch lieber als eine Ausbildung
in einer Bank oder bei einer
Versicherung, aber sie hat sich trotzdem
erhofft, dass sie diese Arbeit näher an
die Musik bringen würde.

Lanas Song

Lana ist gerade dabei ein paar Akten für Ralf zu sortieren, als sie von ihm in einen der Regieräume gerufen wird. Sie weiß, dass heute eine wichtige Aufnahme bevorsteht und hofft, dass sie dabei zuschauen darf, aber als sie ins Studio kommt, ist die Band gerade dabei wieder alles einzupacken.
«Hey Lana. Sei so lieb und räum hier ein bisschen auf, ja? Wir gehen kurz zum Chinesen um die Ecke und essen etwas und kommen dann wieder. Wäre super, wenn die Noten dann wieder sortiert auf den Tischen liegen und die ganzen Tassen und Gläser verschwunden sind», sagt Ralf freundlich zu ihr.
Sie nickt nur und macht sich widerwillig an die Arbeit. Dass sie hier als Putzfrau fungiert, hat sie sich nicht mal in ihren schlimmsten Alpträumen vorgestellt.
Schlecht gelaunt räumt sie die Tassen weg und kümmert sich dann um die Noten, die überall verstreut auf dem Boden liegen. Sie sortiert gerade eins

der Lieder, als sie feststellt, dass die
zweite Seite fehlt. Sie geht alle Blätter
noch einmal durch und kann es einfach
nicht finden. Dann fällt ihr Blick auf
den Aufnahmeraum und sieht auf den
Boden mehrere weiße Blätter liegen. Sie
öffnet die Tür und sammelt das Papier
zusammen. Als sie wieder aufsteht,
befindet sich das Mikrofon plötzlich
direkt vor hier. Wie versteinert bleibt
sie davor stehen und muss
unwillkürlich an den peinlichen Auftritt
vor dem Aufnahmekomitee für die
Musikhochschule denken. Sie atmet
einmal tief durch und greift dann nach
dem Mikrofon und stellt sich vor, wie
sie auf einer großen Bühne stehen
würde. Sie kann die Menschenmenge
förmlich sehen, die ganz still ist und
darauf wartet, dass sie endlich zu
singen beginnt. Lana schließt die
Augen, umklammert das Mikro und
beginnt gedankenverloren eins ihrer
selbst geschriebenen Songs zu singen.
Dabei vergisst sie alles um sich herum,
singt aus voller Leidenschaft und
bemerkt gar nicht, wie die Tür des
Regieraums aufgeht und jemand
hereintritt. Es ist Tom, der von seiner

Reise wieder zurück ist und nach dem
Rechten gucken will. Keiner hat ihm
Bescheid gesagt, dass die ganze Crew
Essen gegangen ist und er betritt nun
einen leeren Raum. Er will gerade
wieder gehen, als er sieht, wie Lana in
dem leeren Aufnahmeraum steht und
das Mikrofon umklammert hält.
Vorsichtig schließt er die Tür hinter
sich und nähert sich der offenen Tür.
Er beobachtet durch die Glasscheibe
wie sie die Augen geschlossen hält und
ein ihm unbekanntes Lied zu singen
beginnt. Und was er da hört, verzaubert
ihm vom ersten Moment. Er kennt ihre
Stimme bereits und weiß, dass sie gut
ist, aber ohne störende Musik im
Hintergrund ist sie noch besser. Sie ist
so klar und so rein und ihre Worte
berühren ihn sofort. Aufmerksam hört
er zu und fragt sich, wessen Lied sie
wohl singt und ob sie es wohl selbst
geschrieben hat.
Er will nicht, dass sie bemerkt, dass er
sie beobachtet hat und schleicht sich
leise wieder heraus, bevor sie die
Augen wieder öffnet.
Als Lana fertig ist, fühlt sie sich direkt
viel besser. Sie liebt es zu singen, weil

sie dabei so gut abschalten kann. Viel entspannter räumt sie die restlichen Dinge zusammen und nur wenig später ist das Team mit den Musikern auch wieder zurück. Gut gelaunt wird sie von Ralf begrüßt, der sie die restliche Zeit zugucken lässt, ohne dass sie Getränke für die Crew holen muss. Lana beobachtet wie die Sängerin allein im Aufnahmeraum steht und wie ihre Stimme durch die Lautsprecher in den Regieraum dringt. Es klingt wunderschön und nicht nur Lana ist davon total verzaubert, sondern auch der Rest der Mitarbeiter. Sie schaut zu, wie die Band die Akustikversion des Liedes aufnimmt und sieht die Leidenschaft in den Augen der Musiker. Sie wünscht sich so sehr, dass sie das auch irgendwann mal erleben darf und ihre eigene Platte aufnimmt. Aber noch kann sie es sich nicht mal vorstellen, dass sie ihre Lieder auch nur einer Person vorspielen würde. Nicht mal eine Tonaufnahme davon.
«Perfekt! Ich denke, wir haben es!», schreit Ralf und reißt Lana damit aus ihren Gedanken. «Ihr könnt alle Feierabend machen.»

Sie verabschiedet sich von ihren
Kollegen und als sie auf den Flur tritt,
kann sie ihren Augen kaum trauen. Da
steht Tom, der sich gerade mit einem
Tonassistenten unterhält. Er sieht sie
und lächelt ihr zu. Sie lächelt zurück
und läuft dann weiter. Wie gerne
würde sie sich kurz mit ihm
unterhalten, aber wieso sollte er sein
Gespräch unterbrechen, um mit ihr
reden zu können?
Plötzlich berührt sie jemand von hinten.
Sie bleibt stehen und dreht sich
neugierig um. Hoffentlich ist es nicht
Ralf, der ihr doch noch ein paar
Botengänge aufdrückt. Aber es ist nicht
Ralf, sondern Tom, der ihr jetzt
gegenüber steht und sie anstrahlt.
«Hey Lana! Wie hast du deine ersten
Tage hier verbracht? Ich hoffe, Ralf war
nicht so streng mit dir», sagt er und
schaut sie erwartungsvoll an.
Wieder kann sie nicht sofort antworten,
weil sie von seinen blauen Augen
fasziniert ist. Sie funkeln und strahlen
jedes Mal, wenn er mit ihr spricht.
«Äh … nein. Alles okay. Ralf war nett
zu mir», sagt sie. Zwar würde sie ihm
lieber davon berichten, dass sie sich wie

seine persönliche Sklavin gefühlt hat,
aber sie will auch keinen schlechten
Eindruck bei ihm machen.
«Oh, dann hat er sich wohl geändert.
Sonst benutzt er die Azubis immer
dazu, damit sie Botengänge machen
oder Kaffee holen», antwortet er
erstaunt.
«Hmm … na ja doch. Das musste ich
schon machen, aber ich fand das nicht
schlimm», lügt sie.
«Ach nein? Ich dachte, du bist hier um
zu lernen, wie Musik gemacht wird»,
fragt er provozierend. Sofort bereut
Lana ihre Antwort.
«Doch, das bin ich. Aber ich bin ja
gerade erst am Anfang», versucht sie
sich noch zu retten und das scheint
Tom zufrieden zu stellen.
«Ja, das stimmt. Ab Montag bin ich
wieder da und dann nehme ich dich
mal mit. Da wirst du auch mehr
machen müssen, als nur Kaffee holen.
Bis dann!», sagt er und rennt dann
einem der Aufnahmeleiter hinterher.
Sprachlos starrt Lana ihm hinterher
und plötzlich bessert sich ihre Laune
schlagartig. Auf ihrem Gesicht bildet
sich ein breites Grinsen und leichtfüßig

spaziert sie durch den Flur nach draußen zu ihrem Auto. Selbst die mürrische Marta kann ihre Laune nicht mehr verderben. Sie kann es kaum erwarten, dass das Wochenende vorüber geht und sie endlich wieder zurück ins Tonstudio gehen kann. Den Freitag verbringt sie damit ihre Lieblingsmusik zu hören und einfach nur abzuschalten. Am Samstag ist sie mit alten Freunden aus der Schule verabredet. Sie wollen etwas trinken und feiern gehen. Eigentlich ist Lana selten dafür zu begeistern. Sie liebt Musik zwar und mag es, wenn sie richtig laut aufgedreht wird und sie dazu tanzen kann, aber ihre Freunde bestehen jedes Mal darauf in einen Club zu gehen, der nur elektronische Musik spielt. Doch an diesem Wochenende ist sie so motiviert und voller Energie, dass sie zustimmt. Ausgiebig macht sie sich Samstagabend dafür fertig, zieht sogar einen engen Rock an, statt ihre geliebten Jeans und trägt ein wenig Make-up auf. Als sie bei einer Freundin zum Vorglühen eintrifft, sind alle von ihrem Erscheinungsbild total begeistert.

«Wow Lana! Du siehst ganz anders
aus!», schreit eine Freundin ihr
entgegen.
Plötzlich wird sie auch von männlichen
ehemaligen Klassenkameraden ganz
anders wahrgenommen und sie spürt
die interessierten Blicke auf sich.
Der Abend ist lustig und alle erzählen
von ihrem neuen Leben. Lana hört sich
begeistert die Abenteuer ihrer Freunde
im Ausland an oder nickt
desinteressiert, als einer von seiner
Ausbildung in der Bank erzählt.
«Und bei dir, Lana?», will plötzlich
jemand wissen und alle starren sie
gespannt an.
«Ähm … ich mache eine Ausbildung in
einem Tonstudio und bisher läuft es
ziemlich gut. Ich darf dabei sein, wenn
Musiker ihre Platten aufnehmen und
kann auch mitentscheiden, ob eine
Band produziert wird oder nicht», lügt
sie.
Lana will nicht erzählen, dass sie bisher
nur Kaffee geholt oder aufgeräumt hat.
Ihre Freunde haben, ähnlich wie ihre
Mutter, immer gedacht, dass sie als
Musikerin eine große Karriere machen
würde. Jeder weiß, wie hart sie geübt

hat, um an der Hochschule aufgenommen zu werden und wie viel ihr die Musik bedeutet. Dass sie eine Ausbildung in einem Tonstudio machen will, kann nie jemand nachvollziehen. Daher will sie ihren Freunden nicht die Genugtuung gönnen, indem sie ihnen erzählt, dass es in Wirklichkeit ganz anders ist, als sie sich das vorgestellt hat.

Außerdem hofft sie noch auf nächste Woche und darauf, dass es mit Tom ganz anders wird.

«Wow … das klingt ja cool», sagt Nina, die ehemalige Sitznachbarin von Lana. «Dann lernst du ja auch die ganzen Stars kennen. Wer nimmt da denn so seine Platten auf?», will sie noch wissen.

«Öh … es sind eher Newcomer und unbekannte Bands. Der Studiobesitzer will Nachwuchstalenten die Chance geben groß raus zu kommen und das klappt halt nur mit einer gut produzierten Platte», sagt sie und alle nicken verständnisvoll.

Sie scheint die anderen überzeugt zu haben und jeder widmet sich jetzt wieder seinem Drink, damit sie bald aufbrechen können.

An diesem Abend erhält Lana unerwartet viel Aufmerksamkeit von sämtlichen Männern. Sie bekommt Getränke ausgegeben, wird angetanzt und angesprochen. Aber sie will auf keine dieser Angebote eingehen, weil sie nur noch an Tom denken kann. Keiner kann ihm das Wasser reichen oder ist es wert auch nur eine weitere Minute mit ihm zu verbringen. Trotzdem genießt Lana den Abend in vollen Zügen und kehrt im Morgengrauen nach Hause zurück. Während Lana ein entspanntes Wochenende verbringt, bedeutet die fertige Tonaufnahme für Ralf jede Menge Arbeit. Er muss das Material durchgehen, neu zusammen mischen und schneiden. Er muss entscheiden, ob es reicht oder ob sie einige Lieder wiederholen müssen. Daher arbeitet er bis tief in die Nacht und geht noch einmal das gesamte Material durch. Dabei fällt ihm auf, dass das Mikrofon weiter gelaufen ist, als die gesamte Crew zum Essen raus ist. Genervt verflucht er seinen Mitarbeiter, der

nicht aufgepasst hat und will gerade
das nutzlose Material löschen, als er auf
einmal eine ihm unbekannte Stimme
hört. Sie gehört einem Mädchen, was
sich scheinbar in den Aufnahmeraum
geschlichen und angefangen hat zu
singen. Ralf überlegt, wer nach ihm
dort drin war und erinnert sich daran,
dass er Lana aufgetragen hat, alles
aufzuräumen. Er hört genauer hin und
kann ihr diese zarte und zerbrechliche,
gleichzeitig aber auch wunderschöne
Stimme zuordnen. Sie singt ein Lied,
was er noch nie gehört hat, was ihm
aber sofort ins Ohr geht.
Sein geschultes Gehör springt direkt
darauf an und er weiß, dass dieser Song
das Potenzial hat ein Riesenhit zu
werden. Er schneidet das Lied aus und
kopiert es auf sein Handy und brennt
es zur Sicherheit noch auf CD, bevor er
es dann von den Aufnahmen löscht. Er
will nicht, dass einer seiner Kollegen
davon Wind bekam und es ihm
womöglich klaut.
Er beendet seine Arbeit und als er das
Studio verlässt, ist er der Letzte. Er
betritt sein riesiges Appartement und
obwohl es bereits mitten in der Nacht

ist, macht sich keine Müdigkeit bei ihm bemerkbar. Zu aufregend ist die Entdeckung, die er gerade gemacht hat. Er ruft sich noch einmal Lanas Erscheinung ins Gedächtnis. Sie ist jung und zart, hat wahrscheinlich Potential, um als Singer- und Songwriterin eine akzeptable Platte auf den Markt zu bringen, aber nicht um ein Superstar zu werden. Dafür fehlen ihr die Ausstrahlung und das Durchsetzungsvermögen. Er braucht eine andere Sängerin, um das Lied neu aufzunehmen und daraus einen Hit zu machen.

Ralf geht in Gedanken all die Sängerinnen durch, die ihn in den letzten Jahren umgehauen haben. Sie haben alle kräftige Stimmen, sind wunderschön und sexy. Sie können das Publikum mit ihrer Ausstrahlung in den Bann ziehen und er sieht sie bereits auf Millionen von Zeitschriftencovern. Zusammen mit einer von ihnen würde er diesen Song in einen Nummer 1 Hit verwandeln und ordentlich Kohle damit scheffeln. Er macht die Nacht durch und ruft sofort am nächsten

Morgen eine Sängerin an, die er für am besten geeignet hält.

Sie heißt Kira und ist Mitte 20. Bisher ist der Erfolg ausgeblieben, weil sie zwar die Stimme und das Aussehen zu einer erfolgreichen Sängerin hat, aber kein Talent zum Schreiben. Ralf hat sie irgendwann mal bei einem Dorffest gesehen, auf dem sie mit einer Amateurband Coversongs gespielt hat. Er ist, wie die anderen Männer, beeindruckt von ihrer Erscheinung und von ihrer kräftigen Stimme gewesen und lässt sich ihre Handynummer geben, damit er sich bei ihr melden kann, sobald sich eine Gelegenheit dazu ergibt.

Und die ist jetzt gekommen.

Dreister Diebstahl

«Hey Kira, hier ist Ralf. Ich hoffe, du erinnerst dich noch an mich. Ich bin Aufnahmeleiter in einem großen Tonstudio. Ich hätte hier einen fertigen Song für dich, den ich gerne mit dir produzieren würde», sagt er und kann Kiras Euphorie am anderen Ende der Leitung förmlich spüren.
«Natürlich erinnere ich mich. Das klingt ja fantastisch. Wann soll ich vorbei kommen? Ich kann eigentlich immer!», schreit sie fast ins Telefon.
Sie vereinbaren, dass Kira direkt am Nachmittag ins Tonstudio kommt und sie erste Probeaufnahmen machen. Kaum einer würde da sein und sie dabei sehen können.
Vor allem nicht Lana.
Als Ralf auflegt, muss er sich selbst noch einmal auf die Schulter klopfen. Der Song passt perfekt zu Kira und mit der richtigen musikalischen Untermalung würde der sicherlich einschlagen wie eine Bombe.
Er bereitet alles vor und fährt frühzeitig in das Studio. Weil keiner am Empfang

sitzt, hat er Kira Bescheid gegeben, dass
sie ihn anrufen soll, sobald sie vor dem
Eingang steht.
Er ist gerade dabei das Mikro richtig
einzustellen, als er ihren Namen auf
seinem Display stehen sieht.
«Hallo?», fragt er.
«Ja hi. Ich stehe jetzt vor dem Eingang»,
hört er die aufgeregte Kira sagen.
Erwartungsvoll läuft er durch den Flur
und vor der gläsernen Tür steht die
Frau, die er vor einigen Monaten noch
auf der Bühne gesehen hat. Sie hat
lange schwarze Haare; helle Augen, die
eine Mischung aus braun und grün
sind und einen gebräunten Teint. Ihr
Körper ist schlank, aber trotzdem
weiblich und ihre Kurven betont sie mit
einem knappen, schwarzen Kleid. Ihre
nackten Füße stecken in hohen
Sandalen und an ihrem Unterarm
baumelt eine kleine Tasche in einem
grellen rot. Sie ist schon damals
wirklich eine Erscheinung gewesen und
daran hat sie auch heute nichts
geändert. Gut gelaunt öffnet Ralf die
Tür und lässt die junge Frau herein.
«Wie geht es dir?», fragt er sie und
begleitet sie in den Regieraum.

«Ah, mir geht es seit heute Morgen
richtig gut. Ich bin so aufgeregt!»,
plappert sie drauf los.
Ralf hört gar nicht genau hin, sondern
kann sich nur auf ihre langen Beine
konzentrieren.
Er greift nach den Notenblättern und
reicht sie ihr.
«Also, das hier ist der Song. Ich werde
dir gleich noch eine erste Probeversion
davon vorspielen, die die Songwriterin
aufgenommen hat. Sie konnte leider
heute nicht dabei sein, aber sie ist schon
ganz gespannt auf das Endergebnis»,
lügt er und gibt ihr ein Paar Kopfhörer.
Gespannt setzt sie sich Kira auf und
wartet darauf, dass Ralf den
Play-Knopf drückt.
Die ersten Takte erklingen und Lanas
zarte Stimme beginnt das Lied zu
singen, in das sie so viel Herzblut
reingesteckt hat.
Auch Kira ist sofort verzaubert und
setzt sprachlos die Kopfhörer wieder
ab.
«Wow … aber die Stimme passt doch
perfekt. Ich finde, es ist gut so, wie es
ist. Wieso soll ich das singen?», fragt sie
erstaunt.

Das ist nicht die Reaktion, die Ralf
erwartet hat, aber für diesen Fall hat er
sich eine gute Ausrede überlegt.
«Die Songwriterin möchte nicht auf der
Bühne stehen. Sie hat großes
Lampenfieber und bleibt lieber im
Hintergrund», sagt er und erzählt
damit sogar die Wahrheit, obwohl ihm
das nicht bewusst ist.
«Ah, verstehe okay. Dann werde ich
den Song mal üben», sagt sie und setzt
sich die Kopfhörer wieder auf, um ihn
mitzusingen.
«Okay, ich lasse dich kurz alleine und
komme gleich wieder zurück. Ich habe
noch etwas zu erledigen», sagt er und
verlässt den Raum.
Er weiß, dass es die richtige
Entscheidung ist, Kira dafür zu nehmen
und er stellt sich jetzt schon vor, was er
mit all dem Geld machen wird, was er
dadurch verdient.
Er ruft einen befreundeten Produzenten
an, der schon viele Künstler groß
rausgebracht hat und der genau der
richtige Ansprechpartner ist. Auch Tom
hat bereits mit ihm zusammen
gearbeitet und mehrere Hits mit ihm
veröffentlicht.

«Hey Kai, hier ist Ralf. Ich hätte da etwas Neues für dich. Eine total ausdrucksstarke Sängerin mit einem Lied, das dir Gänsehaut bereiten wird. Ich kann dir die Aufnahme gerne nächste Woche vorspielen, wenn du sowieso bei uns im Studio bist», spricht er auf die Mailbox des Produzenten.

Er beantwortet noch ein paar Mails und erledigt ein wenig Papierkram, bevor er dann zurück zu Kira in den Regieraum geht.

«Na, wie läuft es?», fragt er sie und sie strahlt ihn an.

«Ich glaube, du hattest Recht. Das ist wirklich genau mein Song», sagt sie und beginnt ihn zu singen.

Mit ihrer Stimme wirkt er total verändert und vermittelt eine völlig andere Botschaft, aber er ist trotzdem immer noch sehr gut. Ralf ist begeistert und will sofort mit der Aufnahme beginnen.

Die zwei arbeiten fleißig und haben am Abend tatsächlich eine fertige Aufnahme, die Ralf dem Produzenten vorspielen kann. Er lädt Kira noch zum Essen ein und verstaut die Aufnahmen sicherheitshalber in seiner Tasche,

damit sie nicht in die falschen Hände
geraten.

Ein Geständnis

Mit einem heftigen Kater wacht Lana am Sonntagmorgen auf und freut sich schon auf den kommenden Tag. Sie hat sich nichts vorgenommen und kann sich endlich mal wieder auf ihre Musik konzentrieren. Sie will neue Songs schreiben und komponieren und endlich mal wieder stundenlang an ihrem Klavier sitzen.

Erst als ihre Mutter abends mit einem Tablett voller Essen in ihr Zimmer kommt, bemerkt sie, wie die Zeit verflogen ist.

«Ich habe dich kein einziges Mal in der Küche gesehen und wollte sichergehen, dass du heute zumindest eine Mahlzeit zu dir nimmst», sagt ihre Mutter liebevoll und stellt das Essen auf ihrem Tisch ab.

Lana bedankt sich, lässt es aber links liegen, weil sie sofort weitermachen möchte und arbeitet noch bis tief in die Nacht an neuen Liedern.

Erst, als sie ihre Augen kaum noch aufhalten kann, schaltet sie das Licht aus und geht endlich schlafen. Sie hat

ganz vergessen, dass am nächsten
Morgen wieder der Arbeitsalltag
beginnt und dass sie endlich nicht mehr
Ralf hinterher räumen muss, sondern
zusammen mit Tom arbeiten wird.
Auch als ihr Wecker am nächsten
Morgen viel zu früh klingelt und sie
sich noch im Halbschlaf anzieht und ihr
Müsli herunterschluckt, ist ihr nicht
bewusst, was ihr heute bevorsteht.
Trotz Kaffee ist sie noch nicht richtig
wach, als sie am Tonstudio ankommt
und durch die Tür läuft. Sie begrüßt
Marta und will sich gerade auf die
Suche nach Ralf begeben, da ruft ihr
Marta hinterher, dass Tom bereits in
Regieraum 3 auf sie wartet.
«Tom?», fragt sie verwundert.
«Ja, du bist ihm zugeteilt. So steht es
hier zumindest. Ist das ein Fehler?»,
antwortet sie leicht genervt.
Erst da erinnert sich Lana wieder an die
Absprache von Freitag.
«Nein, nein. Alles gut!», ruft sie Marta
noch hinterher, als sie durch die Tür
läuft und sich in die Richtung der
Aufnahmeräume bewegt.
Sie kontrolliert, ob das Licht rot oder
grün leuchtet und öffnet dann

vorsichtig die schwere Tür. Sofort
schaut Tom auf und strahlt sie an.
«Ah hi Lana! Wie geht's dir? Wie war
dein Wochenende?», will er von ihr
wissen.
«Hi, ähm das war gut. Ich war mit
Freunden unterwegs», antwortet sie.
«Cool. Wart ihr feiern oder was habt ihr
gemacht?», bohrt er weiter. Er scheint
sich wirklich für ihr Leben zu
interessieren.
«Ja, genau. Wir waren feiern.»
«Gestern auch noch?»
«Nein, gestern war ich den ganzen Tag
zu Hause.»
«Ach so … du wirkst etwas
verschlafen», sagt er mit einem leichten
Grinsen.
Lana ist es peinlich, dass sie so
unausgeschlafen zur Arbeit kommt und
überlegt, ob sie ihm erzählen soll, was
sie gemacht hat. Das würde sicherlich
besser ankommen als eine durchzechte
Nacht.
«Ich habe gestern die ganze Zeit an
meinem Klavier gesessen und ein paar
Songs geschrieben», sagt sie dann
zögerlich.

Tom schaut hoch und guckt sie
interessiert an.
«Ach, du schreibst selbst?», will er von
ihr wissen.
«Ja, schon seit ein paar Jahren. Ich
spiele Klavier, Gitarre und singe
selbst», erzählt sie ihm.
«Und wieso bist du dann in einem
Tonstudio gelandet und nicht auf der
Bühne? Wieso verschwendest du deine
Zeit damit, hinter der Glasscheibe zu
sitzen und den Künstlern dabei
zuzuschauen, wie sie ihren Traum
verwirklichen?»
Lana fühlt sich ertappt. Sie kann doch
jetzt unmöglich zugeben, dass sie ihre
Aufnahmeprüfung versemmelt hat,
weil sie an fürchterlichem
Lampenfieber leidet.
«Ich denke nicht, dass ich so gut bin,
um mit meiner Musik Erfolg zu haben»,
sagt sie stattdessen kleinlaut.
Tom guckt sie ernst an.
«Aber wenn du es nie versucht hast,
weißt du das doch nicht und wirst es
niemals wissen. Du solltest es doch
zumindest probiert haben, um später
sagen zu können, dass du alles versucht
hast!», sagt er im ernsten Tonfall.

Lana fühlt sich unwohl und möchte das Thema wechseln, aber wahrscheinlich würde Tom sowieso nicht locker lassen, wenn er nicht den wahren Grund dafür kennt.

«Also gut. Ich habe mich vor einem Jahr bei einer Hochschule beworben. Es war immer mein Traum dort eine professionelle, musikalische Ausbildung zu erhalten. Ich habe schon als kleines Kind angefangen. Meine Eltern haben es mir ermöglicht nicht nur Klavier- sondern auch Gesangsunterricht zu bekommen. Schon früh habe ich dann damit angefangen, selber Songs zu schreiben und wollte immer nur eine berühmte Musikerin werden. Als Kind hat es mir nie was ausgemacht vor anderen zu singen. Auf Familienfeiern konnte ich es nicht erwarten, endlich die Aufmerksamkeit meiner Verwandten zu bekommen und für sie singen zu dürfen, aber als ich älter geworden bin, hat sich irgendwie schlimmes Lampenfieber bei mir entwickelt. Ich stand auf der Bühne und habe keinen Ton mehr raus bekommen. Bei der Aufnahmeprüfung war es dann am schlimmsten. Ich stand da auf der Bühne, an dem wichtigsten Tag meines Lebens und meine Hände haben so sehr geschwitzt, dass ich die Klaviertasten nicht richtig getroffen habe und abgerutscht bin. Und dann musste ich singen und habe keinen Ton raus bekomme. Ich habe in die Gesichter der Jury geguckt, die ihre Köpfe geschüttelt haben und sich wahrscheinlich dachten, wieso ich überhaupt hergekommen bin. Ich verschwende ja eh nur ihre kostbare Zeit.

Naja und dann habe ich den Traum aufgegeben. Wie soll ich denn jemals eine berühmte und erfolgreiche Musikerin werden, wenn ich es nicht mal schaffe, vor fünf Leuten zu singen? Das klappt doch niemals.»

Lana schaut auf den Boden, als sie Tom ihre Geschichte erzählt und spürt plötzlich seine Hand auf ihrer Schulter. «Okay. Das verstehe ich. Aber wenn es wirklich dein Traum ist, dann solltest du daran arbeiten. Irgendwann wird es besser und vielleicht liebst du es ja auch auf der Bühne zu stehen», versucht er sie zu trösten.

«Ja, vielleicht sollte ich das. Aber
erstmal will ich mich nicht mehr damit
beschäftigen und diesen peinlichen
Auftritt einfach nur vergessen»,
erwidert sie und hofft, dass sich das
Thema damit erledigt hat.
Tom sieht ihren verzweifelten Blick und
will sie nicht weiter mit dem Thema
nerven. Er spricht sie auch nicht darauf
an, dass er sie singen gehört hat und
daran glaubt, dass sie es schaffen kann.
Wahrscheinlich will sie das sowieso
nicht von noch einem hören.
Stattdessen drückt er ihr einen
Kopfhörer in die Hand und zeigt ihr
die Aufnahme einer Band, die am
Nachmittag vorbei kommen will.
«Ich habe die Band bei einem kleinen
Konzert gesehen. Ich habe bis nach dem
Auftritt gewartet und sie gefragt, ob sie
mal vorbeikommen wollen, damit wir
ein paar Probeaufnahmen machen, um
zu gucken, ob sie auch auf Platte gut
rüberkommen und wir sie dann
vielleicht an ein paar Produzenten
schicken», sagt er und drückt den
Play-Knopf.
Sofort erkennt Lana, was ihm an der
Band gefällt, obwohl die Aufnahme

sehr schlecht ist, weil sie nur mit dem
Handy gemacht wurde. Der Sänger hat
eine sehr sanfte und beruhigende
Stimme. Die Gitarrenmusik und die
Klänge des Schlagzeuges passen
perfekt dazu und drücken eine ganz
besondere Stimmung aus. Die Zeilen
des Songs berühren sie und
automatisch breitet sich ein Lächeln auf
ihrem Gesicht aus, als das Stück endet.
«Dir gefällt es, oder?», sagt Tom
grinsend und überhaupt nicht
überrascht. Er wusste, dass sie damit
etwas anfangen kann.
«Ja, es ist wirklich wunderschön»,
antwortet sie und will den Song am
liebsten noch einmal hören.
«Dann sollten wir mit der Arbeit
beginnen und ich zeige dir endlich, wie
das in einem Tonstudio abläuft. Da
steckt nämlich viel mehr dahinter, als
nur ein paar Tasten zu drücken, wenn
die Band ihre Lieder singt. Ich stell dir
später dann auch mal mein Team vor,
die dafür verantwortlich sind, dass alles
richtig läuft», sagt Tom motiviert und
springt dabei auf.
Lana kann es kaum erwarten, all das
von ihm gezeigt zu bekommen und hat

jetzt endlich das Gefühl, dass sie hier
wirklich etwas lernen wird.
Tom setzt sich an einen der Stühle am
Mischpult und ruft Lana zu sich. Er
erklärt ihr ausführlich jeden einzelnen
Knopf und was er bewirkt, wenn er ihn
drückt. Er schiebt die Regler rauf und
runter, damit sie hören kann, wie sich
der Sound verändert und zeigt ihr die
vielen Monitore. Endlich bringt ihr
jemand etwas bei, statt sie nur Kaffee
holen zu schicken.
Irgendwann werden sie von einem
Klopfen unterbrochen und ein junger
Mann steckt seinen Kopf durch die Tür.
«Tom? Wir haben alles vorbereitet und
die Band ist jetzt da. Wir können jetzt
mit den Aufnahmen beginnen», sagt er
und verschwindet dann wieder.
Erstaunt gucken sich die Beiden an.
Keiner von ihnen hat bemerkt, dass die
Zeit so verflogen ist. Tom ist richtig
darin aufgegangen, Lana all die
Abläufe und die Technik zu erklären,
während sie wissbegierig alles in sich
aufgesogen und zahlreiche Fragen
gestellt hat.
«Gut, dann hoffe ich mal, dass die Band
gut drauf ist und das nicht wieder bis

mitten in die Nacht dauert», sagt Tom
fröhlich und steht auf, um die Band in
einem der Aufenthaltsräume zu treffen.

Lana steht ebenfalls auf und folgt ihm.
Sie betreten das großzügige Zimmer,
das mit vielen Sitzgelegenheiten
ausgestattet ist und den Musikern die
Möglichkeit bietet, sich zwischen den
Aufnahmen zurückzuziehen. Auch die
Mitarbeiter nutzen ihn häufig, wenn sie
mal wieder eine Nachtschicht einlegen
müssen.
Lana blickt in die jungen Gesichter der
Bandmitglieder. Sie sind kaum älter als
sie und strahlen als sie Tom sehen. Sie
begrüßen sich freundschaftlich und
Lana schüttelt den vier Jungs die
Hände.
«Das hier ist Lana. Sie macht ihre
Ausbildung bei uns und wird uns heute
begleiten. Das ist doch sicherlich in
Ordnung, oder? Ihr gefällt eure Musik
genau so gut wie mir», erklärt Tom der
Band, die mit ihrer Anwesenheit total
locker umgehen.
«Natürlich ist das in Ordnung», sagt
der Sänger und die vier schnappen sich

ihre Instrumente und folgen Tom in
den Regieraum.
«Ich würde sagen, wir fangen damit an
alles komplett aufzunehmen. Mit den
Instrumenten. Und später machen wir
dann noch ein paar
Gesangsaufnahmen, die nur mit einer
Akustikgitarre begleitet wird, okay?»,
fragt Tom in die Runde und die Band
nickt nur. Sie fangen an ihre
Instrumente in den Aufnahmeraum zu
tragen und alles aufzubauen.
Lana schaut gespannt dabei zu und
darf direkt neben Tom sitzen, der heute
den Job des Aufnahmeleiters
übernimmt. Die Band legt los und Tom
gibt immer wieder Anweisungen, wenn
sie etwas wiederholen sollen und lobt
die Band ständig, wenn es einwandfrei
geklappt hat. Lana kann es sich nicht
nehmen, immer wieder zu ihm
rüberzuschauen und sieht, wie er
richtig in seiner Arbeit aufgeht und wie
viel ihm daran am Herzen liegt, dass
die Aufnahmen gut werden.
Nach vielen Stunden sind sie fertig und
die Bandmitglieder bauen ihre
Instrumente wieder ab und bedenken

sich noch einmal ausführlich bei Tom
für die Chance.
«Nichts zu danken, Jungs. Ich denke,
das wird richtig gut ankommen. Ich
melde mich dann noch mal bei euch
und schicke euch eine Kopie der fertig
gemischten Aufnahme», sagt er und
verabschiedet sich.
Aus Gewohnheit beginnt Lana die losen
Notenblätter auf dem Boden
aufzusammeln und zu ordnen.
«Das musst du nicht machen»,
unterbricht Tom sie. «Es war ein langer
Tag und es ist schon spät. Du kannst
auch nach Hause gehen.»
Lana wirft einen Blick auf die Uhr und
ist erstaunt, dass es bereits so spät ist.
«Ich habe gar nicht gemerkt, wie die
Zeit verflogen ist», antwortet sie
gedankenverloren. Der Tag kam ihr vor
wie ein einziger Traum und sie wollte
gar nicht, dass er endet.
«Ja, das kommt oft vor, wenn man
etwas mit voller Leidenschaft macht»,
sagt Tom und lächelt sie an. «Aber
morgen geht es ja schon weiter. Also,
mach, dass du nach Hause kommst!»
Und damit scheucht er sie aus dem
Studio.

Auch die nächsten Tage verlaufen
ähnlich. Lana ist dabei, wie sich Tom
das aufgenommene Material anhört, es
mischt und schneidet. Sie lernt
unglaublich viel und ist sehr dankbar,
dass Tom sich so viel Mühe mit ihr gibt
und so geduldig ist.
«Kannst du dir eigentlich so viel Zeit
für mich nehmen?», fragt sie ihn
irgendwann.
«Klar, wieso sollte ich nicht?», will er
verwundert wissen.
«Naja, du bist mit mir doch bestimmt
viel langsamer. Meckert der Boss nicht,
wenn du etwas später fertig hast als
gewöhnlich?»
Lana wusste gar nicht, wer genau der
Boss des Studios war. Sie hat ihr
Bewerbungsgespräch damals bei einem
seiner Vertreter gehabt, den sie bis
heute ebenfalls nicht mehr zu Gesicht
bekommen hat. Sie stellte sich daher
immer vor, dass der Besitzer ein schwer
beschäftigter Mann ist, der durch die
Welt reiste und nicht nur Studios
besitzt, sondern auch Produzent und
Manager ist. Oder vielleicht ein
berühmter Musiker, der das hier alles
nur zum Spaß macht.

«Ach nein. Das ist schon in Ordnung
so», antwortet Tom geistesabwesend.
Lana kann ja nicht ahnen, dass er der
Besitzer und das hier tatsächlich nur ein
ziemlich zeitaufwendiges Hobby ist,
das mit Glück auch etwas Geld abwirft.

«Tom? Darf ich dich unterbrechen?»,
ruft plötzlich eine männliche Stimme in
den Raum hinein.
Weder Lana noch Tom haben bemerkt,
dass sie plötzlich gestört werden, da sie
so in ihre Arbeit vertieft sind.
«Klar, was gibt es?», will er von seinem
Kollegen wissen.
«Kai ist gerade angekommen. Er will
sicherlich auch mit dir sprechen.»
Genervt verdreht Tom die Augen und
Lana schaut ihn fragend an.
«Ach, das ist nur so ein Produzent, mit
dem ich vor langer Zeit mal zusammen
gearbeitet habe. Aber unsere
Vorstellungen von guter Musik sind
inzwischen ziemlich … unterschiedlich.
Er will was für die breite Masse, was
gut im Radio klingt und ich will halt
echte Musiker mit Herzblut. Naja, du
kannst ja so lange weiter machen und

ich höre mir mal an, was er zu sagen
hat», erklärt er Lana.
Bewundernd schaut sie ihm hinterher.
Sie findet es toll, dass er so für seine
Ideale eintritt und nicht dem Geld
hinterherjagt.

Die Wahrheit kommt ans Licht

Als Tom in den Meetingraum kommt, unterbricht er Ralf gerade dabei, wie er Kai einen neuen Song vorspielt. Es ist ein poppiges Lied, das mit vielen elektronischen Tönen auskommt, aber die Stimme der Sängerin ist wirklich gut und er kann sich vorstellen, dass der Songtext viele junge Mädchen anspricht.
«Wer ist das?», will Tom neugierig wissen und drückt noch einmal den Play-Knopf als das Lied zu Ende ist.
«Ach, so eine Sängerin, die ich vor ein paar Monaten mal auf so einer Dortparty gesehen haben. Ziemlich beeindruckende Stimme, nicht wahr?!», sagt Ralf stolz.
«Ziemlich beeindruckender Song», sagt Kai nachdenklich und hört noch einmal genauer hin. «Wer hat es geschrieben?»
«Das war ich», lügt Ralf.
«Ich wusste gar nicht, dass du schreiben kannst», antwortet Tom und konzentriert sich dann wieder auf den

Song. Es kommt ihm so bekannt vor.
Die Worte hat er schon mal gehört und
auch die Melodie weckt Erinnerungen
in ihm.
«Hast du auch eine Akustikversion
davon, wo man nur die Sängerin
hört?», fragt Kai und sofort wählt Ralf
eine andere Datei aus.
«Natürlich», sagt er stolz und spielt
ihm das Lied in einer anderen Version
ab.
Als Tom das Lied hört, was plötzlich
mehr wie eine Ballade klingt, fällt ihm
wieder ein, woher er es kennt.
Das ist doch Lanas Song!
«Und das hast du ganz alleine
geschrieben, ja?», bohrt er noch einmal
nach.
«Ja, ist mir letztens nach einer
Aufnahme einfach so in den Sinn
gekommen. Ich schreibe öfters Mal
etwas. Aber hier hatte ich das Gefühl,
dass das wirklich etwas werden
könnte», lügt Ralf dreist.
«Ja. Das Gefühl habe ich auch. Das ist
wirklich gut. Das ist wirklich genial.
Vor allem die Melodie und der Text. In
der Akustikversion gefällt es mir sogar
noch etwas besser. Daraus könnte man

echt etwas machen. Wie sieht die
Sängerin aus? Ist sie für die große
Bühne geeignet? TV-Auftritte?», will
Kai sofort wissen.
«Kira ist auf jeden Fall für die große
Bühne gemacht. Sie hat eine
unglaubliche Ausstrahlung und
Präsenz. Ich sehe sie schon Hallen
füllen!», antwortet er euphorisch.
Er stellt sich vor, wie er mit ihr durch
die Welt jettet und sich endlich jeden
Luxus leisten kann, von dem er schon
so lange geträumt hat.
«Wo sind denn die anderen
Aufnahmen? Du hast doch bestimmt
nicht nur das eine Lied mit ihr gemacht,
wenn du jetzt schon Touren planst,
oder?»
Tom hat ihn bereits durchschaut und
weiß, dass er nicht mehr Material hat.
Wahrscheinlich wurde Lanas spontaner
Gesang damals zufällig aufgenommen
und Ralf ist der erste gewesen, der es
entdeckt hat und will jetzt seinen
Nutzen daraus ziehen.
«Ähm doch. Ich habe erstmal nur das
gemacht und wollte gucken, ob es
überhaupt gut ankommt. Was sagst du
Kai, willst du das gemeinsam mit mir

angehen?», fragt er den Produzenten
erwartungsvoll.
«Ja, auf jeden Fall!», sagt er energisch.
Tom überlegt, wie er Ralf auffliegen
lassen kann.
Es würde nicht reichen, wenn er sagt,
dass Lana den Song geschrieben hat. Er
muss das schon irgendwie beweisen
können.
«Ich bin neugierig, Ralf. Wie bist du auf
die Lyrics gekommen? Es klingt ja
schon eher nach einem jungen
Mädchen, was sich nach Liebe sehnt.
Das hätte ich gar nicht von dir erwartet,
dass du dich in die Gefühlswelt eines
Teenagers hinein versetzen kannst»,
sagt Tom provozierend.
Er weiß, dass Ralf diese Frage sicherlich
aus dem Konzept bringen wird und er
keine Antwort darauf hat.
«Ich stecke halt voller
Überraschungen!», versucht er der
Frage auszuweichen.
Langsam hat er den Verdacht, dass
Tom ihm auf die Schliche gekommen
wist. Schließlich hing er ja ständig mit
Lana rum und vielleicht hat sie ihm das
Lied irgendwann mal vorgesungen.

Ihm wird plötzlich furchtbar heiß und
Schweiß bildet sich auf seiner Stirn. Er
weiß nicht, wie er aus dieser Nummer
wieder rauskommen soll.
«Ich habe noch eine Frage zum
Verständnis, Ralf. In der zweiten
Strophe, da heißt es irgendwas mit
unüberbrückbaren Differenzen. Was
genau meinst du damit? Ist ja sicherlich
auch für Kai wichtig zu wissen, damit
er das Beste aus dem Stück rausholen
kann», bohrt Tom weiter.
 Er guckt zu Kai, der nur nickt und
gespannt auf Ralfs Antwort wartet.
«Ähm … na ja damit ist der Streit
zwischen ihr und ihrem Freund
gemeint», stammelt er vor sich hin.
«Mit ihrem Freund? Aber in der
nächsten Strophe heißt es doch, dass sie
sich so sehr jemanden an ihrer Seite
wünscht. Wie passt das denn
zusammen, wenn sie doch einen
Freund hat?»
Ralf gibt auf.
«Was willst du von mir, Tom? Was
willst du hören?», blafft er ihn jetzt an.
«Gib zu, dass das Lied nicht von dir ist.
Du hast es geklaut. Und zwar von
Lana. Die hat es gesungen, als du sie

den Aufnahmeraum aufräumen lassen
hast und dann ist die Aufnahme
irgendwie in deine Hände geraten,
habe ich nicht Recht?»
Geschockt guckt Kai jetzt Ralf an.
«Ist das wahr?», will er von ihm wissen.
Ralf guckt beschämt zu Boden. Er hat
wirklich gedacht, dass er damit
durchkommen wird.
«Ja, aber das Mädchen ist eine graue
Maus. Man müsste so oder so eine
andere Sängerin dafür nehmen. Ich
habe erkannt, dass das Lied Potenzial
hat und habe mich darum gekümmert,
dass es von einem Produzenten gehört
wird. Früher oder später hätte ich sie
schon darin eingeweiht und sie
natürlich am Gewinn teilhaben lassen»,
versucht er sich jetzt zu retten.
Tom schaut ihn nur verächtlich an.
«Lana bringt das Lied 100 Mal besser
rüber, als jede andere Sängerin auf der
Welt. Wenn es jemand schaffen kann,
dass der Song zu einem Hit wird, dann
nur sie.»
Interessiert blickt Kai jetzt zu Tom.
«Ist das so? Ich weiß, dass wir in letzter
Zeit unsere Differenzen hatten, Tom.
Aber ich wollte sowieso wieder eine

andere Richtung einschlagen und mal etwas Neues versuchen. Das ist eigentlich genau das, was ich schon lange suche. Ein absolut natürliches Mädchen mit einer bezaubernden Stimme und Songtexten, die der Jugend von heute aus der Seele spricht. Ich würde das Mädchen wirklich gerne mal kennen lernen. Wie war noch mal ihr Name?»

«Lana», antwortet Tom vorsichtig. Er will einerseits nicht, dass so jemand wie Kai sie produziert und sie zu einer austauschbaren Sängerin macht, andererseits weiß er auch, dass Kai sein Handwerk wirklich verstand und das eine einmalige Gelegenheit für Lana ist.

«Also gut. Ich stell sie dir vor, aber vorher muss ich noch mit ihr sprechen», sagt Tom und steht auf. «Und du Ralf … du kannst deine Sachen packen. Ich will dich nicht länger in meinem Studio sehen», sagt er wütend zu ihm. Schockiert schlägt der sich die Hände über den Kopf zusammen. Er ist heute hergekommen, um das große Geld zu verdienen, nicht um gefeuert zu werden.

Tom hört noch, wie er von Ralf wüste Beleidigungen an den Kopf geworfen bekommt, ignoriert sie aber und macht sich auf den Weg zu Lana.

Eine unerwartete Gelegenheit

Als er die Tür öffnet und das junge
Mädchen am Schreibtisch sitzen sieht,
geht sein Herz auf. Er mag sie wirklich
gerne und will nur das Beste für sie.
«Hey, kann ich mal kurz mit dir
reden?», fragt er und setzt sich neben
sie.
«Klar», antwortet sie unsicher und
unterbricht ihre Arbeit. Er wirkt so
Ernst und sie hat Angst, dass sie etwas
falsch gemacht hat.
«Also … wir haben gerade eine
ziemlich ungewöhnliche Situation hier.
Ralf, der Aufnahmeleiter
beziehungsweise ehemalige
Aufnahmeleiter, hat eben dem
Produzenten, von dir ich dir vorhin
noch erzählt habe, ein Lied vorgespielt.
Er hat es zusammen mit einer
unbekannten Sängerin aufgenommen
und gehofft, dass Kai daraus jetzt einen
Welthit macht. Er denkt, dass er das
schaffen könnte, denn das Lied ist gut.
Wirklich gut. Ich denke das auch. Aber

die Sängerin ist überhaupt nicht dafür geeignet und Ralf hat auch ziemlich viel daran kaputt gemacht und es unnötig aufgebauscht. Das Lied braucht nur eine schöne Stimme und eine leise Akustikgitarre, weil es auch ganz alleine wirkt durch seinen schönen Songtext. Und jetzt fragst du sicherlich, wieso ich dir das alles erzähle, nicht wahr?

Ich habe dich letztens gehört, als du den Aufnahmeraum aufgeräumt hast. Du hattest deine Augen geschlossen, als ins Zimmer gekommen bin und ich habe mich wieder rausgeschlichen, ehe du fertig warst. Ich wollte dich noch darauf ansprechen und dir sagen, was für ein großes Talent du hast und dass du wirklich das Zeug dazu hast, auf den großen Bühnen dieser Welt zu stehen. Aber dann hast du mir von deinem Lampenfieber erzählt und dem Auftritt vor der Jury. Und dann wollte ich dich damit nicht weiter nerven oder Druck machen.

Die Sache ist nun folgende: Nicht nur ich habe das Lied gehört, sondern auch Ralf. Der hat sogar eine Aufnahme davon, weil die Mikros irgendwie

weiter gelaufen sind, als keiner mehr da
war. Das kommt eigentlich sonst nie
vor, aber dieses Mal ist es halt passiert.
Er hat ebenfalls das Potenzial in dir
erkannt beziehungsweise in dem Lied
und hat es mit nach Hause genommen.
Er wollte eine andere Sängerin dafür
haben und hat dann irgendeine Barbie
gefunden, die es für ihn singt.
Zusammen mit ihr hat er es dann
aufgenommen und dann eben dem
Produzenten vorgespielt. Der war total
begeistert. Aber Ralf wusste ja nicht,
dass ich das Lied auch gehört habe und
ziemlich schnell bemerkt habe, dass es
nicht sein Werk war. Er ist also damit
aufgeflogen. Ralf wird keinen Cent
damit verdienen. Und die arme
Sängerin auch nicht.
Kai findet aber trotzdem, dass das Lied
wirklich gut ist, was ich übrigens auch
denke und würde es gerne mit dir
versuchen. Er hat mir gesagt, dass er
schon lange auf der Suche nach
frischem Wind ist und gerne etwas
Neues probieren will. Angeblich
würdest du da perfekt passen.
Ich weiß, ich habe vorhin schlecht über
Kai gesprochen, aber wenn es jemand

schafft, dass deine Musik von jedem gehört wird, dann ist es er.»
Tom hat seinen Monolog beendet und schaut Lana erwartungsvoll an. Ihr Kopf brummt und sie weiß nicht, was sie denken soll. Nicht nur, dass sie dabei erwischt worden ist, wie sie im Aufnahmeraum ins Mikro gesungen hat, sondern auch, dass das Lied dabei aufgenommen und von mehreren Leuten gehört wurde.
Ihr ist es unangenehm, dass vor allem Tom jetzt ihre Texte kennt und will sich am liebsten verkriechen.
«Was sagst du?», will Tom von ihr wissen und reißt sie aus ihren Gedanken.
Sie hat den Rest völlig vergessen, sondern sich nur darauf konzentriert, dass Leute ihre Stimme und ihren Text gehört haben. Sie schaut ihn fragend an.
«Kai, der Produzent, würde dich gerne kennen lernen», wiederholt er noch einmal. «Er ist vom Lied total begeistert und ich denke, dass er auch deine Stimme lieben wird.»
Sprachlos schaut sie ihn an. Ein Produzent ist von ihrem Lied begeistert

und wollte sie kennen lernen? Das konnte doch nur ein Traum sein.

«Möchtest du mit ihm sprechen?», fragt Tom jetzt mit etwas mehr Nachdruck. Lana nickt nur und schaut dann zu, wie Tom aufsteht.

«Kommst du?», sagt er und streckt seine Hand nach ihr aus.

Er führt sie an der Schulter raus aus dem Raum und läuft mit ihr in den Konferenzraum, in dem er eben noch zusammen mit Ralf und Kai gesessen hat. Ralf ist inzwischen verschwunden, aber Kai sitzt immer noch am gleichen Platz und tippt gerade etwas in sein Handy ein.

«Ah, da bist du ja wieder», sagt er und steht auf. «Und du musst Lana sein. Hallo, ich bin Kai», stellt er sich bei ihr vor und schüttelt ihre Hand.

«Also Lana, wie ich gehört habe, scheinst du eine begnadete Sängerin zu sein. Leider hat Ralf die Originalaufnahme deiner Version nicht mehr dabei, aber wenn sie nur halb so gut ist wie die Akustikversion der anderen Sängerin, dann sehe ich da Großes auf dich zukommen.»

Noch immer völlig perplex starrt Lana auf den Angst einflößenden Mann vor ihr. Kai ist Anfang 50 und bestimmt 1,90m groß. Er ist eine Mischung aus elegantem Geschäftsmann und Biker, der immer und überall mit seiner Maschine hinfährt. Er trägt eine helle, abgewetzte Jeans und dazu spitze Lederboots. Darüber ein dunkles Hemd und eine teuer aussehende Lederjacke. An seinem Handgelenk baumelte eine riesige Uhr. Sein Gesicht war mit Falten überzogen, aber die Hälfte davon wurde eh mit einem dichten Bart bedeckt. Genau wie sein Kopf, der mit dichten schwarzen Haaren bewachsen ist, die von mehreren grauen Haaren durchzogen sind.
Lana versucht sich wieder auf seine Worte zu konzentrieren und nickt nur. «Ich bin wirklich gespannt auf deine Stimme. Wäre es möglich, irgendwas zu hören. Gibt es auf Aufnahmen oder so?», will Kai von ihr wissen.
Lana schluckt und schaut sich ängstlich nach Tom um. Sie will ihm auf keinen Fall etwas vorsingen.
«Nein, noch nicht. Aber die werden wir in den nächsten Tagen machen und

dann kann ich sie dir schicken. Lana hat noch viele andere Songs geschrieben, nicht wahr?», versucht Tom, ihr jetzt zu helfen. Er weiß, dass sie ihm jetzt nichts vorsingen wird und will seine Aufmerksamkeit auf ihre anderen Songs lenken.

«Ja, das ist wahr. Ich schreibe schon seit Jahren und habe jede Menge Material», sagt sie schüchtern.

«Das klingt ja wunderbar. Spielst du auch selbst Gitarre? Könntest du dich selbst auf der Bühne begleiten? Ich stelle mir gerade vor, wie du erstmal auf exklusiven Club-Konzerten spielen wirst. Winzige Bühne. Nur du und deine Gitarre. Das ist genau das, was die Leute heute hören wollen», erwidert Kai euphorisch.

Bei Lana dagegen macht sich wieder die Angst breit. Sie kann sich ganz und gar nicht vorstellen, dass sie vor Publikum spielen wird. Trotzdem versucht sie sich zusammenzureißen und nickt.

«Ja, ich spiele Gitarre und Klavier», antwortet sie leise.

«Perfekt! Also gut, dann warte ich einfach darauf, dass Tom mir die

Aufnahmen zukommen lässt und dann
setzen wir uns am besten noch einmal
zusammen und besprechen alles
Weitere!»
Kai steht auf und schüttelt Lana noch
einmal die Hand.
«Hat mich wirklich sehr gefreut. Und es
würde mich noch mehr freuen, wenn
wir in Zukunft miteinander arbeiten
würden.»
Tom begleitet Kai nach draußen und
lässt Lana alleine in dem großen
Konferenzraum sitzen. Als er
zurückkommt, guckt er in ihr
ängstliches Gesicht.
«Ich weiß nicht, ob ich das kann!», sagt
sie zitternd.
Tom setzt sich neben sie und versucht
sie zu beruhigen.
«Du kannst das. Das weiß ich. Wir
fangen erstmal mit den Aufnahmen an.
Wir können einfach das Mikro
mitlaufen lassen und du bist ganz
alleine im Raum. Das bekommst du
schon hin. Und dann schicken wir das
Material Kai zu. Ich denke zwar nicht,
dass er nicht total hin und weg sein
wird, aber wenn dies trotzdem der Fall
sein sollte, dann musst du dir keine

weiteren Gedanken mehr darüber machen. Und wenn er wirklich eine Platte mit dir aufnehmen will, dann bekommen wir das auch schon irgendwie hin. Wir hängen einen großen Vorhang vor die Scheibe oder schicken alle raus. Du musst ja auch nicht auf Tour gehen. Das wird dann dein Ding: ,Das Mädchen, was nur im Tonstudio singt' oder so», scherzt er und tatsächlich muss Lana darüber lachen. Sie will es zumindest versuchen. Allein schon, um Tom nicht zu enttäuschen.

«Geh am besten nach Hause und schlaf noch mal drüber. Vielleicht suchst du ja auch schon mal deine Lieblingssongs von dir heraus, damit wir die Aufnahmen möglichst zeitnah machen können, falls du dich dafür entscheiden solltest», sagt er verständnisvoll und tätschelt noch einmal ihren Arm.

Lana nimmt sein Angebot an und macht sich auf den Weg, um nach Hause zu fahren. Sie kann sich kaum auf die Straße konzentrieren, weil sie nur an die letzte Stunde denken kann. Jemand hat sie beim Singen gehört. Tom hat sie gehört und ein Produzent

ist von ihrem Song begeistert und will
eine Platte mit ihr aufnehmen. Als sie
früher als gewohnt nach Hause kommt,
steht ihre Mutter gerade in der Küche
und bereitet das Abendessen vor.
«Hey mein Schatz. Du kommst heute
früh. Ist irgendetwas vorgefallen?»,
fragt sie, als sie in Lanas besorgtes
Gesicht sieht. Sie erzählt ihrer Mutter,
was gerade passiert ist, die ihre Sorge
nicht nachvollziehen kann.
«Aber das ist doch super! Wenn der
wirklich so erfolgreich ist, wie dieser
Tom sagt, dann ist das doch genau das,
was du immer wolltest! Oder machst
du dir immer noch Gedanken wegen
deines letzten Auftrittes? Das war doch
eine ganz andere Situation. Die kannten
dich nicht und du standest unter
enormen Druck. Du wirst jetzt nur vor
Leuten singen, die dich bereits kennen
und gut finden», versucht sie ihre
Tochter zu ermutigen.
Lana weiß das, trotzdem bereitet es ihr
noch immer Bauchschmerzen, wenn sie
daran denkt, dass sie singen muss,
wenn jemand sie hören kann.
«Such doch schon mal deine Lieder
zusammen und nimm unbedingt das

eine Lied, was ich so gerne mag»,
fordert ihre Mutter sie auf und widmet
sich dann wieder der Paprika auf ihrem
Schneidebrett.
Langsam trottet Lana in ihr Zimmer
und holt ihr Notizbuch mit all ihren
Songtexten hervor. Sie beginnt sie Stück
für Stück durchzugehen, ihre
Lieblingslieder auszusuchen, und
fertigt Kopien davon an.
Jetzt hat sie 12 herausgesucht, schließt
die Kopfhörer an ihr E-Klavier an und
beginnt die Noten zu spielen. Sie spürt,
wie es ihr augenblicklich besser geht,
als sie die Musik auf ihren Ohren hört
und schließt ihre Augen. Ihre Finger
fliegen wie von selbst über die Tasten
und finden jeden richtigen Ton. Als sie
fertig ist, spürt sie ein Kribbeln in ihrem
Körper. Vielleicht hat ihre Mutter Recht
und es wäre etwas anderes, wenn sie
vor Leuten spielen würde, die ihre
Musik eh schon kennen. Sie könnte die
Aufnahmen zusammen mit Tom
machen und dann gucken, was passiert.
Wenn es Kai gefällt, dann würde sie
schon bald ein Album mit ihm
produzieren und die ganze Welt könnte

endlich ihre Musik hören, ohne dass sie
auf den großen Bühnen stehen muss.
Motiviert packt sie die Noten in ihre
Tasche, setzt sich noch mal zu ihren
Eltern, um mit ihnen zu Abend zu
essen und wartet dann gespannt den
nächsten Tag ab.

Ich glaub an dich

Als sie am Morgen pünktlich im Tonstudio eintrifft, wird sie sofort von Tom zur Seite genommen.
«Und? Hast du es dir überlegt? Machen wir die Aufnahmen?», fragt er aufgeregt. Lana findet es süß, wie sehr er mit ihr mitfiebert und kann sich ein Grinsen nicht verkneifen.
«Ja, wir machen die Aufnahmen», sagt sie und sofort wird sie von Tom in einen der freien Regieräume gezogen.
«Wunderbar! Ich hoffe, du hast auch ein paar Songs mitgebracht», ruft er, während er beginnt alles vorzubereiten und das Mikrofon auszurichten.
«Ja, habe ich natürlich dabei», antwortet Lana und zieht die Blätter aus ihrem Rucksack.
Neugierig schnappt sich Tom die Seiten und geht die Texte durch und stellt sich im Kopf die Melodie dazu vor.
Nervös beobachtet Lana ihn dabei, wie er gerade dabei ist ihre intimsten Gedanken zu lesen. Sie hat ihre Songtexte schon lange niemandem mehr gezeigt. Nur das Lieblingslied

ihrer Mutter ist mehreren Leuten bekannt, weil sie es damals extra für ihren Geburtstag geschrieben hat, als sie damals noch in der Lage war vor Publikum zu spielen.

«Wow … die sind wirklich gut», sagt Tom bereits nach kurzer Zeit, als er ein paar Songs durchgegangen ist.

«Wie wollen wir es machen?», fragt er aufgeregt.

«Soll ich rausgehen? Sollen wir die Scheibe verdunkeln? Willst du nur singen? Brauchen wir eine Gitarre oder vielleicht ein Klavier? Oder brauchst du jemand anderen, der dich begleitet? Ich kann Klavier und Gitarre spielen.» Tom schaut sie euphorisch an und sie muss erstmal all seine Fragen durchgehen und sich überlegen, was sie machen will.

«Ich brauche ein Klavier und du darfst dabei sein. Wir müssen die Scheibe nicht verdunkeln», sagt sie sicher.

Erstaunt guckt Tom sie an. Das hatte er nicht erwartet. Aber er freut sich darüber, dass sie ihm offensichtlich so sehr vertraut.

Tom beginnt ein Klavier in den Aufnahmeraum zu schieben und stellt

die Instrumente zum Aufnehmen ein.
Lana ist sehr nervös, versucht sich aber
nichts anmerken zu lassen. Immer
wieder redet sie sich ein, dass Tom ihre
Musik super findet und ihr auch Fehler
unterlaufen dürfen. Es ist keine
Prüfung, sondern nur eine
Probeaufnahme, damit ein
interessierter Produzent ihre Stimme
hören kann.

«Du kannst reingehen. Es steht alles
bereit. Lass dir so viel Zeit, wie du
willst. Ich sag dir Bescheid, wenn die
Aufnahme startet und dann kannst du
einfach anfangen. Du schaffst das. Ich
glaub an dich!», redet ihr Tom gut zu.
Lana nimmt ihre Texte, auch wenn sie
eh jedes einzelne Lied auswendig kann
und platziert sie auf dem Notenständer
am Klavier. Sie setzt sich hin, zieht das
Mikrofon direkt vor ihren Mund und
atmet tief durch. Tom hat das Klavier
so platziert, dass sie mit dem Rücken zu
ihm sitzt und nicht mitbekommt, wie er
sie beobachtet. So fühlt sie sich schon
viel sicherer.

Sie atmet noch einmal tief durch, legt
ihre Finger auf die Tasten und beginnt
dann ihren ersten Song zu spielen. Es

ist das Lied, was Ralf ihr geklaut und
was Tom damals gehört hat. Wieder
schließt sie wie damals die Augen und
beginnt zu singen. Wie immer, wenn sie
so sehr in ihre Musik vertieft ist,
verschwimmt alles um sie herum und
sie kann sich nur noch auf die Worte
konzentrieren, die ihren Mund
verlassen.
Wie automatisch singt und spielt sie
und denkt gar nicht mehr darüber
nach, dass sie gerade in einem
Tonstudio sitzt und nicht wie sonst in
ihrem Zimmer.
Als sie fertig ist, dreht sie sich nicht zu
Tom um, sondern wählt direkt ein
anderes Lied aus. Wieder singt und
spielt sie, als ob es nur für sie selbst
wäre. So macht sie weiter, vergisst die
Zeit vollkommen und hat schon bald
ihre 12 Songs fehlerfrei eingespielt. Als
sie die letzten Notenblätter auf den
Klavierdeckel legt und nach neuen
greifen will, bemerkt sie erst, dass sie
bereits fertig ist.
Überrascht dreht sie sich nach Tom um,
der sie begeistert anschaut. Er reckt den
Daumen nach oben, um die Aufnahme
nicht zu unterbrechen. Lana streckt

ihren ebenfalls hoch, setzt ihre
Kopfhörer ab und verlässt dann den
Aufnahmeraum.
«Das war der Wahnsinn», sagt Tom
und nimmt Lana in den Arm. Auch sie
schließt die Arme um ihn und fühlt sich
ihm für einen Moment ganz nah.
«Wir müssen das nicht mal
wiederholen. Das reicht vollkommen,
um Kai von dir zu überzeugen.»
Lana ist erleichtert. Einerseits, weil sie
die Aufnahme fehlerfrei hinter sich
gebracht hat und andererseits, weil sie
ihre Angst zum ersten Mal seit langen
wieder überwunden hat. Es ist
überhaupt nicht schlimm gewesen, vor
Tom zu spielen. Im Gegenteil: Es war
richtig schön und sie freut sich über die
Bestätigung, die er ihr danach gegeben
hat. Sie kann sehen, wie sehr ihre
Musik ihn berührt hat. Genau das ist es,
was sie früher immer angetrieben hat.
Sie will mit ihren Texten Menschen
erreichen und ein gutes Gefühl
vermitteln.
«Ich mach das sofort fertig und leite
ihm das weiter», sagt er, steht auf und
setzt sich sofort wieder hin. «Ach
verdammt. Ich habe total vergessen,

dass ich heute noch einen wichtigen Termin habe. Ich bin sowieso nicht so schnell im Schneiden und Abmischen wie die anderen hier. Macht es dir was aus, wenn ich die Aufgabe wem anders anvertraue? Wir müssen ja keinem sagen, dass du das auf der Aufnahme bist.»

Lana erwartet ein stechendes Gefühl in ihrer Brust, weil noch eine weitere Person ihre Stimme und Texte hören würde, aber da ist nichts. Sie will sogar, dass noch mehr Leute sie hören können.

«Nein, das ist total in Ordnung. Du kannst auch gerne meinen Namen drauf schreiben. Ich denke, das ist okay.»

«Wunderbar! Dann kann ich dich jetzt alleine lassen? Du hast sicherlich noch ein paar Aufgaben von gestern, denen du dich widmen kannst, oder?»

Wieder nickt sie und beobachtet dann, wie er aus der Tür raus läuft. Nach dem Erlebnis von eben fühlt sie sich ganz anders. Plötzlich ist da keine Angst mehr, dass irgendjemand sie hören und sie dann verurteilen könnte, sondern nur noch Vorfreude, dass möglichst

viele Menschen demnächst ihre Musik
hören werden.
Sie hofft, dass Kai von den Aufnahmen
überzeugt ist und erledigt dann ihre
Aufgaben.
Währenddessen stürmt Tom in sein
Büro und trifft dann, wie erwartet, auf
seinen Manager Martin.
«Ah, da bist du ja endlich, Tom!», sagt
er ernst.
«Hör mal, ich weiß du hörst das nicht
gerne, aber wir müssen uns jetzt
wirklich etwas einfallen lassen. Dass du
etwas Neues raus gebracht hast, ist jetzt
schon länger her. Mal abgesehen von
deinem Akustikalbum. Wie sieht es
denn aus? Hast du neue Songs? Oder
kannst du irgendwas vorweisen? Ich
weiß, dir liegt viel an diesem Tonstudio
und du steckst da gerade dein ganzes
Herzblut rein, aber deine Fans wollen
was sehen. Sonst wirst du bald in
Vergessenheit geraten. Wolltest du
nicht demnächst auf Tour gehen? Du
wirst vor leeren Hallen spielen, wenn
du bis dahin nichts Neues präsentieren
kannst», sagt er und guckt Tom an.
Einerseits weiß er, dass er Recht hat,
andererseits hat er jetzt wirklich etwas

anderes zu tun, als sich hinzusetzen und neue Songs zu schreiben. Er weiß, dass Großes auf Lana zukommen würde und will sie auf jeden Fall unterstützen. Seine Karriere kann er hinten anstellen. Erstmal will er sich um ihre kümmern. Trotzdem braucht er etwas, womit er Martin besänftigen kann.

«Ich überlege mir was. Ich will im Sommer unbedingt auf Tour gehen und ich werde schon eine Lösung finden, damit ich nicht in Vergessenheit gerate. Vertrau mir!», sagt er und wie es aussieht, glaubt Martin ihm.

«Okay, aber wenn du nicht weiterkommst, sag mir Bescheid. Du bräuchtest auch gar kein neues Album, wenn du einfach nur bereit wärst, deine Maske abzulegen.»

Dazu ist Tom auf keinen Fall bereit, stimmt ihm aber trotzdem zu, damit er ihn in Ruhe lässt.

Er schickt ihn raus und setzt sich stattdessen an seinen Schreibtisch, um zu telefonieren. Er wählt die private Nummer von Kai, der sofort reagiert.

«Hey Tom! So schnell habe ich noch gar nicht mit einem Anruf gerechnet. Wie

sieht es mit den Aufnahmen aus? Wann schickst du sie mir zu?», fragt er neugierig.
«Sie werden gerade geschnitten und verarbeitet. Ich kann sie dir spätestens heute Abend zukommen lassen. Ach und noch was. Wie hast du dir das mit Lana vorgestellt? Also wenn du ihr Album produzieren wirst? Willst du sie als Songwriterin verkaufen, die immer nur exklusive Konzerte in kleinen Clubs spielen wird oder meinst du, dass sie für die großen Bühnen gemacht ist?», will er besorgt von Kai wissen. Er weiß, dass sich Lana auf Letzteres auf keinen Fall einlassen wird.
«Wenn sie bei mir einen Vertrag unterschreibt, dann wird sie auf den größten Bühnen dieser Welt stehen. Ich will das Mädchen richtig groß machen. Alle sollen ihren Namen kennen. Alle sollen sie live sehen wollen. Das wird großartig. Stell sie dir doch mal auf all den großen Festivals vor, wie sie mit Blumen im Haar und einem weißen Hippiekleid und am besten auch noch barfuß über die Bühne tänzelt, mit ihrer Gitarre in der Hand. Das wird super, sag ich dir. Wirklich großartig!»

Das ist nicht unbedingt das, was er
hören will, andererseits will er auch
nicht ihr Lampenfieber erwähnen und
ihre Chancen damit zunichtemachen.
Wenn Kai an einen Künstler glaubt,
dann setzt er alles daran, um ihm zu
einer großen Karriere zu verhelfen und
das will Tom auch für Lana.
Er legt auf und besucht seinen
Mitarbeiter Chris, der für Lanas
Tonaufnahme zuständig ist.
«Hey, wie läuft es?», fragt er und steckt
seinen Kopf in den winzigen Raum.
Chris guckt von seinem Computer auf
und sieht seinen Chef begeistert an.
«Mann, wer ist das Mädchen? Das ist ja
großartig! Hast du sie neu entdeckt
oder ist das eine bekannte Künstlerin,
die du überreden konntest, hier eine
Platte aufzunehmen?»
Tom muss unwillkürlich grinsen. Er hat
keine andere Reaktion erwartet.
«Erzähl es nicht überall herum, aber
das ist Lana. Das Mädchen, was vor ein
paar Wochen ihre Ausbildung hier
begonnen hat», sagt er verschwörerisch
und schaut in Chris erstauntes Gesicht.
«Was? Nicht dein Ernst?! Diese kleine,
graue Maus? Das hätte ich ja niemals

gedacht! Ich bin bald fertig damit. Es
war ja nicht viel zu machen.»
Zufrieden geht Tom zurück in sein
Büro und erledigt noch ein paar
Anrufe, bevor es an der Tür klopft und
Chris ihm eine CD sowie einen Stick
auf den Schreibtisch legt.
«Fertig!», sagt er nur und verschwindet
leise wieder, damit Tom sein Telefonat
beenden kann. Er zieht die Dateien auf
seinen Laptop und bereitet eine Mail an
Kai vor:
«Hi Kai, anbei Lanas Aufnahmen.
Melde dich, wenn du sie gehört hast.
Tom»
Er sendet die Mail los und wartet
zufrieden auf Kais Reaktion, die
sowieso positiv ausfallen wird.
Nur wenige Minute später nachdem er
sein anderes Telefonat beendet hat,
klingelt sein Handy. Er schaut auf das
Display und sieht, dass es Kai ist.
«Hey Tom. Ich bin gerade dabei mir die
Platten anzuhören. Das ist wirklich
mehr, als ich mir erwünscht habe. Das
ist wirklich großartig. Sie ist wirklich
großartig! Ich verschiebe heute meine
Termine und komme bei euch vorbei.

Ist sie da? Ich muss sofort mit ihr sprechen!», sagt er euphorisch.

Nicht mal Tom hätte erwartet, dass es so schnell gehen würde.

Wahrscheinlich hat Kai Angst, dass sie ihm irgendwer vor der Nase wegschnappen wird, wenn er jetzt keinen Vertrag mit ihr macht.

Tom besucht Lana und schaut eine Weile zu, wie sie konzentriert vor sich hinarbeitet, bevor er sie unterbricht.

«Hey, darf ich dich kurz stören?», fragt er vorsichtig.

Sie guckt auf und nickt.

«Also … Kai hat die Aufnahmen gehört und ist begeistert. Er kommt gleich direkt vorbei.»

Schockiert schaut sie ihn an.

«Was?! Jetzt schon? Ich dachte, das würde jetzt mindestens eine Woche dauern oder wenn nicht sogar noch länger!», sagt sie verwundert.

«Ja, das ist normalerweise auch der Fall, aber er ist hin und weg und will dir wahrscheinlich sofort einen Vertrag andrehen. Ach ja … und noch was», beginnt er und setzt sich ihr gegenüber. Er schaut sie ernst an.

«Kai hat oft Visionen, wenn er einen
Künstler zum ersten Mal sieht. Er stellt
sich direkt vor, was zu ihm passen
könnte und was nicht. Er will natürlich
in erster Linie viel Geld mit dir machen
und dazu gehört, dass du eben
erfolgreich wirst. Und dich sieht er auf
den großen Bühnen. Er hat mir
verraten, dass du wunderbar auf eine
Festivaltour passen würdest. Also das
sind dann wirklich fast 100.000
Menschen, vor denen du spielst. Ich
will dir jetzt keine Angst machen, ich
will dir das nur sagen, bevor er dir das
gleich erzählt und dich das total
unvorbereitet trifft.»
Damit hat Lana eigentlich sowieso
gerechnet. Sie kann sich auch gar nicht
vorstellen, dass ein erfolgreicher
Produzent sie unter Vertrag nimmt und
dann keine Tourneen mit ihr plant. Wie
soll sie sonst berühmt werden, wenn
die Fans keine Chance haben sie live zu
sehen?
«Ich habe mir das schon gedacht und
ich denke, dass es in Ordnung geht»,
sagt sie. Erstaunt guckt Tom sie an.
Damit hat er jetzt nicht gerechnet.

«Wirklich? Was ist mit deinem Lampenfieber?»

«Ich muss mich der Angst stellen. Wie du schon gesagt hast, es ist keine Prüfung und wenn jemand zu meiner Show kommt, dann mag er meine Musik.»

Tom ist überrascht und kann gar nicht glauben, was sie da gerade gesagt hat, aber natürlich freut er sich sehr darüber. Lana hat in den letzten Wochen so viel gelernt und scheint so viel stärker geworden zu sein, dass er kaum abwarten kann, wie sie sich weiterhin entwickelt. Er schaut sie an und spürt plötzlich, wie sehr er sich von ihr angezogen fühlt. Vor ihr sitzt nicht mehr das kleine Mädchen, das gerade mit der Schule fertig geworden ist. Nein, vor ihm sitzt jetzt eine erwachsene Frau, die sich ihren Ängsten stellen will, um ihren Traum zu verwirklichen. Sie schaut ihn nun ebenfalls an und sieht, dass Tom sie anguckt. Sie wirft ihm ein unsicheres Lächeln zu und da ist es um ihn geschehen. Er kann sich nicht länger zurückhalten und beugt sich zu ihr vor, streckt seine Hand nach ihrem Gesicht

aus, um sie zu küssen. Aber bevor er
ihre Lippen erreicht, klopft es an der
Tür und Marta streckt ihren Kopf
herein. Erschrocken drehen sich die
Beiden um.
«Entschuldigung für die Störung, aber
Kai ist da und wartet auf dich, Tom!»,
sagt sie und guckt Lana böse an.
Sie ist schon lange in Tom verliebt, aber
selbst nach Jahren in diesem Tonstudio
hat er ihr nicht mal das du angeboten.
Und jetzt ist da dieses kleine dumme
Mädchen, für das er sich plötzlich so
interessiert.
Er schaut wieder Lana an.
«Bist du bereit?», fragt er sie und steht
auf.
Sie nickt und nimmt Toms Hand
entgegen, die er ihr entgegen streckt.
Sie fühlt sich wie im Traum. Nicht nur,
dass sie jetzt auf dem Weg ist, um einen
Plattenvertrag zu unterschreiben. Nein,
sie gerade kurz davor von Tom, ihrem
absoluten Traummann, geküsst zu
werden. Wäre da nicht diese blöde
Marta dazwischen gekommen. Lana
fragt sich eh schon seit längerer Zeit,
was sie bloß gegen sie hat. Aber
darüber will sie sich jetzt keine

Gedanken machen, denn sie bekommen
sicherlich noch einmal die Gelegenheit
dazu sich zu küssen.

Demaskiert

Tom sagt Marta Bescheid, dass er Kai in sein Büro schicken soll und läuft mit Lana vor. Verwundert schaut Lana sich um, als sie durch den Flur laufen und plötzlich nicht mehr in ihrer vertrauten Umgebung sind. Sie sind jetzt nicht mehr in dem Bereich, wo die anderen Mitarbeiter ihre Arbeitsräume haben, sondern da, wo die Bosse und hohen Tiere untergebracht sind.
Lana guckt neugierig auf das Schild neben der Tür zu Toms Büro und liest: «Tom Neumann. Inhaber NewRecords»

Sie hat ihn bisher nie gefragt, was er in diesem Tonstudio macht. Auf Grund seines Alters ist sie immer davon ausgegangen, dass er die gleiche Ausbildung wie Lana gemacht hat und jetzt einfach nur weiter dort angestellt ist. Deswegen muss er sich auch um sie kümmern, weil alle anderen dafür viel zu beschäftigt sind. Dass er der Inhaber ist, kann sie sich überhaupt nicht vorstellen. Er ist doch gerade mal 25.

Wie kann ihm da schon ein eigenes
Tonstudio gehören?
Lana lässt sich nichts anmerken und
betritt das großzügige Büro. Überall
hängen Goldene Schallplatten und
andere Auszeichnungen, die seine
Erfolge in der Musikbranche krönen.
Sie guckt sich neugierig um und überall
kann sie Fotos von ihm mit berühmten
Künstlern sehen. Oder Moment, ist er
das überhaupt? Sie guckt genauer hin
und sieht, dass das gar nicht Tom ist.
Zumindest nicht der Tom, den sie
kennt. Er hat ein Kostüm an und sein
verschwitztes Gesicht ist zu sehen, was
teilweise von greller Schminke bedeckt
ist. Sie kennt das perfekt abgedeckte
Gesicht aus dem Fernsehen. Der Mann
dahinter ist nicht wirklich zu erkennen.
Zumindest nicht, wenn man nicht
wusste, um wen es sich in Wirklichkeit
handelt. Aber jetzt, wo sie Tom so oft in
die Augen geschaut und ihn so oft
Lächeln sehen hat, fällt es ihr wie
Schuppen von den Augen.
«Er ist Masked», flüstert sie schockiert.
Und dreht sich zu Tom um, der sie
fragend anguckt.

«Was hast du gesagt?», will er von ihr
wissen.
Ihm ist gar nicht bewusst gewesen, dass
sie noch nichts von seiner wahren
Identität weiß. Es ist so
selbstverständlich, dass alle im
Tonstudio Bescheid wissen, dass er
davon ausging, dass sie es auch weiß.
«Du bist Masked!», sagt sie jetzt etwas
lauter und guckt in sein verwundertes
Gesicht.
«Ja. Wusstest du das nicht?», fragt er
erstaunt.
«Nein! Woher hätte ich das wissen
sollen?», ruft sie immer noch
schockiert, aber auch leicht wütend.
Wieso hat er ihr das nie erzählt?
Sie kann doch nicht ahnen, dass Tom,
ihr Tom, ein Superstar ist, der schon
mehrere Top 10 Hits hat. Bevor er
antworten konnte, klopft es an der Tür
und Kai kommt herein.
«Hey Tom und aaah Lana! Wunderbar!
Wirklich wunderbar. Deine Stimme,
deine Texte. Wirklich großartig!», sagt
er und schüttelt ihr dabei mehrfach die
Hand. Er strahlt sie an und deutet dann
auf einen Stuhl.

«Setzen wir uns doch und besprechen alles. Also die nächsten Wochen werden ziemlich aufregend für dich. Aber wahrscheinlich auch ziemlich anstrengend. Fotoshootings für das Albumcover, Radio-Auftritte und natürlich die ersten richtigen Aufnahmen. Das machen wir hier sicherlich in deinem Tonstudio, nicht wahr Tom?»

Danach hört Lana nicht mehr richtig zu. Sein Tonstudio. Sie kann es immer noch nicht glauben. Wieso ist sie nicht eingeweiht gewesen? Er kennt ihre intimsten Gedanken, hört sie singen und gerade hätten sie sich sogar fast geküsst und sie weiß so gut wie gar nichts über ihn!

«Lana? Hast du zugehört? Wo willst du deine Tour starten? In welcher Stadt möchtest du anfangen?», fragt Kai sie.

«Ähm … ist mir egal», sagt sie gleichgültig. Die Euphorie ist irgendwie verflogen.

«Gut. Umso besser. Ich finde Hamburg ja immer ganz gut. Oder vielleicht doch Berlin? Nein … Berlin kommt zum Schluss. Das große Finale. Vielleicht doch lieber ein kleinerer Ort wie

Osnabrück zum Beispiel? Oder Köln?
Was haltet ihr von Köln?»
«Klar … Köln klingt gut», sagt Tom
und Lana nickt nur.
«Also Köln! Aber bis dahin ist es ja
noch etwas hin. Wir fangen direkt
morgen mit den Aufnahmen an und
produzieren dein Album. Bis dahin
wird sich mein Marketing Team um
deinen Internet-Auftritt kümmern. Wir
brauchen professionelle Fotos und
spammen alles mit deinen
Probeaufnahmen voll. Ja, die können
wir dafür benutzen. Alle Influencer
sollen über dich berichten und jeder
soll sich danach fragen ,Wer ist dieses
Mädchen mit der lieblichen Stimme?'
und dann wird jeder deine CD kaufen
wollen. Ja, das wird super!»
Er redet weiter, aber wieder kann Lana
ihm nicht richtig zuhören. Ihr Blick
wandert zu Tom, der sie aufmerksam
beobachtet. Er spürt, dass sie nicht ganz
bei der Sache ist und sie etwas anderes
bedrückt. Wie kann er es auch
vergessen haben, sie in sein Geheimnis
einzuweihen?
«Also gut Kai. Ich denke, wir haben für
heute alles Wichtige besprochen. Mach

doch die Verträge fertig und lass sie meinem Anwalt zukommen, der sie dann noch mal durchgehen kann. Lana muss das wahrscheinlich erstmal alles verarbeiten», sagt Tom und drängt Kai nach draußen.

Lana bleibt zurück und schaut Tom erwartungsvoll an. Vorhin hat sie sich noch auf den Moment gefreut, in dem sie endlich wieder alleine sind, weil er sie dann wahrscheinlich küssen würde, aber jetzt ist sie sich nicht mehr so sicher.

«Du bist also ein Megastar?», fragt sie ernst.

«Kann man wohl so sagen», sagt er und guckt sich in seinem Büro um.

«Wieso hast du mir das nicht erzählt?»

«Hätte das irgendwas geändert? Also außer, dass du mich wahrscheinlich anders behandelt hättest und mich nicht als Tom, sondern immer nur als Masked gesehen hättest?» Tom kennt immer die richtigen Worte und Lana sieht sofort ein, dass er Recht hat. Wenn sie gewusst hätte, dass er ein bekannter Rockstar ist, dann wäre sie ihm gegenüber wahrscheinlich ganz anders aufgetreten. Sie wäre eingeschüchtert

gewesen und niemals hätte sie vor ihm
singen können, um die
Probeaufnahmen zu machen.
«Ja, du hast ja Recht», gesteht sie und
sieht, wie ein Lächeln über sein Gesicht
huscht.
«Na also!», sagt er und beugt sich zu
ihr nach vorne. «Ich glaube, wir
wurden da vorhin unterbrochen.»
Lana weiß genau, was jetzt kommt und
bleibt ganz ruhig sitzen. Sie sieht, wie
Tom immer näher kommt und wie jetzt
sein Gesicht genau vor ihrem ist. Er
grinst, guckt kurz zur Seite, um
sicherzugehen, dass auch keiner durch
die Tür kommt und nimmt Lanas
Gesicht in die Hand. Ganz vorsichtig
berühren seine Lippen ihre und sie
fühlt, wie ein Feuerwerk durch ihren
Körper schießt. Seine Hände ziehen sie
näher an sich und die beiden
verschmelzen in einen innigen Kuss,
der ewig anhält.
Irgendwann lösen sie sich atemlos, aber
glücklich voneinander und grinsen sich
an.
«Das wollte ich schon machen, als ich
dich das erste Mal singen gehört habe»,
gesteht er. «Aber jetzt dürfen wir keine

Zeit verschwenden. Du hast Kai doch gehört. Er hat Großes mit dir vor. Richtige Aufnahmen, Fotoshootings und dann die Tour. Du hast vorhin nicht so gewirkt, als ob du dich freuen würdest. Freust du dich jetzt?», fragt er sie begeistert, um sie mit seiner Euphorie etwas anzustecken. Er will ihren großen Moment nicht damit kaputt machen, dass er ihr etwas verheimlicht hat.

Plötzlich bildet sich auch auf Lanas Gesicht ein breites Lächeln. Tatsächlich ist das eben alles in den Hintergrund gerückt und erst jetzt realisiert sie, dass gerade noch einem sehr guten Produzent gegenüber gesessen hat, der ihre Platte kennt und sie unbedingt groß rausbringen will.

«Ja! Ich freue mich so sehr! Ich kann es kaum erwarten, endlich meine eigene CD in den Händen zu halten. Und weißt du was? Ich glaube, ich würde mich sogar freuen, wenn ich mal auf einer wirklich großen Bühne auftreten würde. Das Gefühl muss unglaublich sein, wenn jeder deine Songs kennt und mitsingt.»

«Ja, das ist es», sagt Tom und gibt ihr
noch mal einen Kuss.
Die Beiden besprechen noch einmal
alles Weitere für ihre bevorstehenden
Aufnahmen am nächsten Tag und dann
lässt Tom sie nach Hause gehen, damit
sie alles ihren Eltern erzählen kann. Die
sind nämlich schon ganz gespannt, wie
es weitergehen wird. Als Lana wieder
früher als erwartet zurückkommt, steht
ihre Mutter verwundert in der Küche
und schaut sie an.
«Du grinst so? Was ist passiert?», will
sie wissen. Ausführlich berichtet Lana
von den letzten Stunden.
«Und morgen werden wir dann so
richtig echte Aufnahmen machen, die
dann produziert und bald in jedem
Plattenladen zu finden sind. Vielleicht
werde ich dann auch bald im Radio zu
hören sein und werde auf Tour gehen
und hach…», sagt sie glücklich,
während ihre Mutter sie nur sprachlos
anstarrt.
«Das ist … das ist wirklich fantastisch
Lana. Das freut mich so sehr für dich»,
sagt sie und umarmt ihre Tochter. Sie
wusste schon immer, dass ihre Musik
nicht dazu gemacht ist, um von

niemandem gehört zu werden. Auch
ihr Vater nimmt die Nachricht
freudestrahlend auf.

Die Lösung gegen das Lampenfieber

Die nächsten Tage vergehen wie im Flug. Die Aufnahmen sind nicht ganz so einfach wie die Probeaufnahmen. Mehrfach muss Lana verschiedene Songs einspielen. Mal nur den Gesang. Mal nur die Instrumente. Anschließend steht das Fotoshooting bevor.
«Aber ich will nicht, dass du mit engen kurzen Kleidern in irgendwelchen Zeitschriften zu sehen sein wirst!», ermahnt ihr Vater sie noch. Aber das ist auch nicht das, was Lana oder Tom oder sogar Kai sich vorgestellt haben. Sie darf sich die Klamotten selbst aussuchen und die Bilder werden sehr natürlich und authentisch. Selbst Tom hätte das nicht erwartet, denn eigentlich ist Kai dafür bekannt, dass er hauptsächlich Popsternchen produziert, die er dann in knappe Glitzerfummel steckt.
Wahrscheinlich will er tatsächlich einen neuen Weg einschlagen und sieht in Lana die ideale Möglichkeit dazu.

Aber auch Tom muss sich etwas Neues überlegen, damit sein Management zufrieden mit ihm ist und ihn nicht weiter damit nervt, dass er endlich seine Maske ablegt. Da er und Lana inzwischen offiziell ein Paar sind, vertraut er seine Sorgen Lana in einem ruhigen Moment an.

«Hast du denn kein neues Material, was du aufnehmen kannst?», fragt sie ihn.

«Nein. Ich habe leider keine 100 vollgeschriebenen Notizbücher so wie du», sagt er lächelnd. «Ich müsste mich hinsetzen und was Neues schreiben, aber das schaffe ich in der vorgegebenen Zeit leider nicht mehr. Vor allem, da ich dich ja auch unbedingt unterstützen möchte.»

«Und wenn du die Schminke tatsächlich einfach weglassen würdest?», schlägt sie ihm vorsichtig vor.

Sie kennt zwar seine Bedenken und will ihn auf keinen Fall damit verärgern, aber sie weiß auch, dass sich seine Songs um ein vielfaches mehr verkaufen würden, wenn die Zuhörer sein hübsches Gesicht sehen.

«Aber die Presse, die Paparazzi, all die
Fans, die mir, die uns, überall auflauern
würden!», antwortet er entschlossen
und hofft, sie damit überzeugen zu
können.
«Hallo? Ich werde bald selbst
weltberühmt sein! Da werden wir
sowieso überall von Fotografen
umgeben sein!», sagt sie und zieht ihn
damit auf.
Das ist jetzt wirklich kein Grund mehr.
Die beiden tauchen sowieso überall
gemeinsam auf und es ist nur eine
Frage der Zeit, wann Lana ihren großen
Durchbruch hat. Kai hat nämlich ganze
Arbeit geleistet und sein Vorhaben sehr
gut in die Tat umgesetzt. Das Album ist
in Rekordzeit produziert worden und
die Marketing-Abteilung hat ihr Bestes
getan, um es möglichst überall zu
platzieren. Internet-Stars nutzen Lanas
Musik für ihre Videos und haben Lanas
Songs mit ihren Fans immer und immer
wieder geteilt. Sie hat Auftritte bei
verschiedenen Radio-Sendern
wahrgenommen, bei denen ihr Song
bereits rauf und runter gespielt wird.
Vor Publikum hat sie allerdings noch
nicht gespielt, das stand ihr noch bevor

und schon jetzt hat sie wahnsinnige
Angst davor.
«Ich hätte da vielleicht eine Idee», sagte
sie nachdenklich.
«Wie du ja richtig gesagt hast, habe ich
100 volle Notizbücher mit Songs.
Darunter natürlich auch einige Duette.
Was wäre, wenn du ein Album mit mir
aufnimmst?»
Tom guckt sie an. Das ist eigentlich eine
ziemlich gute Idee.
«Aber du weißt, dass wir dann auch
gemeinsam auftreten müssten oder?
Und du würdest dann direkt zu Beginn
auf ziemlich großen Bühnen vor sehr
vielen Menschen stehen. Ist dir das
bewusst?», fragt er sie vorsichtig.
Wieder überlegt Lana. Ob das wirklich
so eine gute Idee ist? Mit Kai hat sie
sich darüber geeinigt, dass sie zunächst
nur kleinere Auftritte wahrnehmen
würde. Im Radio ein Interview zu
geben und dann ein Lied aus ihrem
Album zu spielen, ist inzwischen kein
Problem mehr für sie. Schließlich sind
höchstens zehn Leute mit ihr im Raum
und die restlichen Zuhörer schauen
nicht zu. Bei ihren ersten Auftritten
wollen sie sich auf 200 Leute

begrenzen, aber Tom zog ein viel
größeres Publikum an. Erst nach und
nach wollen sie die Anzahl aufstocken
und soll dann ihren Höhepunkt im
nächsten Sommer haben, wenn sie auf
den größten Festivals Europa auftritt.
Ihre Idee würde das alles um Monate
verkürzen und wahrscheinlich würde
sie auf einer großen Bühne stehen,
bevor sie zum ersten Mal auf einer
kleinen auftritt.
Sie atmet tief durch und guckt ihn
entschlossen an.
«Nein. Das ist in Ordnung. Wenn du
dabei bist, dann schaffe ich das», sagt
sie und versucht sich das auch selbst
einzureden.
Danach geht alles ganz schnell. Lana
sucht noch am gleichen Tag geeignete
Songs heraus, die sie zusammen mit
Tom singen kann. Martin ist von der
Idee begeistert, der inzwischen auch ein
riesiger Fan von Lana geworden ist und
sie ebenfalls unter Vertrag genommen
hat.
«Mein Superstar mit meinem neuen
Superstar. Das wird genial!», ruft er
immer wieder, als er mit den beiden im
Meeting sitzt.

Sie nehmen die Songs in Toms Studio
auf und veröffentlichen sie nur wenige
Tage später. Fans sind völlig begeistert
und in den Medien taucht immer
wieder die Frage auf, wer dieses
Mädchen sei. Hat Lana vorher eher nur
Aufmerksamkeit von Kennern und
Kritikern der Szene erhalten, so ist sie
nach Veröffentlichung von Toms
neuem Material in aller Munde. Beide
kämpfen darum, die Nummer 1 der
Charts zu werden und bald lässt sich
ein Auftritt nicht mehr vermeiden.
«Alle wollen euch zusammen sehen»,
sagt Martin zu Tom am Telefon. «Wir
sollten das Ganze groß ankündigen.
Das wird Lanas erster Auftritt und
dann auch noch zusammen mit Tom!
Die Leute werden sich um die Tickets
reißen!», sagt er begeistert und geht die
größten Hallen in seinem Kopf durch,
die er dafür bekommen könnte.
Schon allein bei dem Gedanken daran,
dass sie vor mehreren tausend
Menschen auftreten soll, löst Übelkeit
bei Lana aus. Aber irgendwann steht
ihr das eh bevor und wenn sie das mit
Tom zusammen machen kann, würde

es sicherlich nur halb so schlimm werden.

«Ich habe gerade mit Martin telefoniert», sagt Tom am nächsten Tag in einem ernsten Tonfall zu ihr. Besorgt schaut sie ihn an. Welche schlechten Neuigkeiten hatte er wohl für sie?

«Wir dachten beide, dass du noch etwas mehr Zeit hast, um dich für deinen ersten, richtigen und großen Auftritt vorzubereiten, aber leider stimmt das nicht. Einer von Martins Künstlern musste einen Auftritt nächste Woche aus gesundheitlichen Gründen absagen. Naja und jetzt ist da die große Halle, die ganze Crew und alles und er fragt, ob wir nicht stattdessen dort auftreten könnten. Die Tickets wären wahrscheinlich innerhalb von Stunden weg», erzählt er und guckt sie erwartungsvoll an.

Lana schluckt.

Nächste Woche schon. Das kommt jetzt unerwartet. Aber sie will nicht die komplizierte Künstlerin sein und dem im Weg stehen. Schließlich geht es ja auch um Toms Karriere.

«Ist okay. Wir können das gerne machen», sagt sie lächelnd. Irgendwann

muss sie sich ihren Ängsten stellen und
je früher dies passiert, desto besser ist
es.
«Bist du dir sicher?», fragt er noch
einmal verwundert nach.
«Ja, ich bin mir sicher», antwortet sie
selbstbewusst und grinst.
Tom vereinbart alles mit Martin und
wie erwartet, überschlagen sich die
Anfragen für die Tickets, sobald der
Termin veröffentlicht wurde. Innerhalb
weniger Minuten ist das Konzert
ausverkauft und die Nachfrage ist so
groß, dass sie die gleiche Menge noch
einmal verkaufen könnten.
Tom gibt Lana jede Menge Tipps, wie
sie sich auf der Bühne verhalten soll
und erzählt ihr immer wieder von
seinen ersten Auftritten, damit sie sich
bestens darauf einstellen kann.
Dann ist der große Tag gekommen und
nach einer gelungenen Probe, bei der
immerhin die vielen Crew-Mitglieder
dabei sind, fühlt Lana, wie das
Lampenfieber immer größer wird. In
den letzten Tagen hat sie zwar immer
mal wieder für die Mitarbeiter im
Tonstudio gesungen und sich Stück für
Stück daran gewöhnt, wie es ist, wenn

Menschen ihr beim Singen zugucken, aber das ist eine völlig andere Situation gewesen.

Gemeinsam mit Tom fährt sie zu der Location und macht sich mit ihm in der Garderobe fertig. Er hat ihr einen beruhigen Tee bringen lassen und redet ihr immer wieder gut zu.

«Denk dran: Die Leute da draußen lieben dich und deine Musik. Sie wollen dich sehen. Keiner wird dich verurteilen, wenn du etwas Falsches machst. Überspiel es einfach. Das wird sowieso keinem auffallen, weil sie einfach nur darüber freuen werden, dich endlich spielen zu sehen.»

Lana kann ihr Glück kaum fassen, das ihr in den letzten Monaten zuteilgeworden ist. Nicht nur, dass sie den besten Freund der Welt hat, der zufällig auch noch ein Megastar ist, dessen Musik sie schon seit vielen Jahren kennt, nein, sie ist im Begriff ebenso berühmt zu werden wie er. Endlich erfüllt sich ihr Wunsch und die ganze Welt würde ihre Musik kennen. Noch einmal atmet sie tief durch, bevor sie dann nach Toms Hand greift und sie gemeinsam in Richtung Bühne gehen.

Die Vorband spielt noch und Lana riskiert einen Blick auf das Publikum. Als sie die vielen tausend Menschen sieht, rutscht ihr das Herz in die Hose und Schweiß breitet sich auf ihrer Stirn aus. Panisch guckt sie Tom an.
«Das ist völlig normal, dass es dir Angst bereitet. Alles andere wäre auch komisch. Aber du schaffst das», versucht er sie erneut zu beruhigen.
Sie gucken der Vorband aus dem Backstage-Bereich zu und Lana spürt, wie sie ruhiger wird. Sie sieht, wie der Sänger der Band mit einem breiten Grinsen immer wieder über die Bühne läuft und das Publikum dazu animiert noch lauter mitzusingen und zu klatschen. Sie kann die Gesichter der glücklichen Fans sehen, die mitsingen und dabei die Augen geschlossen halten. Sie ist schon auf vielen Konzerten gewesen und genoss jedes Mal diese ganz besondere Atmosphäre, die dabei herrscht. Alle mögen die gleiche Musik und sind da, um sie mit anderen Fans zu genießen.
Dann ist die Band fertig und die Bühne wird für ihren Auftritt umgebaut. Tom wird in die Maske gerufen, um

geschminkt zu werden und auch Lana wird noch einmal abgepudert.
Und dann ist es endlich so weit. Die Scheinwerfen gehen an, die Fans stehen wieder vom Boden auf und drängen sich ungeduldig vor die Bühne. Ein paar schreien, ein paar rufen Toms, aber auch Lanas Namen und dann sind alle ganz ruhig, als sie im Hintergrund ein Paar sehen.
Lana zittert am ganzen Körper, ihr Herz pocht wie wild, aber Tom hält ihre Hand fest umschlossen.
«Bereit?», fragt er sie.
Lana nickt und sieht, wie Tom einen Schritt nach vorne geht und sie hinter sich herzieht.
«Hallo!», begrüßt er die Fans und die Menge jubelt. Sie strecken ihre Arme nach oben, kreischen und schreien.
«Ich bin Masked und ich habe heute eine ganz besondere Überraschung für euch. Ich will euch heute zwei Menschen vorstellen», brüllt er ins Mikro und lässt Lanas Hand dabei los, um weiter nach vorne zu gehen.
Verwundert schaut sie ihn an.
Zwei Menschen?

Wer soll denn noch mit ihnen
auftreten? Davon weiß sie nichts!
Er geht wieder zurück zu ihr und zieht
sie an der Hand ebenfalls bis zum Rand
der Bühne.
«Das ist Lana! Ihr kennt sie bestimmt
und habt schon ihre Lieder gehört. Sie
hat vor ein paar Monaten bei mir im
Tonstudio angefangen und irgendwann
habe ich sie heimlich singen gehört und
mich nicht nur in ihre Stimme verliebt»,
sagt er und schaut sie dabei liebevoll
an.
Ein lautes «oooh!» geht durchs
Publikum, als sie verstehen, was er
damit meint.
«Ich würde euch heute gerne auch noch
ihren Freund vorstellen», sagt er und
alle starren ihn gespannt an.
Ist er nicht ihr Freund? Hat er das nicht
gerade noch gesagt?
Er geht nach hinten und ein
Crew-Mitglied wirft ihm ein feuchtes
Handtuch zu. Tom beginnt es über sein
Gesicht zu reiben und entfernt damit
langsam seine Schminke.
Sprachlos gucken ihm die Fans dabei
zu. Einige halten sich an den Händen,
weil sie nicht glauben können, was da

gerade passiert. Er enthüllt gerade
tatsächlich seine Identität. Nicht mal
Lana weiß darüber Bescheid.
Als er fertig ist, strahlt er über das
ganze Gesicht.
«Hallo! Ich bin Tom! Und das ist meine
Freundin Lana. Sie wird bald berühmt
sein und daher gibt es keinen Grund
mehr, mich weiter zu verstecken, weil
ich sowieso auf jedem Paparazzi-Foto
zu sehen sein werde, da ich nicht mehr
von ihrer Seite weiche», ruft er und
nimmt Lana wieder an die Hand.
Ihre Angst ist komplett verschwunden,
weil sie nichts anderes als Liebe für ihn
empfinden kann. Sie gibt ihm noch
einen langen, leidenschaftlichen Kuss,
bevor sie dann das Wort an das
Publikum richtet.
«Hallo, ich bin Lana! Und ich freue
mich, dass ihr die Ersten seid, die mich
und meinen Freund gemeinsam auf der
Bühne sehen werdet!» Und damit
schnappt sie sich ihre Gitarre und
wartet auf Tom, bis auch er so weit ist.
Sie stimmt den ersten Song an, der ihr
wie von alleine über die Lippen geht.
Auch den restlichen Auftritt meistert sie
ohne Probleme und von dem früheren

Lampenfieber ist überhaupt nichts
mehr zu spüren.
Sie fühlt sich auf der Bühne total wohl,
genießt die Aufmerksamkeit der Fans
und wie sie ihnen zujubelt. Als sie am
Ende auch noch eine zweite Zugabe
gegeben haben und die Menge immer
noch nicht genug hat, kommt sie noch
einmal ganz alleine zurück und spielt
ihre aktuelle Single. Die Zuschauer
halten Feuerzeuge in die Höhe, schalten
die Taschenlampenfunktion ihrer
Handys an und singen lauthals ihr Lied
mit. Als sie fertig ist, jubeln sie erneut,
schreien ihren Namen und
applaudieren ihr minutenlang. Mit
Tränen in den Augen verabschiedet
sich Lana und läuft hinter die Bühne.
«Das war der Wahnsinn!», sagt sie zu
Tom, der sie fest in die Arme schließt.
«Ich weiß gar nicht, wieso ich so viel
Angst davor hatte», gesteht sie ihm.
«Danke, dass du von Anfang an an
mich geglaubt hast. Ohne dich hätte ich
das niemals geschafft.»
Kurz darauf kommt Martin auf sie
zugerannt.
«Das war der Oberhammer!», sagt er zu
Tom. «Wieso hast du mir nichts

verraten?», fragt er und spielt darauf
an, dass Tom seine Maskierung
abgelegt hat.
«Na, du hättest das sicherlich vorher
angekündigt. Das sollte aber eine
Überraschung werden. Für alle»,
antwortet er gelassen.
«Ist ja auch egal! Das war die beste
Promo für dich und für Lana und
natürlich für euch beide zusammen.
Die Verkaufszahlen werden sich
überschlagen. Ich fange am besten
schon mal damit an, euch in sämtliche
Shows zu bekommen und eine riesige
Welttournee für euch Beide zu
planen!», sagt er hastig und
verschwindet dann sofort wieder.
«Das klingt ja so, als ob wir demnächst
jede Menge Zeit miteinander
verbringen werden», sagt Tom
grinsend.
«Das hoffe ich doch», antwortet Lana
und schließt ihn noch mal in ihre Arme.
Sie will ihm am liebsten nie wieder
loslassen und freut sich darauf, ihre
weiteren Abenteuer gemeinsam mit
ihm zu erleben.

Wenn aus Misstrauen Liebe wird

Kapitel 1

Mona war gerade aufgewacht, zog sich dann aber reflexartig die Bettdecke wieder über die roten Locken und kuschelte sich wieder ein. Es war viel zu früh zum Aufstehen … Sie hatte heute doch gar keinen Frühdienst in der Bäckerei! Doch auch durch die Bettdecke konnte sie das aufgeregte Gezwitscher der Vögel draußen hören. Dann registrierte sie noch etwas anderes, den herrlichen Duft von frisch aufgebrühtem Kaffee.

Zögernd schob sie sich die Bettdecke wieder vom Kopf und schnupperte erneut. Kaffee, ja! Drei Tassen davon, dann konnte der Tag beginnen.

Schlaftrunken richtete sie sich auf, als es auch schon an ihrer Zimmertür klopfte. Nach Monas «Herein» kam ihre Mutter Sabine mit einem vollbeladenen Tablett herein.
Auf dem Tablett prangte ein selbstgebackener Kuchen mit ganz vielen kleinen brennenden Kerzen darauf und zwei Tassen mit dampfendem Kaffee.
Sabine lächelte Mona liebevoll an und intonierte – etwas falsch, aber herzlich - «Happy Birthday to you, Happy Birthday to you ...»
Mona grinste, sprang aus dem Bett und half Sabine, das Tablett auf ihrem Schreibtisch abzusetzen.
Sabine umarmte Mona liebevoll und wünschte ihr alles Liebe und Gute zu ihrem Geburtstag.
Mona erwiderte die Umarmung und schaute sich dann ihren Geburtstagskuchen genauer an.
«Schwarzwälder Kirschtorte?»

Sabine nickt. «Klar. Das ist doch deine Lieblingstorte!»

Mona musterte die brennenden Kerzen. «21 Kerzen?»

Sabine nickt erneut. «Sicher, heute ist doch dein 21. Geburtstag, mein Schatz!»

Mona holte tief Luft und blies die Kerzen aus.

Sabine betrachtete sie liebevoll. «Und jetzt musst du dir was wünschen!»

Ein Schatten huschte über Monas Gesicht. Dann sah sie ihre Mutter an. «Du weißt, was ich mir am meisten wünsche. Dass Papa noch bei uns wäre und wir meinen Geburtstag heute alle zusammen feiern könnten!»

Sabine strich Mona liebevoll über den Arm. «Das wäre schön. Aber ich bin mir ganz sicher, dass dein Vater nicht gewollt hätte, dass wir an diesem Tag traurig sind. Er hätte sich gewünscht, dass wir den Start in dein Leben als Erwachsene feiern! Und er hätte sich für dich gewünscht, dass du deinen

Traumjob in irgendeinem Luxushotel
auf den Malediven oder in Australien
machen könntest. Stattdessen bist du
bei mir in Hamburg geblieben ...»
Mona wischte den Einwand beiseite.
«Mama, ich mag die Arbeit in unserer
Bäckerei und ich wäre als
Hotelmanagerin in irgendeinem
Luxushotel todunglücklich, wenn ich
wüsste, dass du dich hier ganz allein
um alles kümmern musst!»
Sabine lächelte Mona an.
«Ach Kind, ich weiß, doch, auf was du
alles verzichtest – für mich!»
Bevor Mona widersprechen konnte,
wechselte ihre Mutter schnell das
Thema.
«Aber darüber wollen wir heute nicht
mehr sprechen!»
Sabine überreichte Mona ein hübsch
verpacktes kleines Paket. «Hier, dein
Geburtstagsgeschenk!»

Mona schaute ihre Mutter neugierig an
und öffnete dann das liebevoll
verpackte Paket.
Sie packte einen wunderschönen
Pullover aus. Er war aus feiner
smaragdgrüner Wolle selbst gestrickt
und das smaragdgrün passte ganz
hervorragend zu Monas grünen Augen
und roten Locken.
Mona strahlte ihre Mutter an. «Danke,
Mom! Jetzt weiß ich auch, warum du
dein Strickzeug die ganzen letzten
Wochen immer schnell weggepackt
hast, wenn ich ins Zimmer kam!»
Mona sprang aus dem Bett und zog
sich den Pullover über. Dann schaute
sie in den Spiegel und strahlte erneut.
«Der sieht echt super aus!»
Sabine betrachtete ihr Werk kritisch,
winkte dann aber bescheiden ab.
«Kind, du könntest einen alten
Kartoffelsack anhaben und würdest
immer noch toll aussehen!»

Mona grinste. «Du bist voreingenommen – du bist meine Mutter!»

Sabine lächelte und gab Mona noch einen Stapel Briefe. «Hier, deine Geburtstagspost, die gestern schon angekommen ist!»

Mona schnappte sich die Umschläge und schaute sie kurz durch.

«Hm, mal sehen, wer gratuliert mir denn?! Der Versicherungsmakler, bei dem ich meine Haftpflichtversicherung abgeschlossen habe… .»

Mona kicherte. «Ein Hoch auf die moderne Datenverarbeitung, die die Geburtstage aller Kunden speichert …»

Dann schaute sie einen Brief an, dessen Umschlag aus schwerem Büttenpapier hergestellt war.

«Komisch, kein Absender, aber sündhaft teures Papier…. .»

Mona öffnete den Umschlag und schaute sich erst den Briefkopf an. Dann blickte sie Sabine fragend an.

«Der Absender ist ein Patrick Vermeer.
Weißt du, wer das ist?»
Sabine wurde stocksteif und schlagartig
weiß wie eine Wand.
Mona reagierte total erschrocken.
«Mom, was ist denn los?!»

Kapitel 2

Viele Kilometer von Mona und Sabine entfernt stand Sven Foster in dem luxuriös eingerichteten Büro seines Chefs Patrick Vermeer in Berlin und war empört.

Sven Foster war mit seinen 29 Jahren ein ausgesprochen gut aussehender Mann. Doch jetzt waren seine sonst so strahlenden blauen Augen ärgerlich zusammengekniffen.

«Ich verstehe nicht, was das soll! Warum willst du ausgerechnet jetzt dieses Mädchen kennen lernen? Du bist 21 Jahre lang ganz gut ohne sie ausgekommen!»

Patrick Vermeer betrachtete seinen Assistenten schweigend und zündete sich dann erst einmal in aller Ruhe seine Pfeife an.

Dann bemerkte er ruhig und sachlich:
«Sie wird heute volljährig und ich habe
große Pläne mit ihr!»
Sven konterte energisch. «Das ist mir
klar. Aber ich denke, dass das keine
gute Idee ist!»
Patrick Vermeer ließ sich immer noch
nicht aus der Ruhe bringen.
«Sven, du bist zwar meine rechte Hand
und mein Patenkind. Aber du solltest
dir darüber im klaren sein, dass immer
noch ich derjenige bin, der die
Entscheidungen trifft. Und zwar auf
beruflicher Ebene und noch vielmehr in
meinem privaten Bereich!»
Sven steckte die Zurückweisung weg,
gab aber noch nicht ganz auf.
«Du kennst dieses Mädchen doch
überhaupt nicht!»
Patrick Vermeer nickte zustimmend.
«Und genau das will ich ändern.
Schließlich ist sie meine Tochter!»
Patrick griff sich einen Aktenordner
und meinte dann kurz: «So, und jetzt

gehen wir an die Arbeit. Was ist mit
unserer Übernahme des Grandhotel in
Mailand?»
Sven wusste, wann er verloren hatte,
und holte seine Notizen zu dem
Vorgang heraus.
Aber er war wild entschlossen die
Tochter seines Mentors genau im Auge
zu behalten.

Kapitel 3

In Hamburg saß Mona inzwischen in der Küche und hatte den Brief ihres Vaters gelesen.

Sie war völlig durcheinander und nahm die Tasse Kaffee, die ihre Mutter Sabine ihr eingeschenkt hatte, gerne an. Aufgewühlt schaute sie ihre Mutter dann an.

«Ich weiß ja schon seit meinem 12. Geburtstag, dass ich adoptiert bin – aber das hat für mich nie eine Rolle gespielt. Du und Paps ihr wart für mich immer meine richtigen Eltern – und ich liebe euch. Was soll ich mit diesem Mann anfangen, der mein leiblicher Vater ist und mich gleich nach meiner Geburt zur Adoption freigegeben hat?! Er wollte damals nichts von mir wissen und ich will heute nichts mit ihm zu tun haben!»

Sabine versuchte, die aufgebrachte
Mona zu beruhigen.

«Vielleicht solltest du nicht ganz so
streng mit ihm sein ... Es war bestimmt
nicht leicht für ihn, dass seine Frau –
deine leibliche Mutter – bei deiner
Geburt gestorben ist.»

Mona schüttelte den Kopf. «Wenn ihm
irgendetwas an mir gelegen hätte, dann
hätte er mich nicht einfach weggegeben
– wie irgendein lästiges Stück Müll, das
man entsorgen muss ...»

Sabine schaute Mona traurig an. «Kind,
für uns warst du nie ein Stück Müll –
da warst und bist das größte Glück in
meinem Leben! Und du hättest deinen
Paps sehen sollen, als er dich das erste
Mal in den Arm genommen hat... .»

Sabine brach ab und war den Tränen
nahe.

Mona stand sofort auf und umarmte
ihre Mutter.

«Mom, es tut mir so leid, was ich gesagt
habe. Aber ich habe doch auch nicht

dich gemeint – ich hätte mir keine besseren Eltern als euch wünschen können. Ich bin einfach nur stinksauer auf diesen Mann, der sich jetzt auf einmal wieder in mein Leben drängt!»
Sabine hatte sich wieder gefangen und sah Mona fragend an.
«Was genau schreibt er denn?»
Mona hielt Sabine den Brief hin. «Hier, lies selbst!»
Sabine nahm den Brief und las ihn sorgfältig durch, während Mona sie beobachtete und dabei einen Schluck Kaffee nahm.
Endlich war Sabine mit dem Lesen fertig und Mona sah sie auffordernd an. «Und, was meinst du?»
Sabine atmete kurz durch und antwortete dann. «Nun, er will dich gerne kennenlernen und dir erklären, warum er dich zur Adoption frei gegeben hat und warum er während der ganzen 21 Jahre nie versucht hat, Kontakt mit dir aufzunehmen. Dagegen

ist doch nichts einzuwenden, oder?
Willst du das nicht wissen?!»
Mona entgegnete hitzig, dass Sabine
aber ein wichtiges Detail ausgelassen
hätte!
Sabine strich Mona beruhigend über
den Arm. «Ich kann mir vorstellen, was
dich so auf die Palme bringt, Kleines!
Dass er dir aus Berlin eine Limousine
mit Chauffeur schicken will, um dich
hier in Hamburg abzuholen, nicht
wahr?!»
Mona nickte aufgebracht. «Was soll die
Protzerei? Gut, er ist reich, das versteht
sich ja von selbst, wenn ihm eine
internationale Luxushotel-Kette gehört.
Aber mich interessiert sein Geld nicht!»
Sabine lächelte. «Das weiß ich, Schatz,
aber warum willst du dir diesen Luxus
nicht gönnen? Wenn du dich wirklich
darauf einlassen kannst, deinen
leiblichen Vater kennen zu lernen, dann
wird das eine sehr anstrengende
Erfahrung für dich werden – und du

kannst dir wenigstens die Fahrt dahin so angenehm wie möglich machen!»

Mona schwieg nachdenklich.

Sabine hakte nach. «Aber egal, ob du den Zug nimmst oder die Limousine akzeptierst, wirst du deinem Vater eine Chance geben?!»

Mona sah Sabine ernst an. «Ganz ehrlich. Ich weiß es nicht. Ich muss darüber erst noch ein bisschen nachdenken.»

Sabine lächelte. «Nimm dir alle Zeit, die du brauchst. Und wir sprechen heute Abend beim Essen weiter darüber, okay? Dein Geburtstagsessen findet natürlich wie jedes Jahr an deiner Lieblings-Currywurst-Bude statt!»

Mona strahlte. «Mom, du bist die Beste!»

Kapitel 4

Am selben Abend führte in Berlin Sven
Foster seine Dauer-Freundin Natascha
in ein exklusives Restaurant zum Essen
aus.

Sven trug wie üblich seine
Designer-Klamotten und sah wirklich
gut darin aus.

Natascha, Kind reicher Eltern und
Gelegenheitsmodel, war immer ein
echter Hingucker. Und wenn sie sich
für den Abend aufstylte, dann konnte
kaum ein Mann den Blick von ihrer
kühlen blonden Schönheit abwenden.
Zusammen ergaben sie das, was immer
als «schönes Paar» bezeichnet wird.
Und normalerweise genoss Sven es,
Natascha auszuführen. Genauso wie er
es genoss, in exklusiven Lokalen
zuvorkommend bedient zu werden.
Denn selbstverständlich wussten die
Gastronomen alle, wer er war.

Der Service war an diesem Abend
perfekt wie immer. Sie hatten einen der
bevorzugten Plätze bekommen und die
Cocktails wurden gerade serviert.
Ein sehr trockener Martini für Sven, Kir
mit Champagner für Natascha.
Eigentlich war alles perfekt – und
trotzdem hatte Sven schlechte Laune,
was Natascha nicht verborgen
geblieben war.
Sie stießen an, Natascha nippte an
ihrem Getränk und sah Sven dann
fragend an.
«Was für eine Laus ist dir denn über die
Leber gekrochen? Geschäftlicher Ärger?
Stress mit Patrick?»
Sven nahm den nächsten Schluck von
seinem Martini und entspannte sich ein
wenig.
«Nein, geschäftlich läuft alles prima.
Ich habe die Übernahme des
Grandhotels in Mailand vorbereitet
und Patrick war sehr zufrieden.»

«Und, was ist es dann?», wollte
Natascha wissen.
Sven stöhnte. «Patrick hat es sich in den
Kopf gesetzt, dass er unbedingt seine
leibliche Tochter kennenlernen will! Du
weißt doch, dass seine Frau Isabella bei
der Geburt des Babys gestorben ist,
nicht wahr?!»
Natascha nickt. «Klar, und Patrick hat
das Kind zur Adoption freigegeben.
Und woher kommen jetzt die
plötzlichen Vatergefühle?»
Sven zuckte mit den Schultern. «Keine
Ahnung!»
Sven brach ab, weil jetzt ihre
Vorspeisen serviert wurden.
Überbackene Jakobsmuscheln für Sven
und Garnelen in einer exquisiten
Marinade für Natascha.
Bevor Natascha ihre Vorspeise in
Angriff nahm, sah sie Sven fragend an.
«Wieso beunruhigt es dich so, dass
Patrick seine Tochter kennen lernen
will?!»

«Weil ich das Gefühl habe, dass er sie irgendwie an seinen Geschäften beteiligen will. Und das, obwohl er überhaupt nichts von ihr weiß!», erwiderte Sven angespannt.

Natascha kostete eine Garnele. «Hmm, köstlich!»

Dann wandte sie sich wieder dem Gesprächsthema zu.

«Ja, aber Patrick muss doch wenigstens wissen, in was für einer Umgebung sie groß geworden ist!»

Sven nickte. «Das ist es ja, was mich so beunruhigt. Ihre Adoptiveltern haben irgend so eine kleine Bäckerei-Klitsche in Hamburg. Und was würdest du tun, wenn auf einmal dein schwerreicher leiblicher Papa auftaucht und dir ein Luxusleben bietet?»

Natascha lächelte kühl. «Zugreifen natürlich, was denn sonst?!»

Sven starrte Natascha ernst an. «Und das ist genau das, was ich befürchte!»

Kapitel 5

In Hamburg hatte sich Mona ihre traditionelle Geburtstagscurrywurst an ihrem Lieblingsimbiss schmecken lassen, während Sabine mit dem Reibekuchen vorliebgenommen hatte. Beide Frauen hatten sich dazu ein Bier aus der Dose gegönnt und waren jetzt auf dem Heimweg.

Sabine lächelte Mona an. «Na, mein Schatz, wie fühlt es sich an, 21 Jahre alt zu sein?!»

Mona grinste. «Ganz gut eigentlich. Wenn man bedenkt, dass sich ausgerechnet an meinem 21. Geburtstag auch noch mein leiblicher Vater melden musste …»

Sabine sah Mona von der Seite an.

«Und, wie hast du dich entschieden? Wirst du nach Berlin fahren, um ihn zu treffen?»

Mona nickte. «Ja. Da er mir jetzt sowieso dauernd durch den Kopf spukt, will ich ihn mir anschauen und mir ein richtiges Bild von ihm machen. Bis jetzt bin ich ja nur auf meine Phantasien angewiesen.»
«Gute Entscheidung, Kleine!», lobte ihre Mutter.
Die beiden waren vor ihrem kleinen Häuschen angekommen und betraten es.
Mona kramte den Brief ihres Vaters aus der Tasche und suchte nach dessen Telefonnummer.
Sabine beobachtete sie irritiert.
«Willst du ihn anrufen? Jetzt? Es ist schon elf Uhr abends?!»
Mona schüttelte den Kopf. «Nein, anrufen ist mir im Moment zu persönlich. Ich schicke ihm eine SMS!»
Mona tippte schnell die SMS ein und schickte sie los. Dann lächelte sie ihre Mutter an.

«Ich habe ihm geschrieben, dass ich
seinen Limousinenservice annehme
und gegen Mittag abgeholt werden
will!»
Sabine lächelte. «Es ist schön, dass du
auch mit 21 noch auf meine Ratschläge
hörst!»
Mona griemelte. «Du hast mich eben
gut erzogen …. Nein, Spaß beiseite. Ich
habe um dieses Treffen nicht gebeten
und du hast natürlich recht, wenn du
sagst, dass der Tag echt anstrengend für
mich werden wird – dann kann ich mir
ruhig ein bisschen Luxus gönnen. Und
schließlich hat der Mann bis jetzt
keinen Cent für mich ausgegeben!»
In diesem Moment piepte Monas
Handy.
Erstaunt schaute sie auf das Display.
«Er hat geantwortet! Jetzt schon! Na, ja
ein Top-Manager wie er ist
wahrscheinlich 24 Stunden am Tag
erreichbar... .»
Mona las die SMS ihrer Mutter vor.

«Ich freue mich sehr auf unser Treffen, mein Chauffeur wird pünktlich um 12.00 Uhr da sein!»
Jetzt bekam Mona doch ein bisschen Angst vor der eigenen Courage. Zögernd schaute sie ihre Mutter an.
«Und was mache ich, wenn er ein Kotzbrocken ist und ich ihn nicht ausstehen kann?»
Sabine lächelt sie beruhigend an.
«Ganz einfach: dann verabschiedest du dich und nimmst den nächsten Zug nach Hause!»
Mona nickte. «Gute Idee»
Doch dann fiel ihr schon das nächste Problem ein.
«Und was soll ich anziehen?»
Auch dafür wusste Sabine eine Lösung.
«Irgendetwas, in dem du dich total wohlfühlst! Du brauchst dich nicht zu verkleiden. Wir haben nicht viel Geld und konnten uns nie teure Designer-Klamotten leisten, wie er sie wahrscheinlich tragen wird.»

Mona stimmte aus ganzem Herzen zu. «Und ich werde mich ganz bestimmt nicht von seinem Reichtum beeindrucken lassen!»

Mona atmete tief durch. «Gut, somit wäre erst mal alles geklärt!»

Sabine lächelte sie an. «Und damit du vor der Abfahrt nicht zum Nervenbündel wirst, mache ich Mittagspause in der Bäckerei und winke dir zum Abschied!»

Mona umarmte ihre Mutter liebevoll. «Danke, das ist lieb von dir!»

Am nächsten Tag war Mona ziemlich nervös und schon um 11.00 Uhr startklar. Sie hatte beschlossen, den neuen smaragdgrünen Pullover anzuziehen, den Sabine ihr zum Geburtstag geschenkt hatte. Das war praktisch ihr Talisman und würde sie sofort an ihre liebevolle Mutter erinnern, falls sie sich in Berlin unwohl fühlen sollte. Dazu trug sie ihre Lieblingsjeans und weiße Sneaker.

Sie hatte auch noch einen Datenstick
fertig gemacht, auf den sie Fotos von
sich, Sabine und ihrem verstorbenen
Adoptiv-Vater kopiert hatte. Alle Bilder
strömten die Liebe und Zuneigung aus,
die sie in den ganzen Jahren von ihren
Adoptiveltern erfahren hatte.
Mona schaute auf die Uhr. Himmel, es
war schon 20 vor 12. Bald würde es
losgehen.
Hektisch überprüfte sie noch einmal
ihre Handtasche und checkte, dass sie
auch wirklich Geld, Papiere und ihr
Handy dabei hatte.
Erleichtert hörte sie dann die
Eingangstür ins Schloss fallen und war
froh, dass Sabine endlich kam.
Sabine lächelte die aufgeregte Mona an.
«Na, Schatz, Lampenfieber?!»
«Ziemlich!», musste Mona zugeben.
Sabine hatte aus der Bäckerei eine Tüte
mit frischen Zimtschnecken und
Hefeteilchen mit gebracht, die sie Mona
jetzt gab.

«Hier, Verpflegung für die Fahrt!»
Mona nahm die Tüte und schnupperte
erfreut daran. «Hmm, riecht lecker!
Danke!»
Und schon klingelte es an der Haustür.
Mona schaute auf ihre Uhr. «Himmel,
der ist ja überpünktlich!»
Sabine war inzwischen zur Tür
gegangen und brachte einen
sympathisch aussehenden älteren
Mann herein, der eine tadellose
Chauffeursuniform trug.
Der Mann lächelt Mona an. «Hallo,
mein Name ist Paul. Und Sie, nehme
ich an, sind mein Fahrgast?!»
Mona lächelte zurück und schüttelte
dem Mann die Hand. «Ja, ich bin
Mona.»
«Gut, Mona, dann sollten wir mal
durchstarten. Je schneller wir
losfahren,desto früher sind wir auch in
Berlin.Und da werden Sie schon
sehnlichst erwartet!»
Mona nickte. «Okay!»

Dann schnappte sie sich ihre
Handtasche und eine Jacke und ging
nach draußen, während Sabine die Tüte
mit den Leckereien aus der Bäckerei
mit nach draußen nahm.
Vor dem Haus stand eine schnittige
Limousine und Paul öffnete ihr ganz
selbstverständlich die Tür zum Fonds,
um sie einsteigen zu lassen.
Doch Mona zögerte und sah Paul
fragend an.
«Wäre es vielleicht auch möglich, dass
ich vorne neben Ihnen sitzen könnte?
Ich glaube, ganz allein da hinten
komme ich mir ziemlich verloren vor.»
Paul war sichtlich überrascht, stimmte
aber sofort zu.
Er machte Anstalten, um das Auto
herum zu gehen und ihr die
Beifahrertür zu öffnen. Doch Mona war
schneller als er und öffnete die Tür
selbst.
Dabei sah sie ihn offen an. «Ich bin das
nicht gewohnt, dass ich wie irgendein

Promi behandelt werde. Und das ist auch gar nicht nötig!»

Paul konnte sich ein Lächeln nicht verkneifen.

Mona umarmte Sabine. Die drückte sie ganz fest an sich und wünschte ihr viel Glück.

«Das kann ich ganz bestimmt brauchen!», murmelte Mona und setzte sich dann auf den Beifahrersitz. Sabine reichte ihr die Tüte mit dem Gebäck. Paul ließ es sich nicht nehmen, wenigstens formvollendet die Beifahrertür zu schließen.

Dann verabschiedete er sich mit einem freundlichen Nicken von Sabine, setzte sich hinter das Steuer und fuhr los. Sabine winkte der abfahrenden Limousine hinterher.

Mona verstaute die Gebäcktüte im Handschuhfach, setzte sich bequem zurecht und fragte sich bange, ob sie

die richtige Entscheidung getroffen
hatte.

Kapitel 6

Die Fahrt von Hamburg nach Berlin verlief sehr angenehm. Paul konzentrierte sich auf den Verkehr und Mona konnte ihren Gedanken freien Lauf lassen.

Sie überlegte, was für ein Mann ihr leiblicher Vater wohl sein mochte. Zweifellos war er ein ausgezeichneter Geschäftsmann, schließlich besaß und leitete er einen internationalen Hotelkonzern. Das sprach in ihren Augen für eine gewisse Skrupellosigkeit. Sie konnte sich nicht vorstellen, dass jemand so eine Karriere machen konnte, ohne den Willen und die Fähigkeit, sich durchzusetzen – auch gegen die berechtigten Interessen anderer Leute.

Lächelnd dachte sie an ihren Adoptiv-Vater. Der war eine Seele von

einem Mann gewesen. Raue Schale,
aber weicher Kern.

Wenn eine seiner Angestellten ein
krankes Kind zu Hause hatte, gab er
den Frauen sofort frei und verbot
ihnen, zur Arbeit zu erscheinen, bevor
der Nachwuchs wieder völlig gesund
war.

Und jedes Jahr veranstaltete er für alle
Angestellten ein großes Sommerfest.
Dafür stand er die halbe Nacht und den
ganzen Vormittag alleine in der
Backstube und backte leckere
Croissants und Kuchen für die ganze
Belegschaft. Die Stimmung bei diesen
Festen war immer richtig gut. Die
Kinder sprangen im Garten herum, die
Erwachsenen ließen sich die
Köstlichkeiten schmecken und
plauderten angeregt miteinander.

Paul warf ihr einen kurzen Seitenblick
zu und bemerkte ihr verträumtes
Lächeln. Interessiert fragte er nach, ob

sie sich auf den Besuch in Berlin freuen
würde?

Mona überlegte einen Moment und
antwortete dann ehrlich. «Ich bin mir
nicht sicher ...»

Paul sah sie neugierig an, verkniff sich
aber jede weitere Frage. Stattdessen
verkündete er, dass er jetzt eine kurze
Pause machen wolle.

Mona war sofort einverstanden, sie
würde sich auch gern ein wenig die
Beine vertreten.

An der nächsten Raststätte fuhr Paul
raus und wollte sich im Shop einen
Kaffee und ein bisschen Kuchen holen.
Doch Mona widersprach energisch.

«Kaffee ist okay. Aber Kuchen ist nicht
nötig. Meine Mutter hat mir leckere
Zimtschnecken und Hefeteilchen aus
unserer eigenen Bäckerei eingepackt.
Die teilen wir!»

Und so holte Paul nur zwei Kaffee, ließ
sich die Zimtschnecken schmecken und
lobte sie über den grünen Klee.

Nach der kurzen Pause stiegen sie wieder ein und setzten die Fahrt fort. Nach einer knappen Stunde erreichten sie auch schon Berlin.

Paul fragte freundlich nach, ob Mona Berlin kenne?

«Nicht wirklich», erwiderte Mona. «Ich war einmal hier zur Abschlussfahrt in der 10. mit meiner Schulklasse. Aber das ist schon lange her.»

Paul warf ihr einen kurzen Blick zu.

«Na, ja, so lange kann das noch nicht her sein!»

«Doch», protestierte Mona, «ich bin gestern 21 Jahre alt geworden!»

«Ein wahrhaft biblisches Alter!», frotzelte Paul gutmütig.

Dann erreichten sie auch schon die Gegend um den Wannsee und Mona sah Paul fragend an.

«Herr Vermeer wohnt hier? Am Wannsee?»

Paul nickte.

«Ja, er hat hier eine große Villa mit einem riesigen Grundstück direkt am See. Wir sind gleich da!»

Und so war es auch.

Wenige Minuten später bog Paul in einen privaten Weg ein, der in einem großen gekiesten Rondell endete. Von dem Rondell führte eine imposante Steintreppe zum Eingang einer prächtigen Jugendstilvilla.

Mona starrte das beeindruckende Gebäude an und murmelte leise «Oh, mein Gott ...»

Paul hatte das bemerkt, ließ sich aber nichts anmerken.

Er sprang aus dem Wagen und hielt Mona formvollendet die Beifahrertür auf.

Dieses Mal war sie viel zu durcheinander, um ihm zuvorzukommen.

Sie atmete einmal tief durch, griff sich dann ihre Tasche und bedankte sich

freundlich bei Paul für die angenehme
Fahrt.
Der winkte ab. «Nicht nötig. Es war mir
ein echtes Vergnügen! Sie werden oben
erwartet!»
Mona nickte und stieg dann langsam
die Treppe zum Eingang der Villa
empor.
Paul schaute ihr mitfühlend hinterher.
Vor dem Eingangsportal der Villa
angekommen, wollte Mona gerade
nach einer Klingel suchen, als sich das
Portal auch schon öffnete und eine circa
vierzigjährige Frau in einem strengen
Business-Kostüm sie höflich begrüßte.
«Guten Tag, ich bin die Hausdame von
Herrn Vermeer. Er lässt Ihnen
ausrichten, dass er leider noch ein paar
Minuten in dringenden Geschäften
aufgehalten wird, aber er wird dann
sofort für Sie da sein!»
Mona konnte nur überwältigt nicken.
Die Hausdame bat sie herein und
führte sie in einen eleganten Salon. Sie

forderte Mona auf, Platz zu nehmen, und erkundigte sich, ob sie eine kleine Erfrischung servieren sollte.

Mona bat lediglich um ein Glas Wasser. Die Hausdame verschwand und Mona schaute sich in dem beeindruckenden Raum um. Das Zimmer war offensichtlich mit echten Antiquitäten eingerichtet und die Gemälde, die an den Wänden hingen, sahen auch nicht so aus, als wären sie von Amateuren angefertigt worden. Mona kannte zwar die Namen der alten Meister nicht, war sich aber sicher, dass das unmöglich billiger Schund sein konnte.

Sie ging zum Fenster und schaute auf einen top gepflegten Garten, an dessen Ende sie den Wannsee sehen konnte.

Die Hausdame kam mit einem Tablett und einem Glas Wasser zurück, verkündete aber gleichzeitig, dass Herr Vermeer jetzt bitten lasse.

Mona nickte. «Okay, ich bin bereit! Und trinken kann ich auch noch später.»

Die Hausdame stellte das Tablett auf einem Beistelltisch ab und führte Mona dann in den ersten Stock.

Sie klopfte kurz an eine Tür und als von drinnen ein sonores «Herein» ertönte, öffnete sie die Tür für Mona und machte eine einladende Geste. «Bitte!» Mona nahm ihren ganzen Mut zusammen und betrat den Raum.

Zuerst fiel ihr Blick auf einen riesigen antiken Schreibtisch, hinter dem offensichtlich Patrick Vermeer saß. Ihm gegenüber, auf der anderen Seite des Schreibtisches, saß ein jüngerer Mann, dem Mona aber keine Beachtung schenkte, denn Patrick Vermeer stand jetzt auf und ging ihr lächelnd entgegen.

Mona konnte ihn kurz in Augenschein nehmen. Ihr Vater war ein großer, schlanker Mann mit dunklen Haaren, die an den Schläfen schon einen grauen Schimmer zeigten. Er hatte ein aristokratisches Gesicht mit braunen

Augen, einem schmalen Mund und
einem stark ausgeprägten Kinn.
Dann stand er auch schon vor ihr und
hielt ihr die Hand zum Gruß hin.
«Ich bin sehr froh, dass Sie gekommen
sind und ich entschuldige mich für die
Wartezeit. Das hatte ich nicht
eingeplant, musste es aber erledigen.
Ich hoffe, Sie verzeihen mir das!»
Mona erwiderte seinen Händedruck
und murmelte ein leises «Kein
Problem!».
Ungezwungen deutete Vermeer auf den
jungen Mann. «Das ist Sven Foster,
mein Patenkind und meine rechte
Hand. Aber er wird uns jetzt verlassen,
damit wir in Ruhe miteinander
sprechen können.»
Sven reagierte sofort. Er stand auf,
nickte Mona kurz zu und
verabschiedete sich im gleichen
Atemzug. Trotz ihrer Aufregung
realisierte Mona, dass dieser Sven
Foster ein attraktiver Mann war. Die

absolut dominierende Persönlichkeit in diesem Raum war aber eindeutig ihr Vater.

Während Sven Foster den Raum verließ, deutete Vermeer auf eine Sitzgruppe in der Ecke des Raumes. «Am besten nehmen wir dort Platz!» Mona setzte sich in einen bequemen Sessel, Vermeer wählte den Sessel ihr gegenüber und musterte sie zunächst eindringlich.

Mona ertrug die Musterung schweigend und nutzte die Gelegenheit, sich den Mann, der ihr leiblicher Vater war, genau anzusehen. Er sah gut aus und strahlte eine große Autorität aus. Das war eindeutig ein Mann, der es gewohnt war, Befehle zu geben, die dann auch selbstverständlich ausgeführt wurden. Aber sie bemerkte auch ein paar kleine Lachfältchen um die Augen, die ihr sagten, dass er vielleicht auch eine angenehmere Seite

als die des knallharten
Business-Mannes haben könnte.
Über Vermeers Züge glitt nun ein
leichter Schatten von Traurigkeit, dann
sagte er zögernd:
«Sie sehen aus wie Ihre Mutter!»
Mona versuchte, ihre Nervosität in den
Griff zu bekommen, und fragte, ob sie
ein Foto von ihrer Mutter sehen könnte.
«Natürlich!»
Vermeer stand auf, ging zu seinem
Schreibtisch und holte aus einer
verschlossenen Schublade ein großes
Foto, das er Mona gab.
Mona starrte angespannt auf das
Porträtfoto und musste Vermeer recht
geben.
Die Frau war ihr wie aus dem Gesicht
geschnitten.
Vermeer setze sich wieder Mona
gegenüber und begann zu erzählen.
«Isabella war meine große Liebe, mein
Ein und Alles. Es war Liebe auf den
ersten Blick und wir haben geheiratet,

als wir uns gerade mal ein Jahr kannten. Bald wurde Isabella schwanger und unser Glück schien perfekt. Wir freuten uns auf das Baby und konnten es kaum erwarten, bis es endlich auf der Welt war. Gemeinsam träumten wir davon, eine glückliche Familie zu werden und unserem Baby das beste Leben auf Erden zu bieten.» Vermeer schwieg einen Moment, um sich zu sammeln, und fuhr dann fort. «Aber dann kam alles anders, als wir uns das gewünscht hatten. Bei der Geburt gab es unerwartete Komplikationen und Isabella starb. Die Ärzte taten alles, konnten ihr aber nicht mehr helfen. Aber sie wollten mich über den Verlust trösten und versicherten mir, dass sie es geschafft hätten, das Leben des Kindes zu retten. Und sie legten mir das Baby in den Arm.»
Mona hatte angespannt zugehört und sah das Bild, das ihr Vater beschworen

hatte ganz deutlich vor ihrem geistigen
Auge. Und es regte sich ein Gefühl in
ihr, mit dem sie niemals gerechnet
hätte: Mitleid.
Vermeer war mit seinen Gedanken
ganz in der Vergangenheit und schwieg
einen Moment. Dann sah er Mona
direkt in die Augen.
«Ich war verzweifelt und vor Kummer
völlig außer mir. Was sollte ich mit
diesem kleinen Wesen anfangen?
Diesem Baby, das mir meine Frau
genommen hatte? Denn genauso
empfand ich es in diesem Moment.
Meine über alles geliebte Frau, der
Mittelpunkt meines Lebens, war tot.
Und ich brauchte einen Schuldigen, um
mit dieser Last fertig zu werden. Was
lag näher, als diesem kleinen
Neugeborenen die Schuld zu geben?
Und genau das habe ich getan!»
Vermeer stand auf und ging zum
Fenster. Mona folgte ihm atemlos mit

ihren Blicken und wartete angespannt
auf die Fortsetzung seiner Erklärung.
«Heute weiß ich, dass meine Reaktion
weder angemessen noch vernünftig
war. Aber damals war ich nicht in der
Lage, mich anders zu verhalten.»
Vermeer ging wieder zurück zu Mona,
setzte sich in seinen Sessel und sah sie
ernst an.
«Können Sie das verstehen?»
Ohne zu zögern antwortete Mona
ehrlich. «Ja!»
Vermeer nickte und fuhr dann fort.
«Meine Eltern versuchten alles, um mir
in meinem Kummer beizustehen. Sie
boten sofort an, das Baby aufzuziehen
und sich um alles zu kümmern.»
Jetzt stellte Mona ihre erste Frage.
«Was war mit den Eltern meiner
Mutter?»
«Die waren bei einem Verkehrsunfall
zwei Jahre vorher verstorben. Isabella
hatte auf dieser Welt niemanden außer
mir.»

Mona tastete sich weiter vor.

«Wieso haben Sie mich dann zur Adoption freigegeben, obwohl meine Großeltern angeboten hatten, sich um mich zu kümmern?»

Vermeer atmete kurz durch.

«Weil ich Ihren Anblick nicht ertragen konnte. Weil ich vor Kummer außer mir war und mich bei Isabellas Beerdigung am liebsten mit ihr in den Sarg gelegt hätte. Weil ich dachte, dass mein Leben sinnlos und vorbei ist. Als ich bei Isabellas Beerdigung zusammengebrochen bin, haben auch meine Eltern kapituliert und sich nicht mehr gegen die Adoption gestellt. Nach meinem Zusammenbruch war ich monatelang in einer Spezial-Klinik. Und als ich die Klinik endlich wieder verlassen durfte, war die Adoption bereits über die Bühne gegangen und ich habe darauf bestanden, dass niemand in meiner Gegenwart über dieses Baby spricht.»

Mona ließ das Gesagte auf sich wirken und auch Vermeer schwieg nachdenklich.
Schließlich sah Mona ihn fragend an.
«Wieso haben Sie jetzt Ihre Meinung geändert und nach 21 Jahren Kontakt zu mir aufgenommen?!»
Das erste leichte Lächeln huschte kurz über das Gesicht von Vermeer.
«Einfache Frage, komplizierte Antwort. Um das zu erklären, muss ich noch einmal ein bisschen weiter ausholen.»
Mona nickt gespannt. «Kein Problem!»
Vermeer sammelte sich kurz und erzählte dann weiter.
«In den Jahren nach Ihrer Geburt habe ich keine andere Möglichkeit gefunden, mich von meinem Kummer abzulenken, als mich in die Arbeit zu stürzen. Ich habe 18 Stunden am Tag gearbeitet, 7 Tage die Woche. Meine Eltern hatten damals ein kleines Hotel und ich habe meine ganze Energie und Arbeitskraft investiert, um aus diesem

einen kleinen Hotel eine internationale
Hotelkette zu machen.»
Mona sah ihn an.
«Das ist Ihnen ja gelungen!»
Vermeer nickte.
«Ja. Beruflich war ich äußerst
erfolgreich, aber im privaten Bereich
habe ich mich völlig zurückgezogen. Es
war undenkbar für mich, nach Isabellas
Tod mein Leben mit einer andren Frau
zu teilen. Und so stellte sich mir
irgendwann einmal die Frage, wem ich
meinen ganzen Besitz hinterlassen
sollte. Aber auch dafür fand ich eine
Lösung. Sie haben ja vorhin Sven Foster
kurz gesehen, nicht wahr?»
Als Mona bestätigend nickte, fuhr er
fort.
«Sven ist mein Patenkind. Der Sohn
eines entfernten Verwandten. Er fragte
eines Tages bei mir an, ob er hier ein
Praktikum machen könnte. Ich stimmte
zu, er stellte sich mehr als gut an und
heute ist er meine rechte Hand und ich

habe immer geplant, dass er einmal die Leitung meines Konzerns übernehmen soll.

Aber vor einem Jahr stand ich wie immer an ihrem Todestag an Isabellas Grab und fragte mich zum ersten Mal, ob sie mit meiner Entscheidung einverstanden gewesen wäre, unser gemeinsames Baby wegzugeben. Und ob sie damit einverstanden wäre, dass unser gemeinsames Kind nichts von dem bekommen soll, was ich mir aufgebaut habe.

Die Antwort auf beide Fragen war ein klares Nein!

Und so habe ich mich vor einem Jahr auf die Suche nach Ihnen gemacht und es hat bis jetzt gedauert, bis ich Sie gefunden habe!»

Mona starrte ihren leiblichen Vater ungläubig an: «Sie wollen mich an Ihrem Konzern beteiligen?!»

Seine Antwort war kurz: «Ja».

Mona war völlig fassungslos, schüttelte den Kopf und wollte gerade zu einer ablehnenden Antwort ansetzen, als Vermeer ihr zuvorkam.

«Ich bitte Sie, mir jetzt noch keine Antwort zu geben. Wir haben lange miteinander gesprochen und es war mit Sicherheit ein anstrengender Tag für Sie. Ich habe dafür gesorgt, dass uns jetzt gleich ein leichtes Abendessen serviert wird. Und ich bitte Sie, heute Nacht hierzubleiben, damit wir morgen weiter sprechen können. Ein Gästezimmer für Sie ist ebenfalls schon vorbereitet.»

Mona war völlig überrumpelt von dem Angebot. Sie dachte kurz nach. Sie war hungrig und sie war müde, aber sie wollte die Nacht nicht in dieser Villa verbringen. Sie brauchte auch räumliche Distanz zu ihrem Vater, um über alles nachzudenken.

Vermeer sah sie abwartend an. «Und, wie haben Sie sich entschieden?»

«Ich akzeptiere gerne das Abendessen und ich bin auch bereit, heute Nacht in Berlin zu bleiben. Aber ich möchte mir lieber ein Hotel nehmen.»

Vermeer nickte. «Auch diese Möglichkeit habe ich einkalkuliert und Ihnen ein Zimmer in einer kleinen Pension hier um die Ecke reserviert. Es hat natürlich nicht den Standard, der in meinen Hotels üblich ist, aber für eine Nacht ist es akzeptabel. Paul kann Sie nach unserem Abendessen hinfahren.»

Mona war einverstanden und Vermeer stand jetzt auf, um mit ihr zum Esszimmer zu gehen. Auf dem Weg dahin informierte er sie noch, dass auch Sven Foster an dem Essen teilnehmen würde.

Kapitel 7

Das Esszimmer war genauso edel
eingerichtet wie die anderen Räume,
die Mona in der Villa gesehen hatte und
das Essen hätte jedem
Sterne-Restaurant zur Zierde gereicht.
Aber Mona wäre mit einer deftigen
Currywurst mit Pommes eindeutig
glücklicher gewesen.
Sie war angespannt, müde und kam
sich ziemlich deplatziert vor.
Zu Hause gab es kein edles Geschirr,
keine Kristallgläser und auch kein
silbernes Besteck.
Das gemeinsame Familienessen war
immer eine entspannte Angelegenheit,
bei der sich alle fröhlich unterhielten
und sich erzählten, was sie den Tag
über erlebt hatten.
Hier hingegen war die Atmosphäre
sehr angespannt und Mona wurde das

Gefühl nicht los, dass Sven Foster sie misstrauisch beäugte.

Er gab sich zwar freundlich und interessiert, aber ihr war sein abschätziger Blick nicht entgangen, mit dem er ihren selbstgestrickten Pullover, ihre Jeans und ihre Sneaker gemustert hatte.

Mona kannte sich mit Designer Mode für Männer nicht aus, aber der dreiteilige Anzug, den Sven Foster trug, sah wahrhaftig nicht so aus, als hätte er ihn im Sonderangebot bei einer Kaufhauskette gekauft.

Sein Benehmen ihr gegenüber war tadellos höflich, als er sie im Konversationston nach ihrer bisherigen Berufsausbildung ausfragte.

Mona antwortete ebenso höflich und erklärte, dass sie eine Ausbildung zur Hotelfachfrau gemacht hätte, nach dem Tod ihres Vaters aber gemeinsam mit ihrer Mutter die familieneigene Bäckerei leiten würde.

«Tatsächlich?», fragte Sven scheinbar
interessiert nach, um sie im nächsten
Atemzug auch schon zu provozieren.
«Dann war das Hotelmanagement nicht
so ganz Ihr Ding?!»
Bevor Mona antworten konnte, ging
Vermeer dazwischen.
«Sven, ich denke, jetzt ist nicht der
Zeitpunkt, Mona über ihren beruflichen
Werdegang auszufragen. Wir
veranstalten hier ja schließlich kein
Vorstellungsgespräch!»
Mona war heilfroh, als jetzt der
Nachtisch serviert wurde.
Sie nahm sich nur eine kleine Portion
des selbstgemachten Tiramisus und
beschloss, dass es ihr für heute reichte.
Sie wollte dringend allein sein, mit
ihrer Mutter telefonieren und die
Ereignisse dieses langen Tages einfach
sacken lassen.
Und so verkündete sie höflich, aber
entschlossen, dass sie jetzt gerne in ihre
Pension gehen würde,

Vermeer stimmte sofort zu, Paul stünde
auf Abruf bereit, um sie zu fahren.
Sven bot an, Mona zur Tür zu bringen,
was Vermeer akzeptierte, weil er ein
paar dringende Telefonate erledigen
wollte.
Vermeer verabschiedete sich von Mona
und verabredete sich für den nächsten
Vormittag 11.00 Uhr mit ihr. Dann
wünschte er ihr eine angenehme Nacht
und zog sich zurück.
Sven begleitete Mona nach draußen, wo
Paul gerade mit der Limousine vorfuhr.
Aber im gleichen Moment brauste auch
ein silberfarbener Porsche in das
Rondell, dem schwungvoll Natascha
entstieg.
Sven ging zusammen mit Mona die
Treppen nach unten und begrüßte
Natascha mit zwei Wangenküsschen.
Natascha sah hinreißend aus. Sie trug
ein rotes Cocktailkleid, das ihr
anscheinend auf den Leib geschneidert
war und ihre langen Beine wurden

durch extravagante Highheels im
gleichen Rot noch betont.
Mona kam sich schlagartig vor, wie
Aschenputtel neben der Prinzessin.
Sven stellte ihr Natascha als seine
Freundin vor.
Natascha musterte Mona blitzschnell
von Kopf bis Fuß und schenkte ihr
dann ein arrogantes Lächeln.
«Sie stricken selbst?!»
Mona funkelte Natascha ärgerlich an.
«Nein, meine Mutter!»
Natascha erwiderte herablassend.
«Nun, ja jedem sein Hobby, aber ich
lasse lieber nach meinen Entwürfen
stricken!»
Bevor Mona antworten konnte, fügte
Natascha noch ein kühles «Hat mich
sehr gefreut, Sie kennen zu lernen»
hinzu und ging dann mit Sven
zusammen die Treppe nach oben.
Mona atmete kurz tief durch und ging
dann zu Paul, der bereits neben der

Limousine stand und ihr die Beifahrertür aufhielt.

Mona seufzte. «Guten Abend Paul, Sie wissen gar nicht, wie gut es tut, einen freundlichen Menschen wie Sie zu treffen!»

Paul lächelte, Mona stieg ein und er schloss die Beifahrertür hinter ihr. Dann stieg er auf der Fahrerseite ein und fuhr los.

Er warf ihr einen mitfühlenden Seitenblick zu. «Zur Pension, oder soll ich Sie lieber zum Bahnhof bringen?!»

Mona lächelte ihn entschlossen an.

«Nein! Zur Pension. Ich bleibe und steh das durch. Das bin ich mir schuldig!»

Sie waren bald an der Pension angekommen und Mona war so erschöpft, dass sie nichts dagegen hatte, dass Paul ausstieg und ihr die Beifahrertür öffnete.

Sie stieg aus und musterte die kleine Pension, die sehr gemütlich aussah. Das

konnte sie nach diesem Tag gut
gebrauchen.
Paul verabschiedete sich freundlich von
ihr.
«Ich wünsche Ihnen eine gute Nacht
und hole Sie morgen pünktlich um
viertel vor 11 Uhr wieder ab!»
Mona bedankte sich bei Paul und ging
dann in die Pension.
Sie wurde von der sympathischen
Inhaberin in Empfang genommen, die
auf sie gewartet hatte.
Sie gab ihr die Zimmerschlüssel und
fragte nach, wann Mona am nächsten
Morgen frühstücken wollte. Mona
überlegte kurz.
«10.00 Uhr wäre prima.»
«In Ordnung. Bis morgen dann!»
Mona nickte, ging zu ihrem Zimmer,
betrat es und schaute sich um. Und was
sie sah, gefiel ihr gut.
Das Zimmer hatte ein großes Einzelbett
und war mit einem Schreibtisch mit
Stuhl und einem bequemen Sessel nett

eingerichtet. Auf dem Schreibtisch stand ein bunter Strauss Blumen und auf dem Kopfkissen lag ein kleines Stück Schokolade.

Mona zog ihre Schuhe aus und ließ sich erst einmal auf das Bett fallen.

Sie streckte sich und versuchte, ihre angespannten Nackenmuskeln etwas zu lockern. «Was für ein Tag!», dachte sie und beschloss, als Erstes ihre Mutter Sabine in Hamburg anzurufen.

Sabine war auch nach dem ersten Klingeln schon am Telefon und sehr froh, von Mona zu hören.

Mona erzählte vom ersten Treffen mit ihrem leiblichen Vater und gab auf Nachfrage von Sabine zu, dass sie nachvollziehen konnte, dass er sie zur Adoption freigegeben hatte. Dann berichtete sie, dass ihr Vater sie an seinem Konzern beteiligen wolle.

Sabine war einen Moment sprachlos. Dann erklärte sie Mona entschieden,

dass sie sich eine solche Chance nicht
entgehen lassen dürfe.
Mona war zurückhaltender.
«Mom, ich brauche kein Geld und auch
keinen neuen Job. Das Einzige, was
mich interessiert ist, meinen Vater
näher kennen zu lernen!»
«Kind, das sollst du auch tun»,
antwortete Sabine. «Aber du darfst
auch deine eigenen Träume nicht aus
dem Auge verlieren. Du wolltest immer
Hotelmanagerin werden und in Hotels
auf der ganzen Welt arbeiten. Diesen
Traum hast du aufgegeben, um bei mir
in Hamburg zu bleiben. Und jetzt bietet
dir dein leiblicher Vater die
Möglichkeit, deinen Traum doch noch
zu verwirklichen – wenn das keine
glückliche Fügung des Schicksals ist!»
Mona seufzte. «Da bin ich mir nicht
ganz so sicher. Immerhin hat mein
leiblicher Vater sich schon einen
Nachfolger herangezogen. Der Typ
heißt Sven Foster und hat mich die

ganze Zeit über ziemlich misstrauisch beäugt ...»

Sabine tat diesen Einwand ab und war sicher, dass Mona mit jedem gut klar kommen würde. Außerdem sei es ja auch verständlich, wenn ein langjähriger Kronprinz anfangs misstrauisch auf sie reagieren würde.

«Mom, ich muss jetzt aufhören. Ich will nur noch ein Bad nehmen und dann ins Bett kriechen und bis morgen früh durchschlafen. Ich treffe mich um 11.00 Uhr wieder mit meinem leiblichen Vater und denke, dass ich dann am frühen Nachmittag einen Zug nehme und gegen Abend wieder bei dir bin.»

Sabine wünschte ihr eine gute Nacht und drückte sie ganz fest durchs Telefon.

Mona legte auf und nahm ein ausgiebiges Bad. Dann schlüpfte sie unter die frischen Laken und war eingeschlafen, kaum dass ihr Kopf das Kissen berührt hatte.

Kapitel 8

Am nächsten Morgen wachte sie erst nach 9 Uhr auf, war aber gut erholt und fühlte sich frisch und unternehmungslustig und war neugierig darauf, ihren Vater besser kennenzulernen.

Das Frühstück in der Pension war lecker und als Paul um Viertel vor 11 Uhr vorfuhr, um sie abzuholen, war Mona startklar. Sie bedauerte nur, dass sie keine Kleidung zum wechseln mitgenommen hatte, aber sie hatte ja nicht damit gerechnet, über Nacht zu bleiben.

Paul war freundlich wie immer und wünschte ihr einen guten Morgen. «Man sieht Ihnen an, dass Sie gut geschlafen haben! Gestern Abend habe ich mir fast ein bisschen Sorgen um Sie gemacht – so blass und abgespannt wie Sie da aussahen!»

«Ja, das war gestern alles ein bisschen viel für mich. Aber heute geht es mir wieder gut», antwortete Mona und stieg wieder auf der Beifahrerseite ein. Die Fahrt zur Villa war kurz. Nur diesmal führte die Hausdame Mona nicht in das Arbeitszimmer ihres Vaters, sondern in den Wintergarten. Patrick Vermeer war damit beschäftigt, seine Orchideen zu pflegen, als Mona hereinkam.

Er lächelte sie an.

«Guten Morgen! Wie geht es Ihnen heute?»

«Gut. Danke», erwiderte Mona und sah Vermeer neugierig an. «Sie züchten Orchideen?»

Vermeer nickt. «Ja, aber leider habe ich nur ganz selten Zeit dazu und meine kleinen Schönheiten werden in der Regel von einem Gärtner betreut.»

In einer Ecke des Wintergartens stand ein Tisch mit vier Stühlen. Auf dem Tisch wartete ein Tablett mit einer

Kanne Kaffee, zwei Tassen und Milch
und Zucker.
Vermeer deutete auf den Tisch.
«Bitte setzen Sie sich doch. Kann ich
Ihnen einen Kaffee anbieten?»
Als Mona nickte, schenkte er ihr eine
Tasse ein und sah sie dann ernst an.
«Ich habe Ihnen gestern ganz viel von
mir erzählt. Wenn Sie einverstanden
sind, würde ich heute gerne etwas
mehr von Ihnen erfahren. Wie sind Sie
aufgewachsen? Wie war Ihr Verhältnis
zu Ihren Adoptiv-Eltern? Ich frage das
nicht aus platter Neugier. Ich möchte
Sie einfach nur besser kennenlernen!»
Mona gab Milch und Zucker in ihren
Kaffee und nickte dann zustimmend.
«Einverstanden.»
Sie überlegte kurz und erzählte
Vermeer dann, dass sie eine sehr
glückliche Kindheit hatte und sich
immer geliebt, beschützt und geborgen
gefühlt hatte.

Mona kramte den Datenstick heraus und bot an, ihm Fotos aus ihrer Kindheit zu zeigen.
Vermeer stimmte erfreut und überrascht zu. Über sein Handy informierte er die Hausdame, doch bitte einen Laptop in den Wintergarten zu bringen.
Die Wartezeit überbrückte er mit der Frage, wann Mona erfahren hätte, dass sie adoptiert worden war.
«Kurz nach meinem 12. Geburtstag», antwortete Mona, als die Hausdame auch schon mit dem Laptop hereinkam. Nachdem sie den Raum wieder verlassen hatte, sah Vermeer Mona fragend an.
«Wie war das für Sie zu erfahren, dass Ihre Eltern nicht Ihre leiblichen Eltern waren?»
Mona dachte einen Moment nach und antwortete dann ehrlich.
«Ich war überrascht, aber nicht schockiert. Ich bin in einer sehr

liebevollen Atmosphäre aufgewachsen und hatte absolutes Vertrauen zu meinen Eltern - die auch nach dieser Mitteilung immer meine richtigen Eltern für mich geblieben sind.»
Monas stöpselte den Datenstick ein und holte die Bilder auf den Bildschirm des Laptops.
«Hier, schauen Sie sich die Fotos an, dann verstehen Sie vielleicht, was ich Ihnen sagen will!»
Vermeer klickte sich durch die Bilder, zu denen Mona ab und zu Erklärungen lieferte.
Er sah Babyfotos, den ersten Weihnachtsbaum, das erste Osternest, den ersten Tag im Kindergarten, die Einschulung, das Abitur und immer wieder glückliche Familienfotos und Schnappschüsse von gemeinsamen Ausflügen und Urlauben.
Als er mit der Fotogalerie durch war, huschte ein Hauch von Trauer über sein ausdrucksvolles Gesicht.

«Alles das habe ich versäumt. Und alles
das ist es, was Isabella und ich uns für
unser gemeinsames Leben erträumt
hatten... »
Mona bemerkte seinen Gefühlsaufruhr
und nahm impulsiv und spontan seine
Hand.
Vermeer drückte ihre Hand kurz und
versuchte, sich wieder zu sammeln.
Dann sah er sie ernst an.
«Ich kann die Vergangenheit nicht
ändern, aber ich kann ich kann eine
Zukunft planen, in der es einen Platz
für dich in meinem Leben gibt.»
Das «Du» war ihm herausgerutscht und
er versuchte sofort, sich zu korrigieren.
Doch Mona winkte lächelnd ab.
«Das ist in Ordnung. Schließlich bist du
mein Vater, auch wenn ich dich nicht so
nennen kann. ´Vater`wird für mich
immer mein Adoptiv-Vater bleiben. Ich
hoffe, du verstehst das?»

«Selbstverständlich», erwiderte Vermeer lächelnd. «Wie wäre es denn für den Anfang mit Patrick?!»
Mona stimmte lächelnd zu.
Vermeer stopfte sich jetzt sichtlich entspannter eine Pfeife, zündete sie an und schwieg einen Moment nachdenklich.
Mona schaute ihn forschend an.
«Was genau meinst du damit, dass du mir einen Platz in deinem Leben geben willst?»
Ihr Vater schaute Mona offen an.
«Ich habe beschlossen, mich aus der Leitung meines Konzerns zurückzuziehen. Ich will nicht mehr so viel arbeiten. Ich will die Jahre, die mir noch bleiben, in vollen Zügen genießen und all das nachholen, was ich versäumt habe. Und ich würde mich sehr freuen, wenn ich einen großen Teil meiner freien Zeit mit dir verbringen könnte. Schließlich haben wir 21 verlorene Jahre nachzuholen.»

Mona lächelte ihren Vater an.

«Das hört sich doch sehr gut an!»

Vermeer nahm einen genussvoll einen Zug aus seiner Pfeife, dann sprach er weiter.

«Ich habe Sven in den letzten Jahren als meinen Nachfolger aufgebaut und ich weiß, das er seinen Job gut machen wird. Aber, da du jetzt wieder in meine Leben getreten bist, möchte ich dich an der Konzernleitung beteiligen. Mein Wunsch ist es, dass du gemeinsam mit Sven meine Geschäfte fortführst. Was hältst du davon?»

Mona war sprachlos und schwieg einen Moment nachdenklich.

«Das traust du mir zu?»

Ihr Vater lächelte. «Man kann alles lernen, wenn man will. Ich habe auch ganz klein angefangen mit dem alten Hotel meiner Eltern. Und da du glücklicherweise eine Ausbildung als Hotelfachangestellte gemacht hast,

brauchst du nur Übung und Erfahrung
– und die kann ich dir verschaffen!»
Mona ließ sich das durch den Kopf
gehen, dann fragte sie nach.
«Wie genau stellst du dir das vor?»
«Nun ich habe ein Grandhotel in
Hamburg. Dort könntest du anfangen
und den Job von der Pike auf lernen.
Und damit du gleich von Anfang an
mit Sven zusammenarbeitest, schicke
ich ihn dir quasi als Mentor mit nach
Hamburg.»
Mona hakte zögernd nach.
«Und was sagt Sven dazu? Immerhin
hat er hier in Berlin seine Freundin –
Natascha?»
Ihr Vater sah sie entschlossen an.
«Ich hab Sven meine Pläne mitgeteilt –
natürlich ist er einverstanden. Und
wenn du deine erste
Einarbeitungsphase in Hamburg hinter
dir hast, dann werde ich dein Mentor
und besuche zusammen mit dir unsere
Hotels in der ganzen Welt!»

Mona war völlig überwältigt und
wusste nicht, was sie sagen sollte.
Nach einer Weile murmelte sie leise.
«Das ist immer mein größter Traum
gewesen!»
Ihr Vater grinste sie spitzbübisch an.
«Vielleicht habe ich dir ja das
Hotel-Gen vererbt?!»
Mona grinste unwillkürlich zurück.
«Wahrscheinlich!» Doch dann wurde
sie nachdenklich.
Die Erfüllung ihres größten Traums
schien auf einmal zum Greifen nahe.
Aber dann stoppte sie sich in Gedanken
und dachte an ihre Mutter, die dann die
Bäckerei alleine managen müsste.
Mona sah ihren Vater ernst an.
«Das ist alles sehr verlockend und ich
würde liebend gerne zusagen. Aber ich
kann dein Angebot leider nicht
annehmen.»
Ihr Vater lächelte. «Und ich kann mir
auch den Grund für deine Absage

denken. Du möchtest deine Mutter
nicht im Stich lassen, richtig?»
Mona nickte. «Das würde ich niemals
tun!»
Vermeer lächelte. «Das musst du auch
nicht. Von dem Gehalt, das ich dir
bezahle, könnt ihr euch eine Aushilfe
für die Bäckerei leisten, die deine
Mutter unterstützt. Und ich bin mir
ganz sicher, dass deine Mutter alles
dafür tun würde, dass du deine eigenen
Träume ausleben kannst!»
Mona nickte zustimmend. «Das ist
richtig.»
Ihr Vater musterte sie forschend. «Also,
bist du einverstanden?!»
Ein Strahlen ging über Monas Gesicht.
«Ja!»
Ihr Vater stand auf und sah sie an.
«Darf ich dich jetzt in den Arm
nehmen?»
Mona nickte, stand auf und umarmte
ihren Vater.

«Danke! Und du kannst sicher sein, dass ich mir große Mühe geben werde, damit Sven mit meiner Arbeit zufrieden sein wird!»

Ihr Vater lächelte. «Daran habe ich nicht den geringsten Zweifel und ich bin sicher, dass er sich schon sehr auf die Zusammenarbeit mit dir freut!»

Doch mit dieser Einschätzung lag Monas Vater ganz weit daneben.

Kapitel 9

Sven hatte sich zum Brunch mit Natascha in einem angesagten Café getroffen und war richtig schlechter Laune.

Während Natascha sich die Leckereien schmecken ließ, hatte Sven keinen Blick für die Speisen, sondern regte sich auf. «Ich soll jetzt nach Hamburg und das Kindermädchen für Patricks Tochter spielen. Dabei hätten in den nächsten Wochen diverse Reisen auf meinem Programm gestanden. Ich sollte nach Singapur und nach Melbourne, um dort nach dem Rechten zu sehen. Das kann ich jetzt alles canceln und stattdessen in Hamburg zuschauen, was für Anfangsfehler eine kleine Bäckerin macht!»

Natascha warf ihm einen kurzen Blick zu und schürte seinen Unmut noch.

«Ich kann deinen Frust gut verstehen.
Und ich bin aus persönlichen Gründen
auch sauer auf die Kleine. Schließlich
hätte ich dich auf deiner Reise
begleitet!»
Sven murmelte bitter. «Daraus wird
jetzt nichts. Stattdessen kannst du mich
in good old Hamburg besuchen ...
Super!»
Natascha nahm einen Schluck von
ihrem Latte macchiato und sah Sven
dann fragend an.
«Kannst du noch irgendetwas an
Patricks Entschluss drehen, dass er
seine Tochter in den Konzern einbinden
will?»
Sven schüttelte entnervt den Kopf.
«Nein, der schwebt im 7. Papa-Himmel
und ist überzeugt, dass Mona sein
Goldkind ist. Ich habe mir jahrelang
den A... aufgerissen, um dahin zu
kommen, wo ich jetzt bin. Und dieses
Dämchen bekommt alles auf dem
Silbertablett serviert!»

Natascha überlegte kurz. «Dann kannst
du eigentlich nur hoffen, dass sie sich
als unfähig für den Job erweist und
Patrick dann vielleicht doch nur zur
Einsicht kommt.»
Sven winkte frustriert ab.
«Die braucht doch nur durchblicken zu
lassen, dass sie die Tochter vom großen
Boss ist – und schon werden alle
Speichellecker Spalier stehen und ihr
attestieren, was für einen großartigen
Job sie macht!»
Natascha grinste. «Ich an ihrer Stelle
würde das jedenfalls tun!»
Sven konnte sich ein Grinsen nicht
verkneifen.
«Du bist ja auch ein cleveres Mädchen!
Mal sehen, wie clever Miss Mona ist!»
Doch eine Woche später erlebte Sven
seine erste Überraschung mit Mona.
Sie hatte sich pünktlich um 8.00 Uhr
zur ersten Besprechung mit ihm in
seinem Büro im Grandhotel getroffen
und die erste Bitte, die sie an ihn hatte,

war, dass er niemand sagen sollte, dass
sie Patricks Tochter sei.

Mona schaute ihn ernst an.

«Ich will keine Privilegien. Ich will
zeigen, was ich kann und keine
Extra-Behandlung bekommen, weil ich
die Tochter vom Chef bin!»

Sven verbarg seine Überraschung und
nickte nur zustimmend. «Okay.»

Die zweite Überraschung erlebte er, als
er sie jetzt genauer musterte.

Sie trug die normale Hoteluniform: Ein
schwarzes Business-Kostüm mit einer
weißen Bluse, beides stand ihr
ausgezeichnet. Und mit ihren roten
Locken und den funkelnden grünen
Augen war sie eine sehr aparte
Erscheinung. Nicht so luxuriös und
mondän wie Natascha, aber Sven
erkannte, dass Mona eine durchaus
attraktive Frau war.

Sven scheuchte schnell diese
unprofessionellen Gedanken aus

seinem Kopf und ging zur
Tagesordnung über.
«Ihr erstes Einsatzgebiet wird die
Rezeption sein. Und da wir ein
Luxushotel sind, haben wir auch die
entsprechenden Gäste, die manchmal
auch extravagante Wünsche haben
können. Selbstverständlich tun wir
alles, um unsere Gäste zufrieden zu
stellen. Ich denke, das ist klar, oder?»
Mona lächelte. «Natürlich.»
«Gut. Dann kommen Sie jetzt mit mir
zur Rezeption und ich weise Sie kurz in
den Computer ein!»
Mona nickte und verließ dann
zusammen mit Sven dessen Büro. Die
beiden gingen zusammen zum Aufzug.
Während der Fahrt ins Erdgeschoss
klingelte Svens Handy. Er ging ran und
Mona konnte ihn kurz unbeobachtet
mustern.
Und sie musste sich eingestehen, dass
Sven wirklich gut aussah – mit seinen
dunklen Haaren und blauen Augen.

Auch hatte sie heute das Gefühl, dass er
ihr nicht mehr ganz so ablehnend
begegnete, wie das in Berlin bei ihrem
ersten Treffen der Fall gewesen war.
Der Aufzug war im Erdgeschoss
angelangt und Sven beendete sein
Telefonat.
An der Rezeption stellte er Mona kurz
ihrer Kollegin Anna vor und dann gab
er ihr prägnant, aber leicht verständlich
die erste Einweisung in den
Hotelcomputer.
Mona kam damit gut zurecht, denn
während ihrer Ausbildung hatte sie
schon mit der gleichen Software
gearbeitet.
Als Sven mit seiner Erklärung gerade
fertig war, kam eine größere japanische
Reisegruppe in das Foyer. Mona hatte
sofort ihren ersten Einsatz und auch
Sven sprang mit ein, um die
Rezeptionistin Anna zu entlasten.
Sven bemerkte, dass Mona sehr
professionell und freundlich mit den

Gästen umging und sich auch durch diesen etwas größeren Ansturm nicht aus der Ruhe bringen ließ.

Im Gegenteil. Sie beantwortete alle Fragen, gab Tipps für die Abendgestaltung und war bestens informiert, was die betuchte und anspruchsvolle Kundschaft am Abend unternehmen könnte.

Das war das dritte Mal an diesem Tag, dass Sven von Mona angenehm überrascht wurde.

Um 11.00 Uhr schickte er sie in die Pause, nicht ohne ihr kurz zu sagen, dass sie ihre Sache bis jetzt sehr gut gemacht hätte.

Mona lächelte erfreut und bot Sven spontan an, doch ihr «Pausenbrot» mit ihr zu teilen, das ihr ihre Mutter mitgegeben hatte.

Sven fragte verwirrt nach.

«Pausenbrot?».

Mona lächelte. «Meine Mutter hat mir Zimtschnecken mitgegeben. Die sind wirklich sehr lecker. Ein altes Familiengeheimrezept!»

Sven stimmte erfreut zu und so gingen sie zusammen in den Personalraum. Sven organisierte zwei Tassen Kaffee und Mona holte die Zimtschnecken aus ihrem Spind.

Während Mona die Zimtschnecken auspackte, musterte Sven sie interessiert.

«Wieso wussten Sie so gut Bescheid, was heute Abend in Hamburg los ist und konnten den japanischen Gästen so prima Tipps geben?»

Mona lächelte. «Ich habe gestern Abend noch die Veranstaltungstipps im Internet gecheckt. Ich war davon ausgegangen, dass Gäste im Grandhotel wahrscheinlich nicht nur die Reeperbahn sehen wollen und wollte gut vorbereitet sein!»

Sven nickte anerkennend und nahm sich dann die erste Zimtstange. Und nach dem ersten Bissen war er ehrlich begeistert.

«Mann, schmecken die gut! Kein Wunder, dass Sie das Rezept geheim halten!»

Mona erwiderte stolz. «Das Rezept hat mein Großvater entwickelt – und es war zu seiner Zeit schon ein Renner!» Dann fügte sie schnell hinzu. «Mit «Großvater» meine ich natürlich den Vater meines Adoptiv-Vaters. Ich kenne ja bis jetzt noch niemand aus der Verwandtschaft von Patrick ... »

Sven konnte sich ein Grinsen nicht verkneifen. «Da geht es Ihnen wahrscheinlich nicht viel anders als Patrick selbst. Der ist nämlich nicht gerade ein Familienmensch. Solange ich ihn kenne, war er mit seiner Arbeit verheiratet.»

Doch jetzt wurde Sven das Gespräch fast ein bisschen zu persönlich und er ging wieder zum Dienstlichen über.

«Wenn Sie nichts dagegen haben, würde ich mich für den Rest des Tages gerne aus Ihrer Betreuung ausklinken. Ich muss dringend ein paar Konzept-Papiere für Patrick schreiben. Und Sie sind ja auch an der Rezeption nicht alleine. Bei Fragen können Sie sich jederzeit an Anna wenden.»

Mona nickte zustimmend. «Kein Problem!»

Und dann sah sie Sven nach, der eilig den Personalraum verließ. Und wieder fiel ihr auf, dass er ein verdammt gutaussehender Mann war.

Sie schlug sich diesen Gedanken sofort wieder aus dem Kopf und ging zurück zur Rezeption, wo Anna sichtlich erfreut über ihre Unterstützung war.

Bis zum Ende ihrer ersten Schicht hatte Mona alle Hände voll zu tun. Aber sie genoss es, ihren Job gut zu machen, und war mit Feuereifer dabei.

Die Menschen, die an der Rezeption arbeiten, sind die Ersten nach dem

Portier, die Kontakt zu den Gästen
haben. Und es war total wichtig, dass
dieses Personen den Gästen das Gefühl
gaben, willkommen und geschätzt zu
sein.

Das hatte Mona schon während der
Ausbildung gelernt und konnte es jetzt
zum ersten Mal richtig anwenden. Und
es machte ihr Spaß.

Das bemerkte auch Sven, der gegen
Ende ihrer Schicht nach unten kam und
sie bei der Arbeit beobachtete, ohne
dass sie ihn sah. Ein Blick auf die Uhr
sagte ihm, dass an der Rezeption jetzt
Schichtwechsel war.

Er ging zur Rezeption und schaute
Mona freundlich an.

«Und, wie hat Ihnen Ihr erster
Arbeitstag gefallen?»

Mona strahlte ihn an. «Super!»

Sven lächelte zurück. «Dann können Sie
ja jetzt zufrieden nach Hause fahren!
Gefällt Ihnen eigentlich das Auto, das
Patrick Ihnen gekauft hat?!»

Mona sah ihn offen an. «Das Auto, das Patrick mir kaufen WOLLTE. Ich habe es nicht angenommen, weil ich es nicht brauche. Und weil ich meinen Vater nicht als Geldmaschine betrachte, dessen Daseinszweck es ist, mich mit teuren Geschenken zu überhäufen.» Sven war baff. Das war das vierte Mal an diesem denkwürdigen Tag, dass Mona ihn überrascht hatte.

Kapitel 10

In den nächsten Tagen arbeiteten Sven und Mona gut zusammen. Inzwischen war Sven dazu übergegangen, sie mit der Budgetplanung und Finanzkontrolle des Grandhotels vertraut zu machen.

An einem Freitag saßen sie am späten Nachmittag in seinem Büro und Mona rauchte schon der Kopf über all den Bilanzen, als Svens Handy klingelte. Sven schaute kurz aufs Display, sah, dass Natascha die Anruferin war, und nahm das Gespräch an.

«Hi, Natascha, was gibt's?»

Mona wollte bei dem privaten Gespräch nicht stören und nutzte die Gelegenheit, sich auf der Toilette etwas frisch zu machen.

Sie ließ sich kaltes Wasser über die Handgelenke laufen, bürstete sich das Haar und machte kurz ein paar

Dehnungsübungen für ihren völlig verspannten Nacken.

Dann ging sie zurück in Svens Büro und bekam gerade noch mit, dass dieser frustriert sein Handy ausschaltete und ein mürrisches « Na, toll!» murmelte.

Mona sah ihn fragend an. «Schlechte Neuigkeiten?»

Sven brummelte unwirsch. «Natascha wollte heute Abend nach Hamburg kommen und das Wochenende hier mit mir verbringen. Aber jetzt ist ihr kurzfristig ein Fotoshooting in London dazwischen gekommen … Super. Dann hocke ich hier die ganze Zeit alleine … Na, ja vielleicht fliege ich auch nach Berlin, mal sehen ...»

Mona machte Sven spontan ein Angebot.

«Was halten Sie denn davon, wenn Sie hierbleiben und ich morgen mit Ihnen die große Hamburg-Erkundigungstour mache? Sie haben von unserer

wunderschönen Stadt doch noch gar
nichts mitbekommen, weil Sie immer
nur hier im Hotel sitzen und arbeiten!»
Sven fand den Vorschlag super und
nahm sofort an. Aber nur unter einer
Bedingung!
«Und die wäre?», fragte Mona nach.
«Dass Sie Zimtschnecken aus Ihrer
Bäckerei mitbringen!»
Das sagte Mona gerne zu und so
verabredeten sie sich für den nächsten
Morgen. Treffpunkt 10 Uhr vor dem
Grandhotel.
Als sich Mona von Sven
verabschiedete, grinste sie ihn noch
spitzbübisch an:
«Ich erwarte, dass Sie morgen in
angemessener Kleidung auftauchen!
Ich will keinen Business-Anzug sehen,
okay?!»
Sven grinste spontan zurück. «Okay!»
Als Mona am Samstag schon um 8 Uhr
aufstand, um zu frühstücken, wunderte
sich ihre Mutter Sabine.

«Nanu, so früh schon auf? Samstags schläfst du doch gerne aus?!»

Mona winkte ab, und schmierte sich eilig ein Brötchen.

«Heute nicht. Ich habe Sven versprochen, ihm Hamburg zu zeigen. Und vorher muss ich noch in die Bäckerei und frische Zimtschnecken holen ...»

Sabine musterte ihre Tochter kurz. «Tatsächlich ...»

Insgeheim amüsiert forschte sie vorsichtig nach. «Ihr habt euch in den letzten Tagen gut verstanden, nicht wahr?!»

Mona nickte knapp. «Ja. Er ist echt netter, als ich anfangs dachte ...»

Monas Mutter fügte vorsichtig hinzu: «Und er sieht sehr gut aus ...»

Mona seufzte theatralisch. «Mom?! Er arbeitet mich ein, das ist alles!»

Dann schnappte sie sich ihre Handtasche und eilte zur Tür. «Bis heute Abend!»

Sabine sah ihr nachdenklich hinterher.
Mona war pünktlich um 10 Uhr vor
dem Grandhotel, wo Sven schon in
Jeans, Turnschuhen und Freizeithemd
auf sie wartete.
Er lächelte sie an.
«Hallo! Zufrieden mit meinem Outfit?»
Mona grinste. «Alles gut. So nehme ich
Sie mit auf die große
Hamburg-Entdeckungstour!»
Sven grinste zurück. «Ich komme nur
mit, wenn Sie die versprochenen
Zimtschnecken dabei haben!»
Mona konterte gutgelaunt. «Ich halte
immer, was ich verspreche!»
Und dann verbrachten die beiden einen
wunderschönen Tag in Hamburg. Das
Wetter spielte mit und von einem
makellos blauen Himmel strahlte eine
freundliche Sonne. Kaum ein Wölkchen
war zu sehen.
Erster Sightseeing-Punkt war ein
Besuch der Hafencity und der
Speicherstadt. Dann stiegen sie in ein

Boot, um eine Alsterrundfahrt zu
machen. Anschließend verließ Mona
die üblichen touristischen Pfade und
führte Sven zu ihrem Lieblingscafé, das
am Eingang eines kleinen Parks lag.
Hier machten sie Pause und ließen sich
die Zimtschnecken schmecken. Sven
forderte energisch eine längere Rast in
dem wunderschönen Park und Mona
stimmte zu. Gemeinsam setzen sie sich
unter einen großen Baum und ließen
ganz einfach die Seele baumeln.
Sven fühlte sich total wohl in Monas
Gesellschaft – und ihr ging es genauso.
Manchmal unterhielten sie sich über
ganz alltägliche Themen und
manchmal schwiegen sie einfach nur –
aber es war ein angenehmes Schweigen
ohne unterschwellige Spannungen.
Mona wollte die Sightseeing-Tour
gerne mit einem Ausflug nach
Blankenese beenden, doch Sven hatte
einen anderen Vorschlag. Er war
hungrig und schlug vor, im Restaurant

des Grandhotels eine leckere Kleinigkeit zu essen.

Mona grinste. «Eigentlich stehe ich ja mehr auf Currywurst mit Pommes, als auf Sterneküche. Aber gut, ich bin kompromissfähig: einverstanden!»

Gesagt – getan!

Und so saßen sie am frühen Abend im Restaurant des Grandhotels. Sie waren die einzigen Gäste und Sven bestellte gerade Aperitifs. Für sich natürlich einen Martini.

Dann sah er Mona fragend an. «Und was darf es für Sie sein?»

Mona lächelte: «Nur ein Bier bitte!»

Sven verkniff sich einen Kommentar, was Mona durchaus mitbekam.

«Wenn ich schon auf Currywurst mit Pommes verzichte, dann will ich mir wenigstens ein schönes, kühles Bier gönnen!»

Sven grinste: «Okay, akzeptiert!»

Als die Getränke serviert wurden, sah Sven Mona direkt in die Augen.

«Nach diesem wunderschönen Tag, den
wir gemeinsam verbracht haben, finde
ich, wir sollten das steife ´Sie` bleiben
lassen und uns Duzen, okay?»
Mona nickte lächelnd. Sven fuhr fort:
«Aber wir machen es richtig. Wir
trinken Bruderschaft!»
Auch damit war Mona einverstanden.
Und so wechselte Sven den Platz und
setzte sich auf den Stuhl neben Mona.
Sie hoben ihre Gläser, verschränkten
die Arme und tranken jeder einen
Schluck. Dann stellten sie ihre Gläser ab
und küssten sich.
Zuerst berührten sich ihre Lippen nur
zart, doch dann wurde der Kuss immer
intensiver und leidenschaftlicher. Beide
versanken in dem Kuss und nahmen
ihre Umgebung nicht mehr wahr.
Das änderte sich ganz schnell, als
Natascha plötzlich vor ihrem Tisch
stand und einen bissigen Kommentar
lieferte.

«Schau an, wir sind uns wohl ein
bisschen nähergekommen!»
Sven und Mona fuhren erschrocken
auseinander.
Bevor einer der beiden reagieren
konnte, feuerte Natascha schon ihren
nächsten Giftpfeil ab.
«Und auch im Outfit haben wir uns
offensichtlich angenähert!»
Mona mobilisierte alle ihre Energie, um
sich zusammen zu reißen. Sie stand auf,
schnappte sich ihre Handtasche und
murmelte:
«Ich gehe jetzt wohl besser!»
Natascha starrte sie hochmütig an.
«Gute Idee!»
Während Mona eilig das Restaurant
verließ, sah Sven Natascha zerknirscht
an und äußerte zögernd: «Ich kann dir
das erklären, Natascha, wirklich!»
Natascha funkelte ihn sauer an. «Ich
höre!»

Kapitel 11

In der nächsten Arbeitswoche war die Stimmung zwischen Sven und Mona ziemlich angespannt. Beide hatten sich eingeredet, dass der Kuss nichts zu bedeuten hatte und dass sie nur zusammen arbeiteten – sonst nichts. Sven hatte auf die schüchterne Nachfrage von Mona, ob Natascha ihm verziehen hätte, nur mit einem knappen «Ich hoffe!» geantwortet. Beide versuchten, sich professionell zu verhalten und ihre Gefühle füreinander aus der gemeinsamen Arbeit heraus zu halten, aber das gelang ihnen nicht wirklich. Immer wieder gab es Momente, wo ihre Blicke sich fanden und es schwer wurde, den Augenkontakt abzubrechen. Mona besprach sich unglücklich mit ihrer Mutter Sabine.

«Ich weiß nicht, was ich machen soll!
Am liebsten würde ich den Job
schmeißen und dieses verfluchte
Grandhotel nie mehr betreten!»
Sabine nahm Mona tröstend in den
Arm.
«Mach keine Dummheiten, Kind. Du
kannst doch deine ganze Zukunft nicht
wegschmeißen, nur weil du
unglücklich verliebt bist.»
Mona war den Tränen nahe. «Aber ich
ertrage es nicht, ihn jeden Tag zu sehen
und zu tun, als wäre nichts!»
Sabine sah sie mitfühlend an. «Und es
gibt keine Chance, dass er diese
Natascha in den Wind schießt und sich
auf eine Beziehung mit dir einlässt?!»
Mona seufzte unglücklich. «Ach, Mom.
Du hast Natascha noch nie gesehen. Sie
ist ein Model und sieht einfach
umwerfend aus. Sie hat alles das, was
ich nicht habe. Stil, Klasse, Eleganz –
und ihr Lieblingsessen ist ganz
bestimmt nicht Currywurst mit

Pommes! Sie passt ganz einfach besser zu Sven als ich – und deshalb ist er auch mit ihr zusammen und nicht mit mir!»

Mona schleppte sich weiter zur Arbeit und war heilfroh, als es endlich wieder Freitag war. Denn für den Abend hatte sich ihr leiblicher Vater angekündigt. Angeblicher Anlass dieses Besuchs war der letzte Arbeitstag des Portiers Johannes, der nach langen Dienstjahren im Grandhotel in seinen wohlverdienten Ruhestand gehen wollte.

Das Personal war ziemlich aufgeregt, denn normalerweise erschien der Big Boss nicht zu solchen Anlässen, sondern schickte nur Blumen und ein Geschenk.

Aber Patrick Vermeer hatte diesen Dienstabschied zum Anlass genommen, um seine Tochter zu besuchen. Von Sven hatte er gehört, dass Mona darauf bestanden hatte,

inkognito im Hotel zu arbeiten, und
diesen Wunsch wollte er auch
respektieren.

Und weil er sich so über die gute
Zusammenarbeit von Sven und Mona
freute, hatte er auch noch eine
Überraschung für Sven dabei, von der
dieser nichts wusste und die auch
Mona eiskalt erwischte.

Das Personal hatte für die kleine Feier
kalte Platten und Getränke im
Personalraum vorbereitet.

Der Jubilar stand zum letzten Mal auf
seinem Posten, öffnete den Fonds der
vorfahrenden Limousine, aus der
Patrick Vermeer und Natascha stiegen.

Natascha sah wie gewohnt umwerfend
aus in einem Designer-Seidenkostüm
und exklusiven High Heels.

Sie stöckelte elegant in das Foyer und
ging schnurstracks auf die Rezeption
zu, hinter der Anna und Mona Dienst
hatten.

Patrick Vermeer schüttelte Johannes kurz die Hand und folgte dann Natascha, die bereits an der Rezeption stand.

Natascha würdigte Mona keines Blickes, sondern wandte sich an Anna.

«Ich möchte zu Herrn Foster. Wo kann ich ihn finden?!»

Anna antwortete höflich, dass Herr Foster in seinem Büro sei.

«Soll ich Sie anmelden?»

Natascha winkte hochmütig ab. «Nicht nötig!», und ging schwungvoll Richtung Aufzug. Nicht wenige Männer starrten ihr hingerissen hinterher.

Inzwischen war auch Patrick Vermeer am Rezeptionstresen angelangt, wo er respektvoll von Anna begrüßt wurde. Er erwiderte den Gruß freundlich und sprach dann gleich Mona an.

«Ich würde Sie vor der Feier gerne kurz sprechen, einverstanden?» Dabei

zwinkerte er ihr kurz verschwörerisch
zu, was aber niemand sonst bemerkte.
Mona stimmte natürlich sofort zu und
Vermeer schlug vor, kurz draußen ein
paar Schritte zu gehen, weil er sich nach
der Fahrt auch ein wenig die Beine
vertreten wollte.
Mona war einverstanden und folgte
Vermeer nach draußen.
Anna warf ihr einen besorgten Blick zu
und formte mit ihren Lippen ein
unhörbares «toi, toi, toi», was Mona mit
einem beruhigenden Lächeln erwiderte.
Draußen lächelte ihr Vater Mona an.
«Ich habe von Sven gehört, dass du
nicht wolltest, dass deine Kollegen
wissen, dass du meine Tochter bist.
Und weil ich deine Deckung nicht
auffliegen lassen wollte, habe ich ein
bisschen Theater gespielt ...»
Mona lächelte zurück. «Das war sehr
nett von dir!»
Gemeinsam gingen die beiden in einen
kleinen Park nahe des Grandhotels und

unterhielten sich. Ihr Vater erkundigte sich, ob ihre Mutter mit der neuen Aushilfe in der Bäckerei gut klar kam, was Mona bestätigte.

Ihr Vater sah sie direkt an. «Vermisst du die Arbeit in der Bäckerei?»

Mona antwortete ehrlich. «Vielleicht ein ganz kleines bisschen. Aber die letzten Wochen hier im Grandhotel haben mir großen Spaß gemacht und ich habe sehr viel gelernt.»

Monas Vater lächelte. «Das habe ich auch von Sven gehört. Er ist begeistert, wie schnell du dich eingearbeitet hast!»

Mona nickte nur unverbindlich.

Dann fuhr ihr Vater fort: «Da Sven und du ein so gutes Team seid und da ich denke, dass deine erste Ausbildungsphase in Hamburg jetzt beendet werden kann, habe ich mir überlegt, dass ich dich als Nächstes zusammen mit Sven nach Mailand schicke, wo wir gerade ein Hotel übernommen haben.»

Unwillkürlich rutschte Mona ein «Bitte nicht»!» heraus. Im nächsten Moment schon wünschte sie sich, sie hätte diese zwei Worte nie gesagt.

Ihr Vater hakte natürlich sofort verwundert nach. «Wieso möchtest du das nicht?»

Mona schwieg zögernd und wusste nicht, was sie sagen sollte. Ihr Vater schaute sie forschend an.

«Hast du Bedenken, deine Mutter alleine zu lassen?»

Mona schüttelte den Kopf. «Nein, das ist es nicht!»

«Was dann?!», fragte ihr Vater nach.

Mona zögerte noch einen Moment und beschloss dann, einfach die Wahrheit zu sagen.

«Weil ich mich in Sven verliebt habe. Weil ich weiß, dass so etwas komplett unprofessionell ist und ich mich selbst dafür hasse. Und weil es Natascha gibt!»

Mona starrte unwohl zu Boden, während ihr Vater sich das Gesagte durch den Kopf gehen ließ.
Patrick warf Mona von der Seite einen verständnisvollen Blick zu. Dann merkte er behutsam an:
«Mir scheint, von allen Argumenten, die du aufgezählt hast, beschäftigt dich das letzte am meisten, oder nicht?»
Das musste Mona unglücklich zugeben. Ihr Vater sah sie offen an. «Nun, wenn ich eines in meiner langen Karriere gelernt habe, dann ist es die Tatsache, dass es für jedes Problem eine Lösung gibt und ich verspreche dir, ich werde auch für dieses Problem eine finden!»
Er schaute auf die Uhr und meinte dann, sie sollten jetzt lieber zurückgehen, denn Johannes und seine Gäste würden sicher schon auf sie warten.
Mona stimmte zu und gemeinsam machten sie sich auf den Rückweg.

Wieder im Hotel angekommen, ging Mona sofort Richtung Rezeption.

«Ich will noch mal eben nach Anna schauen, sie hat netterweise heute den Abenddienst übernommen, damit ich zu der Feier kann!»

Vermeer nickte und bekam aus dem Augenwinkel noch mit, dass Anna einen ziemlich aufgelösten Eindruck machte.

Dann ging er eilig zum Personalraum. Als Vermeer den Raum betrat, suchte er nach Sven und fand ihn im angeregten Gespräch mit Johannes in einer Ecke stehen. Er suchte weiter nach Natascha und entdeckte sie am Getränkestand, wo sie von diversen Bewunderern umgeben war und deren Aufmerksamkeit sichtlich genoss. Vermeer bat kurz um Gehör und hielt dann eine kleine Ansprache für den Jubilar, der sich sichtlich sehr über die freundlichen Worte freute.

In der Zwischenzeit hatte Anna am Tresen Mona aufgelöst berichtet, dass sie einen Anruf ihres Babysitters bekommen hatte. Ihr kleiner Sohn Yannik hatte hohes Fieber und weinte nach seiner Mama.

Mona bot sofort an, Annas Abendschicht zu übernehmen. Anna zögerte, doch Mona schickte sie mit den Worten «Das ist doch selbstverständlich!» resolut nach Hause.

Anna akzeptierte das Angebot dankbar und eilte nach draußen, während Mona das läutende Telefon abnahm.

Im Personalraum hatte inzwischen eine kleine Band aufgebaut, ein Abschiedsgeschenk, dass die Mitarbeiter dem dienstältesten Portier gemacht hatten, und die ersten Tanzpaare betraten die improvisierte Tanzfläche.

Während Natascha sich mit ihren Verehrern auf der Tanzfläche

vergnügte, glitten Svens Augen
suchend durch das Gewühl, was
Patrick Vermeer nicht entging.
«Wen suchst du denn?», erkundigte er
sich betont harmlos.
Svens Antwort war kurz. «Mona! Sie
hat sich sehr gut mit Johannes
verstanden und deshalb verstehe ich
nicht, weshalb sie nicht hier ist ...»
Die Antwort von Patrick Vermeer war
deutlich.
«Vielleicht möchte Sie deiner Freundin
Natascha nicht unbedingt begegnen ...»
Sven starrte Patrick irritiert an. «Wieso,
was hat Mona dir erzählt?!»
Vermeer antwortete ruhig. «Das solltest
du sie vielleicht besser selbst fragen!»
Sven schaute kurz zu Natascha, die
offensichtlich völlig in ihrem Element
war und knurrte unwirsch.
«Dafür müsste ich sie erst einmal
finden!»
Vermeer grinste. «Vielleicht fragst du ja
einfach mal an der Rezeption nach.

Unsere Rezeptionsmitarbeiter wissen normalerweise auf jede Frage eine Antwort ...»

Sven schaute Vermeer verwundert an, ging dann aber zur Rezeption, ohne Natascha und ihre Verehrer eines weiteren Blicks zu würdigen.

An der Rezeption sah er zu seinem Erstaunen Mona bei der Arbeit, die gerade einem älteren Ehepaar die Schlüssel aushändigte.

Sven trat näher und als das Ehepaar zum Aufzug ging, schaute er Mona irritiert an.

«Wieso stehst du hier immer noch, du hattest doch schon die Frühschicht?»

Mona erklärte kurz, dass Anna wegen ihres kranken Jungen nach Hause musste und sie dafür eingesprungen sei.

Sven schaute sie direkt an, was Mona total verwirrte. Sie schaute weg und beschäftigte sich intensiv mit dem Computer.

Sven hakte nach.

«Mona, was ist los?»

Mona zuckte angespannt mit den
Schultern. «Nichts ... alles okay.»

Doch Sven blieb hartnäckig.

«Patrick meinte vorhin zu mir, du
möchtest Natascha nicht begegnen.
Stimmt das?!»

Mona fingerte zunehmend nervöser am
Computer herum und schwieg
überfordert.

Sven hob behutsam ihr Kinn nach oben,
so dass sie ihm in die Augen schauen
musste. Und in diesem Moment war sie
verloren und alles platzte aus ihr
heraus.

«Ja, Patrick hat recht. Ich will Natascha
nicht sehen, weil ich es nicht ertragen
kann, wenn du mit ihr zusammen bist.
Und wenn wir schon beim Klartext
reden angelangt sind, dann kann ich dir
auch gleich sagen, warum das so ist.
Weil ich mich in dich verliebt habe!»

Atemlos hielt Mona inne und sah Sven aufgewühlt an.

«Und jetzt kannst du zu deiner Natascha gehen und zusammen mit ihr über die doofe Mona lachen, die selbstgestrickte Pullover anhat und weder Glamour noch Sexappeal besitzt!»

Mona war den Tränen nahe. Doch Sven reagierte nicht so, wie sie es befürchtet hatte. Im Gegenteil.

Er kam hinter den Tresen und nahm sie liebevoll in seine Arme.

«Dummerchen. Mir geht es doch ganz genauso. Ich habe mich auch total in dich verknallt!»

Mona schaute ihn ungläubig an.

«Wirklich?»

«Wirklich!», bestätigte Sven und dann versanken die beiden in einem langen, zärtlichen Kuss.

Drei Monate später standen Sabine und Patrick Vermeer am Flughafen und verabschiedeten sich von Sven und

Mona, die zusammen nach Mailand
flogen, um sich dort um das neu
erworbene Hotel zu kümmern.
Sven und Mona waren total verliebt
und so glücklich, als würden sie zu
ihrer Hochzeitsreise antreten.
Zum Abschied wies Patrick Vermeer
die beiden gespielt streng darauf hin,
dass die nächste dienstliche Reise mit
Mona für ihn reserviert sei. Er wolle
mit ihr das Hotel auf den Bahamas
besuchen!
Mona und Sven stimmten lächelnd zu
und mussten jetzt wirklich los, weil der
letzte Aufruf für ihren Flug gerade
durch den Lautsprecher kam.
Als die beiden nach einem letzten
Winken verschwunden waren, schaute
Patrick Vermeer Sabine eindringlich an.
«Es ist das Verdienst von Ihnen und
Ihrem Mann, dass aus diesem winzig
kleinen Baby, das ich vor 21 Jahren zur
Adoption frei gegeben habe, so eine
tolle junge Frau geworden ist. Dafür

danke ich Ihnen von ganzem Herzen!»
Sabine war total gerührt und
antwortete ehrlich:
«Und ich bin sehr froh darüber, dass
Sie Mona gesucht und gefunden haben
und wünsche Ihnen noch viele
glückliche Tage mit ihr!»